KiWi 526

Über das Buch

Urlaub ohne Ende – wer wünscht sich das nicht? Während der Ferien auf Teneriffa verliebt sich das Ehepaar Ehrenstein in das kanarische Inselparadies. Hier ein Häuschen zu haben, das wäre ihr Traum. Welch ein glücklicher Zufall, daß sie in der Hotelbar den überaus charmanten Gunter Hidalgo kennenlernen, einen Inselbewohner, der nicht nur heftig mit Eva Ehrenstein flirtet, sondern dem Ehepaar auch die schönsten Ecken der Insel zeigt: den wolkenumkränzten Teide, einsame Strände, die besten Lokale und schließlich auch ihr Traumhaus mit Meerblick. Aber dieser Ausflug hat Folgen... Unversehens werden die ahnungslosen Urlauber in einen skandalösen Betrugsfall verwickelt, der seine Kreise bis nach Gran Canaria und Lanzarote zieht. Doch die Ehrensteins haben Glück im Unglück: Tatkräftige Unterstützung erhalten die beiden Deutschen von dem alten Don Jaime und dessen Großfamilie, die seit Generationen eine Bananenplantage auf Teneriffa besitzen. Herzlich nehmen sich die *tinerfeños* der beiden düpierten Urlauber an. Im Hause von Don Jaime erleben die Ehrensteins, was Gastfreundschaft heißt, sie bekommen einen faszinierenden Einblick in die sonst so verschlossene Welt der Inselbewohner, lernen deren Sitten und Bräuche kennen – und nicht zuletzt das Volkslied, das die sieben Kanarischen Inseln so treffend poetisch als »Sieben Rosen, die im Meer erblühen« besingt.

Die Autoren

Jürgen Alberts, geb. 1946, Studium in Tübingen und Bremen, Promotion über die BILD-Zeitung, lebt als freier Schriftsteller zusammen mit seiner Frau Marita in Bremen. Seine zahlreichen Romane, darunter auch Krimis, sind mehrfach ausgezeichnet worden. Letzte Veröffentlichung: »Hitler in Hollywood«, 1997 erschienen im Steidl-Verlag.

Marita Alberts, geb. 1946, Studium in Reutlingen und Bremen, Lehrerin an einer Gesamtschule, hat bereits drei Romane zusammen mit ihrem Mann geschrieben. »Sieben Rosen im Atlantik« entstand nach mehreren Aufenthalten auf den Kanarischen Inseln.

Jürgen und Marita Alberts

Sieben Rosen im Atlantik

Ein Roman von den
Kanarischen Inseln

Mit Rezepten traditioneller
kanarischer Gerichte im Anhang

Kiepenheuer & Witsch

Originalausgabe

1. Auflage 1999

Umschlaggestaltung Rudolf Linn, Köln
Umschlagmotiv Rudolf Linn
Satz Fotosatz Reinhard Amann, Aichstetten
Druck und Bindearbeiten Clausen & Bosse, Leck
ISBN 3-462-02807-3

El mundo tiene una Europa
Europa tiene una España
España tiene un paraíso –
Las Islas Canarias

Die Welt hat ein Europa
Europa hat ein Spanien
Spanien hat ein Paradies –
die Kanarischen Inseln.

Kanarisches Volkslied

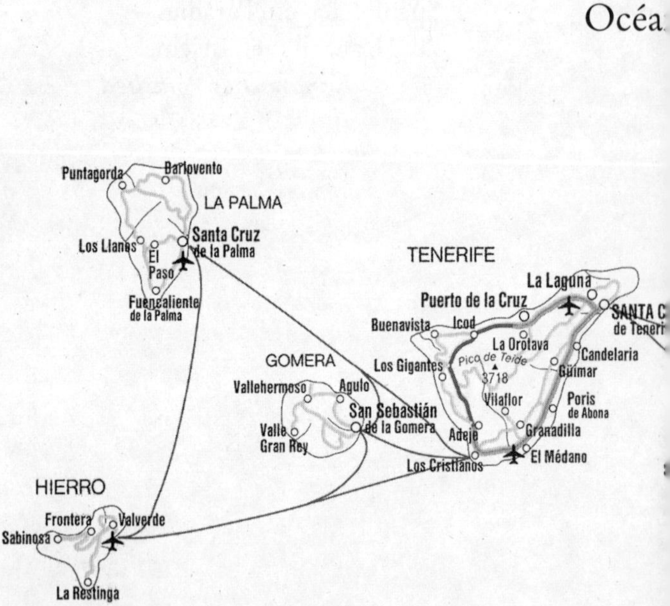
Océa
LA PALMA
Puntagorda
Barlovento
Santa Cruz
de la Palma
Los Llanos
El
Paso
Fuencaliente
de la Palma
TENERIFE
La Laguna
Puerto de la Cruz
SANTA C
de Teneri
Buenavista
Icod
La Orotava
Candelaria
Los Gigantes
Pico de Teide
3718
Güimar
Vilaflor
Poris
de Abona
Adeje
Granadilla
El Médano
Los Cristianos
GOMERA
Vallehermoso
Agulo
San Sebastián
de la Gomera
Valle
Gran Rey
HIERRO
Frontera
Valverde
Sabinosa
La Restinga

Islas Canarias
(España)

I

Der Fremde

»Ich habe gar kein Heimweh«, sagte Eva Ehrenstein und nahm einen Schluck von dem leuchtend roten Drink, den ihr der Barmann empfohlen hatte. Sie sah aus dem Fenster in den tropischen Garten, der in dieser späten Abendstunde von pastellfarbenen Lampen angestrahlt wurde.

Frank Ehrenstein kannte diesen Gemütszustand seiner Frau. Hierbleiben-Stimmung. Nie mehr nach Hause. Dieses Gefühl überfiel sie immer in den letzten Urlaubstagen. Noch fünf Tage, und sie dachte schon an den Rückflug. Ihm war diese Stimmung eher fremd. Er wollte sich nicht den Urlaub verderben und genoß jeden Tag, den er fern von Bochum verbringen konnte. Frank hatte auch bei diesem Aufenthalt vermieden, in eine deutsche Zeitung zu blicken, und obwohl das Hotel *Jardín Tropical* via Satellit heimische Fernsehprogramme bereithielt, hatten sie das Gerät nicht eingeschaltet. Sogar dem morgendlichen Ritual am Frühstücksbüffet, über das winterliche Wetter in Deutschland zu lästern, entzog er sich.

»Du hast es gut«, sagte Eva, ohne ihren Mann anzuschauen, »du kannst ja noch bleiben.«

Auch dieser Satz wurde nicht zum ersten Mal gesagt. Seit seiner Frühpensionierung war er nicht mehr an eine Ferienregelung gebunden.

»Allein macht es mir keinen Spaß«, erwiderte Frank, »ich warte eben auf deine nächsten Ferien.«

Eva fischte die Olive aus dem Glas. Eine Weile kaute sie auf der herben Frucht. »Das wird dauern. Ostern kann ich bloß über die Feiertage weg. Wir haben ein paar Kurse, die ganz gut gebucht worden sind.«

Sie nahm den Olivenkern aus dem Mund und legte ihn in den Aschenbecher.

»Willst du noch einen?« fragte Frank und zeigte auf Evas Glas.

»Ja, aber einen anderen. Wie hieß der Drink von gestern abend, der einem so schön die Birne vernebelte?«

Frank erhob sich, um zur Bar zu gehen.

»Miguel wird sich bestimmt daran erinnern.«

Eva schaute wieder in den Hotelgarten. Die künstlichen Lichter gaben den Palmen etwas Unwirkliches. Die Lobby-Bar besaß mit den ausladenden Blumenarrangements und der indirekten Beleuchtung ein beruhigendes Flair. Warum sollte man hier wegfahren, dachte Eva.

Den gestrigen Silvesterfeierlichkeiten im Hotel waren sie ferngeblieben, ihnen lag nichts an einem Fünf-Gänge-Menü mit anschließendem Tanz. Nur das grandiose Feuerwerk hatten sie sich nicht entgehen lassen. Playa de Las Américas in allen Farben des Regenbogens. Sie hatten den Abend in der leeren Bar verbracht und sich in einer Mischung aus Spanisch und Deutsch mit Miguel unterhalten, dessen Eltern aus Kuba kamen. Er wolle eines Tages wieder dort arbeiten, hatte Miguel gesagt, häufig träume er von Kuba.

Eva beobachtete den Blondschopf schon, seit er die

Bar betreten hatte. Braungebrannt, wasserblaue Augen, gestutzter Schnurrbart. Er war einen halben Kopf größer als Frank, trug Jeans, elegante Schuhe und ein hellblaues Seidenhemd, das wirkungsvoll mit seiner blonden Haarpracht kontrastierte. Den Stapel Zeitungen, den er unter dem Arm getragen hatte, legte er auf den hochpolierten Holztresen. Wie alt mochte er sein? Eva schätzte ihn auf Anfang Vierzig. Sie musterte ihn unverhohlen, während er sich kurz im Raum umsah, als suche er ein bekanntes Gesicht. Er wandte sich Miguel zu.

Eva hoffte, daß Frank ihn ansprechen würde.

Kurz darauf kehrte ihr Mann zurück. »Der Drink heißt *Miguel Especial*, mit einem extra Schuß Angostura, ein wenig bitter muß er sein.« Frank stellte den Longdrink auf dem Glastisch ab. Orangenscheiben, Cocktailkirschen und ein kleines Papierfähnchen in rot-gelb-rot zierten das Glas und lenkten davon ab, daß es eine Menge kubanischen Rum enthielt.

»Ich gehe nochmal an die Bar. Da ist ein junger Mann angekommen ...« Frank hielt inne, um zu sehen, wie Eva auf sein Ansinnen reagierte, »er scheint auch deutsch zu sprechen.«

»Und warum lädst du ihn nicht ein, sich zu uns zu setzen? Dann hätte ich auch was von ihm«, erwiderte sie schnell. »Oder wollt ihr Männergespräche führen?«

»Ich kann ihn ja fragen«, sagte Frank Ehrenstein.

Eva kannte die Angewohnheiten ihres Mannes, der gerne und schnell Kontakte knüpfte. Im Urlaub sprach er Leute an oder setzte sich neben sie, um irgendwann zur Unterhaltung beizutragen, kluge Fragen zu stellen und witzige Antworten zu geben. Eva wäre es aber bestimmt nicht entgangen, wenn er mit dem Blondschopf schon ein Wort gewechselt hätte. Jedoch, das war nur eine Frage der Zeit ...

»*Un feliz Año Nuevo* und ein frohes Neues Jahr«, hörte sie Frank sagen. Leider hatte ihr der Blonde nun den Rücken zugekehrt, so daß sie seine Reaktion nicht beobachten konnte. Sie sah nur, daß er mit Frank, der jetzt ein Glas Bier in der Hand hielt, anstieß. Das konnte lange dauern, und ihr war gar nicht nach Alleinsein zumute. Eva dachte wieder daran, wie schnell die Urlaubstage verflogen waren. Schöne Tage, auch mit Frank. Seit seiner Frühpensionierung war es nicht immer leicht mit ihm. Ihm fehlte der Beruf, vor allem der Kontakt zu seinen Studenten und Kollegen. Er hatte Posaune an der Musikhochschule unterrichtet. Irgendwann war ihm die Luft ausgegangen, buchstäblich, er konnte nicht mehr als eine Stunde pro Tag auf seinem Instrument spielen. So war er in Pension geschickt worden. Würde er doch zu Hause etwas von der Jovialität an den Tag legen, die er im Urlaub besaß. Aber diesen sanften Vorwurf wiegelte er stets mit der Bemerkung ab, Bochum sei eben nicht der Süden.

»Er wird sich gleich zu uns setzen. Will nur noch mit Miguel ein bißchen auf spanisch *hablaren*«, sagte Frank, als er zu seiner Frau zurückgekehrt war.

»Ein *tinerfeño* ?« fragte Eva, die ihren Blick nicht von dem blonden Mann nehmen konnte. Wenn er mit dem Barmann sprach, konnte sie sein Gesicht betrachten. Dieses Lächeln, die aufgeregten Mundwinkel, die hin- und hergingen, die wachen Augen.

»Kannst du ihn selbst fragen! Strahl ihn bitte nicht so an, das können Männer gar nicht ab.«

»Der schon«, gab Eva zurück.

Es dauerte eine Weile, bis der Fremde an ihren Tisch kam.

»Darf ich Sie zu einem Drink einladen?« fragte Frank und erhob sich aus den Polstern.

»Schönen Dank, vielleicht nachher. Miguel hat mich schon versorgt.«

In diesem Augenblick öffnete der Klavierspieler den Deckel des Flügels und begann mit einer kleinen Improvisation.

»Haben Sie etwas dagegen, wenn ich mit Ihrer Frau tanze?« fragte der Fremde.

»Ich?« stotterte Frank, »nein, nein.« Obwohl er schon ein wenig verdutzt war. Sie hatten sich nicht einmal vorgestellt.

Eva konnte ihr Glück kaum fassen. Wie lange hatte sie nicht mehr getanzt?

»Er wird etwas für uns spielen«, sagte der Blonde und eilte zu dem Barpianisten. Sie sprachen kurz miteinander, der Klavierspieler nickte.

Es war ein Lied des kanarischen Sängers Pedro Guerra: *Se casaron las chicas con los chicos después*, dessen Text der Fremde auswendig kannte und Eva während des Tanzens übersetzte.

Ich sehe Afrika in deinen Augen
ein heller Stern bringt uns zum Klingen
der Mond birgt ein Lächeln
und deine süßen Lippen sind wie reife Melonen.

Er sprach diese Sätze aus, ohne auch nur eine Miene zu verziehen.

Zimthaut in der Glut der Sonne
ein Lied der Eagles, um dein Herz zu öffnen,
in deinen hellen Träumen
halten wir uns fest umschlungen.

Seine Schritte waren so leicht, als koste es ihn gar keine Kraft, sich zu bewegen. Er schwang sie herum, führte sie über den Parkettboden, als hätten sie seit Jahren zusammen getanzt.

Beim nächsten Musikstück hielt er sie fest umschlungen. *Bésame mucho,* den Titel kannte Eva, obwohl sie viele Jahre nicht gewußt hatte, was er bedeutete, *Küß mich, immer wieder.* Ihr Spanisch war noch nicht viel besser geworden. Aber sie hatte sich fest vorgenommen, die Sprache einmal richtig zu lernen. Spätestens wenn sie ihren Traum wahrmachen würden …

»Ich habe mich gar nicht vorgestellt«, sagte der Fremde, als Eva sich aus seinen Armen löste und die beiden dem Pianisten applaudierten, »Gunter Hidalgo, aber nennen Sie mich bitte Gunter.«

Sie kehrten zu der Sitzecke zurück. Während des Tanzens hatte Eva nicht ein Mal zu Frank hinübergeschaut. Sein Blick hätte sie gestört.

»Ehrenstein«, sagte Frank und stand auf. Er nannte auch seinen Vornamen. Etwas leiser.

»Eva, ich heiße Eva.«

»Und ich bin Gunter Hidalgo«, lachte der Blonde.

Nun gaben sie sich die Hand.

»Bitte, nehmen Sie doch Platz, Gunter!« Eva war die erste, die nach der etwas förmlichen Pause einen Satz herausbrachte.

»Leben Sie auf Teneriffa?« fragte Frank.

»Ja, seit fast fünfzehn Jahren. Ein Teil meiner Vorfahren waren Deutsche. – Und Sie, sind Sie das erste Mal auf der Insel?«

»Nein, das zweite Mal«, antwortete Eva.

»Wie gefällt Ihnen Teneriffa?«

»Wir lieben es. Leider müssen wir schon in ein paar Tagen wieder zurück ...«

»Wo kommen Sie her?«

»Aus Bochum«, diesmal antwortete Frank, und es klang, als habe er einen Kern ausgespuckt.

»Sind Sie beim letzten Mal auch schon in diesem Hotel abgestiegen?«

»Vor zwei Jahren waren wir im *Chirippa Garden* in Puerto de la Cruz.«

»Kennen Sie die anderen Kanarischen Inseln?«

»Nur Gran Canaria, aber das ist schon eine Ewigkeit her«, erwiderte Frank.

»Und was machen Sie auf dieser Insel?« wollte Eva wissen, die vor lauter Aufregung den *Miguel Especial* in einem Zug leergetrunken hatte.

»Mal dies, mal das. Was gerade kommt. Ich biete Wanderungen an, im Anaga-Gebirge, im Tenno Alto oder in den *cañadas*. Am liebsten halte ich mich in der Natur auf.«

Frank hätte ihn gerne gefragt, ob man davon leben konnte, aber er traute sich nicht. Statt dessen bot er sich an, Gunter einen neuen Brandy zu holen.

»Das ist sehr freundlich von Ihnen, zweimal 103 sind 206«, sagte er, »Miguel kennt diesen Scherz schon.« Der leichte spanische Cognac *103* war also auch bei Deutschen, die in Teneriffa lebten, beliebt.

»Und warum leben Sie gerade auf Teneriffa?« wollte Eva wissen, als Frank zur Bar hinübergegangen war.

»Am Anfang war es bloße Neugierde. Ich bin in Argentinien aufgewachsen, habe eine Zeitlang in Venezuela gelebt und hatte dort einen Freund, der sehnte sich immer auf die Kanarischen Inseln zurück, aber hatte nie genug Geld, um sich diesen Traum zu erfüllen. Als ich später nach Europa reiste, wollte ich wissen, was es mit den Inseln auf sich hat. Ich kenne sie inzwischen alle, Teneriffa ist die allerschönste. Diese Inseln vor Afrika liegen für mich genau auf der Mitte zwischen dem Alten Kontinent und Südamerika. Vielleicht bin ich deswegen hier.« Gunter machte eine Pause. »Und das Vulkanische, das läßt mich einfach nicht mehr los.«

»Das Vulkanische?« Eva sprach das Wort ganz langsam aus.

»Wenn wir in den *cañadas* wandern, spüren wir es unter den Füßen. Hier brodelt etwas, hier ist etwas in Bewegung, das anregt und uns aufregt. Immer wenn ich auf eine der anderen Inseln gefahren bin, habe ich danach gesucht. In dieser Hinsicht ist Teneriffa für mich der ideale Ort.«

Eva strahlte Gunter an.

»Und was machen Sie in Bochum?« fragte er.

»Mal dies, mal das. Bis zu meinem Fünfzigsten war ich im Schuldienst, Englisch und Französisch. Dann habe ich mich beurlauben lassen. Es war Zeit für etwas

Neues. Seit zwei Jahren arbeite ich in einem privaten Sprachinstitut.«

Frank kam zurück und brachte neben den Getränken ein paar Trauben mit. Miguel hatte sie ihm gegeben, sie seien von gestern abend übriggeblieben.

»Wissen Sie, was es damit auf sich hat?« fragte Frank. »Alle hatten um Mitternacht Trauben in der Hand.«

Gunter lächelte.

Eva konnte sich nicht sattsehen an diesem Lächeln, jugendlich verspielt, spitzbübisch. Er hatte Grübchen auf beiden Wangen.

»Die *uvas,* ein schöner Brauch, der noch gar nicht so alt ist. Bei jedem der zwölf Glockenschläge in der Silvesternacht muß man eine Weintraube in den Mund stecken, das soll Glück für das kommende Jahr bringen. Manche verschlucken sich dabei. Aber alle machen es. Diese *costumbre* stammt vom Anfang dieses Jahrhunderts. Da kam ein cleverer Obsthändler auf die Idee, daß man in Madrid unter der Puerta del Sol eine Traube pro Glockenschlag essen solle, um das Jahr *con buen pie,* guten Fußes würden wir sagen, zu erreichen. Die Idee verbreitete sich schnell. Kurz nach Weihnachten tauchen die Trauben rechtzeitig in den Obstabteilungen der *supermercados* auf, damit die Glücksbringer gekauft werden können.«

»Schade, daß ich das nicht wußte«, sagte Eva, »ich hätte auch gerne ein paar Trauben gegessen.«

»Wir können es nachholen. Der Mann am Klavier spielt bestimmt die Glockenschläge für uns.«

Mit schnellen Schritten war Gunter wieder am Flügel. Der Pianist unterbrach sein Spiel.

»Achtung, aufgepaßt«, rief Gunter herüber.

Der Pianist intonierte die Melodie vom Londoner *Big Ben*, und dann folgten zwölf tiefe Baßtöne.

Frank und Eva hatten Mühe, die Trauben synchron zu den Tönen in den Mund zu stecken und sie zu zerkauen. Aber sie verschluckten sich nicht.

Gunter applaudierte. »Jetzt ist das Glück auch auf Ihrer Seite.«

Er brachte sich von der Bar einen weiteren *103* mit. Nun war er bei 309 angekommen.

»Nur eine Woche länger, das wär's ja schon. Ich habe gelesen, daß die richtige Erholung erst in der dritten Urlaubswoche einsetzen soll«, sagte Eva, als Gunter wieder neben ihr auf dem Sofa Platz genommen hatte.

»Aber es bleibt noch genug Zeit für Ausflüge«, versuchte Frank sie zu besänftigen.

Eva wandte sich an Gunter: »Wir würden gerne mal ins Anaga-Gebirge. Das kennen wir noch nicht, aber im Wanderführer steht: Bergschuhe, schwierige Wanderung, Trittsicherheit ...«

Gunter schüttelte den Kopf. »Ich weiß nicht, warum die nur von schwierigen Wanderungen schreiben. Es gibt genügend Wege mit kleinen Steigungen, die auch für Ungeübte gut zu bewältigen sind. Einer geht von Las Carboneras nach Chinamada ...«

»Davon hab' ich gelesen«, unterbrach ihn Eva, »Höhlenwohnungen, nicht wahr? Diese Wanderung führt aber doch von Punta del Hidalgo über Chinamada nach Las Carboneras, mittlerer Schwierigkeitsgrad, steiler Aufstieg.«

Frank deutete Beifall an.

Als er Gunters verdutztes Gesicht sah, sagte er: »Eva weiß Bescheid. Sie spielt seit Jahren für uns beide die Reiseleiterin. Auf sie ist Verlaß. Sie schlägt die Urlaubsziele vor, bucht Flüge und Leihwagen, studiert jede Menge Reiseführer, stellt Besichtigungstouren zusammen und macht dann vor Ort die Feinplanung.«

»Während du faul in der Sonne liegst und Romane liest«, frotzelte Eva. »Aber es macht mir Spaß, und du läßt dich ja auch begeistert auf alles ein ... außer aufs Wandern.« Frank Ehrenstein liebte die gemeinsamen Urlaubsreisen und die eingespielte Arbeitsteilung. Er war fürs Fahren zuständig. Und für die Finanzen.

Auch für diesen Urlaub hatte Eva Ehrenstein wieder einige Touren ausgearbeitet, Teneriffa bot genügend interessante Ziele. Aber dann waren beide oft zu bequem gewesen, um sich auf den Weg zu machen. Sie wußten selbst nicht warum. Dieses Mal war es anders als sonst. Vielleicht lag es am heißen Süden. Sie genossen auf einmal das, worüber sie bisher gelästert hatten. Nichts tun außer schlafen, lieben, schwimmen, lesen, essen. Im luxuriösen Hotel *Jardín Tropical* konnte man das tagelang. Sie mieden das häßlich verbaute Playa de Las Américas mit den vielen Hotels, Geschäften und Lokalen. Den Leihwagen hätten sie sich sparen können. Natürlich waren sie in die *cañadas* hochgefahren und hatten dort einen schönen Tag im Schatten des Teide verbracht. Dieser Ausflug war bei ihrem ersten Besuch vor einigen Jahren der Höhepunkt gewesen. Danach wieder ein paar Tage faulenzen in der Hotelanlage. Aber heute nachmittag hatte Eva einen Plan für die restliche Zeit gemacht. Frank mußte wieder ans Steuer.

»Haben Sie denn morgen schon etwas vor?« fragte Gunter und sah Eva dabei unverwandt an.

»Nein«, antwortete sie irritiert. Diese wasserhellen Augen waren verführerisch. Eva wich seinem Blick nicht aus.

»Ich hole Sie ab. Wir fahren gemeinsam in die *Montañas de Anaga.* Was meinen Sie dazu?«

Frank ließ sich ins Polster zurückfallen.

»Ich bin kein besonders ausdauernder Wandersmann, aber wenn Sie meinen ...«

»Wirklich, das ist kein Problem. Haben Sie feste Schuhe? Ach was, Turnschuhe reichen auch.«

Eva sagte: »Komm, Frank, wir wollten doch sowieso noch ins Anaga-Gebirge.«

Frank stimmte schließlich zu, auf keinen Fall sollte seine Frau mit diesem Charmeur alleine losziehen. Und dieser Gunter begann ihn zu interessieren. Er würde den Spaziergang nutzen, um ihn näher kennenzulernen.

Als die Ehrensteins eine Stunde später ihr Zimmer betraten, mußten sie lachen. Wie jeden Abend waren Nachthemd und Schlafanzug mit kühnem Schwung auf der Bettdecke drapiert, als hätten sie sich schon schlafengelegt.

»Das Jahr fängt gut an!« sagte Eva beschwipst, »was meinst du?«

»Hast du dich schon in ihn verguckt?« fragte Frank, während er sein Hemd aufknöpfte.

»Liebe auf den ersten Blick«, antwortete Eva, »das muß erlaubt sein bei so einem alten Paar, wie wir es sind.«

»Ich bin kein bißchen eifersüchtig«. Frank hantierte am Hosengürtel.

»Das wüßte ich aber.«

Eva kam ganz dicht an Frank heran und drückte ihn fest an sich.

»Komm«, sagte sie, »wir lassen den Abend noch nicht zu Ende sein.«

II

Die Wanderung

»Sie werden an der Rezeption erwartet.« Der Frühstückskellner sah Eva Ehrenstein an, die sich gerade ein zweites Glas Champagner geholt hatte. Der silbrige Eiskübel, in dem die Flasche schwamm, war mit Wasserperlen überzogen. Hastig sprang sie auf, lächelte ihrem Mann kurz zu. »Ich war ja sowieso schon fertig.«

»Fliege, mein Täubchen, fliege«, sagte Frank Ehrenstein. Die Aussicht auf eine Wanderung stimmte ihn nicht besonders heiter. Schon mehrfach hatten ihn Freunde zu einer »ganz leichten« Wanderung überredet, die »nur« über fünfzehn Kilometer ging, bergauf, bergab, bis er so aus der Puste war, daß die ganze Truppe durch ihn aufgehalten wurde. Leider war ihm an diesem Morgen keine brauchbare Ausrede eingefallen.

Gunter Hildalgo begrüßte Eva wie eine langjährige Bekannte. Zwei Küßchen auf die Wangen, einmal links, einmal rechts. »Kommt Ihr Mann denn nicht mit?«

»Doch, doch«, beeilte sich Eva zu sagen, »er will nur sein Frühstück beenden. Wir sind schon startbereit, sogar mit festen Schuhen.« Zum Beweis hob sie den linken Fuß hoch.

Eine Viertelstunde später fuhren sie in Gunters Wagen über die Autobahn nach Norden. Das sei zwar nicht die schönste Strecke, meinte Gunter, aber über Santiago de Teide würden sie doppelt so lange brauchen.

»Auf dieser Seite der Insel sieht es immer so aus, als habe die Natur eine langjährige Baustelle eingerichtet. Die Urlauber, die zum ersten Mal auf Teneriffa landen, bekommen meist einen heftigen Schreck, wie karg und vertrocknet hier alles ist. Und dann auch noch die riesigen Fabriken vor Santa Cruz, nicht gerade die Schokoladenseite der Insel.«

Gunter sprach mit einer ruhigen, melodiösen Stimme, die in den tieferen Lagen etwas vibrierte. Eva stellte ihm Fragen, nur damit sie seinen Antworten lauschen konnte. Frank hatte es sich auf dem Rücksitz des Opel bequem gemacht. Er döste ein wenig.

Als sie La Laguna erreichten, war die schnelle Fahrt zu Ende. Sie gerieten in einen Stau.

»Alle Städte auf der Insel sind verstopft, zu enge Straßen, zu viele Autos«, sagte Gunter. Als er in den Rückspiegel schaute, konnte er feststellen, daß Frank gerade aus seinem Schläfchen aufgewacht war.

»Sind wir schon da?« fragte er und gähnte verstohlen.

»Noch nicht ganz. Wenn wir die Stadt verlassen haben, beginnt der schönere Teil der Reise.«

La Laguna hatten Eva und Frank schon bei ihrem ersten Besuch auf Teneriffa kennengelernt. Die frühere Hauptstadt der Insel dehnte sich bis auf die sie umgebenden Hügel- und Bergketten aus. Die alten Herrenhäuser mit ihren prachtvollen Patios und den üppigen Blumenbouquets hatten den Ehrensteins gut gefallen. Nachts waren sie in einem Jazzlokal gelandet, das seine Türen erst schloß, als es draußen schon hell wurde.

»So, nun geht es bergauf. *Las Mercedes,* ein Lorbeerhochwald. Neuerdings gibt es hier sogar ein paar Wegweiser auf Wanderstrecken. Denn immer mehr Touristen entdecken, daß Spaziergänge im grünen Norden der Insel eine schöne Abwechslung zu Sonne, Sand und Wellen im Süden sein können.«

»Es beginnt zu nieseln«, sagte Frank und zeigte auf die ersten Tropfen, die auf der Windschutzscheibe kleine Rinnsale entstehen ließen.

In engen Serpentinen schlängelte sich die Straße durch den Wald. Je höher sie kamen, desto dichter wurde die Passatwolke, die mit schnell vorbeihuschenden Nebelstreifen den Wald verzauberte.

Als sie zum Aussichtspunkt *Pico del Inglés* abbogen, hüllte sie die Passatwolke fast völlig ein. Nur vereinzelt gab es Sonnenfetzen, Lichtflecken. Helles Grüngelb, Himmelblau, grellweiße Nebelbänke.

»Man sieht, daß man nichts sieht«, sagte Frank.

»Wir sind zu spät dran. Ab zehn Uhr morgens bilden sich schon die Wolken des Nordostpassats, die hier auf die Gebirgskämme treffen.«

Gunter lächelte ein wenig verlegen.

»Aber wenn Sie die Augen schließen, kann ich Ihnen erzählen, was Sie sehen könnten.«

Eva schloß sofort die Augen. Frank zögerte einen Augenblick, bis er es ihr gleichtat.

»Das hier ist der älteste Teil der Insel, das Basaltgestein zeigt tiefe Furchen und besitzt schroffe Gipfel und Grate. Vor uns in der Tiefebene Santa Cruz mit den langgestreckten Hafenanlagen, dahinter der dunkle Pinienwald von *La Esperanza,* und darüber sitzt der majestätische Teide auf seinem Krater. Ein Bergpanorama von fast viertausend Metern Höhenunterschied.«

Frank blinzelte ein wenig, schloß aber seine Augen wieder, als Gunter ihn dabei erwischte.

»Hinter uns der *Roque de Taborno* und die *Roques de Anaga,* eine wilde, zerklüftete Bergwelt mit tief eingeschnittenen Tälern und Hängen. Wegen der vielen Passatwolken sind die Hänge das ganze Jahr über grün.«

Frank Ehrenstein fragte, woher der *Pico del Inglés* seinen Namen beziehe.

»Die Engländer waren die ersten Reisenden auf den Kanarischen Inseln, vor mehr als hundert Jahren kamen sie als Passagiere auf Frachtdampfern. Deswegen nennen manche Kanarier die Touristen heute noch *jonnys.*«

Erst jetzt öffnete Eva die Augen wieder.

»Frank, hast du die Windjacken auf den Rücksitz gelegt?«

»Ach, die habe ich im Frühstücksraum vergessen. Es ging alles so schnell. Ist dir kalt, Eva?« Frank zwinkerte Gunter zu: »Wissen Sie, meine Frau ist ein Frostläppchen.«

»Aber die Windjacke wär' jetzt wirklich nicht schlecht.«

»Dann lassen wir das lieber heute, bei dem Wetter...«

»Abwarten«, unterbrach ihn Gunter, »das kann ganz schnell aufreißen. Hier im Norden gibt es nur selten eine stabile Wetterlage. Wir sollten auf jeden Fall bis Las Carboneras hinunterfahren, dann können wir uns immer noch entscheiden.«

Die Straßen wurden enger, kurviger. Irgendwann gab es keinen Mittelstreifen mehr. Aus den tiefen Tälern flogen ihnen Nebelwände entgegen.

»Du hättest aber wirklich an die Jacken denken können, Frank«, sagte Eva leise.

Frank schaute aus dem Fenster und tat so, als hätte er den Vorwurf nicht gehört. Warum hatte sie nicht selbst daran gedacht, aber sie war ja aus dem Frühstücksraum gestürmt, als der Märchenprinz sie gerufen hatte.

Die Serpentinenstraße ins Tal war kaum zu erkennen. Gunter fuhr konzentriert, ließ sich nicht aus der Ruhe bringen. In Las Carboneras hatte sich der Nebel etwas gelichtet.

»Erst einen *café solo,* dann marschieren wir los!«

Er parkte den Wagen neben dem Kirchplatz, dessen Mäuerchen in kräftigem Rosa gestrichen waren. Die Kirche in dunklem Gelb.

»Wie lange werden wir etwa laufen?« fragte Frank. Es sollte beiläufig klingen, aber es klang wie die Frage nach einem Richterspruch.

»Bis nach Chinamada sind es knapp fünfundsiebzig Minuten«, erwiderte Gunter.

»Die müssen wir aber auch wieder zurückgehen.«

»Frank, bitte, wenn du keine Lust hast ...«

»Nein, nein, ich komme mit.«

Der Kaffee in der Bar Tesegre tat allen gut.

Gunter sprach mit einem Schäfer, der seinen Hund an kurzer Leine hielt. Ein graubärtiger Mann im dicken Poncho, auf dem Kopf einen spitz zulaufenden Filzhut. Ab und zu übersetzte Gunter den Ehrensteins, was der Schäfer ihm berichtete. Chinamada sei der letzte Weiler Teneriffas gewesen, der nur zu Fuß zu erreichen war. Die Einwohner hätten darauf gedrungen, daß sie durch eine Schotterstraße mit Las Carboneras verbunden wurden. In ein paar Monaten solle die Straße geteert werden.

Über eine Steintreppe führte die Wanderstrecke den Hügel hinauf.

Immer wieder blieb Gunter stehen, wartete, bis die Ehrensteins ihm folgten. Er zeigte ihnen die Gänsedistel und das gelb blühende Äonium, die Sukkulenten-Büsche und die afrikanische Aloe.

»Ich habe mich früher nie für Pflanzen interessiert«, sagte Gunter, »aber auf Teneriffa bin ich zum Blumenfreund geworden. Es gibt ja hier auch eine Menge von endemischen Gewächsen, die nur auf den Kanarischen Inseln zu finden sind.«

Plötzlich riß die Wolkendecke auf, gerade als sie den Hügelkamm erreicht hatten.

»Bis jetzt gehörte alles zum Handwerk eines Wanderführers«, sagte Gunter, »aber es ist hohe Kunst, daß wir nun die Sonne zu sehen kriegen.«

Er steckte Eva mit seinem Lachen an. Als Frank die beiden eingeholt hatte, genossen sie gemeinsam den ersten freien Blick auf die sattgrünen Terrassen, die sich den tief eingeschnittenen *barranco* hinunterzogen. Ein paar Häuser kauerten sich an den Berghang. Zwischen den mit Moos und Flechten bewachsenen Steinmauern wuchsen auf schmalen Streifen Erdkrume Kakteen und Agaven, jedes Fleckchen schien genutzt zu werden.

»Diese Aussicht«, sagte Eva, »schon dafür hat es sich gelohnt. Was meinst du, Frank?«

Frank Ehrenstein drückte das Kreuz durch. »Gut, daß ihr mich aufgerafft habt.«

Im strahlenden Sonnenlicht sahen sie den *Roque de*

Taborno, eine gewaltige Basaltkugel auf einem Sockel, wie ein archaisches Wahrzeichen. Das »Matterhorn Teneriffas«, so nannten es manche Reiseführer.

»Dahinten können Sie schon die ersten Höhlenwohnungen erkennen. Die Guanchen haben sie in den weichen Fels gemeißelt, sechs von ihnen sind noch bewohnt. Wir steigen gleich dorthin ab. Wollen Sie kein Foto machen?«

»Wir fotografieren schon seit vielen Jahren nicht mehr«, antwortete Frank, »die Bilder sieht man sich nur einmal an, dann verschwinden sie bestenfalls in Alben, und die Dias verstauben in den Kästen. Ich liebe die Bilder in meinem Kopf. Und dies hier wird bestimmt dazugehören.«

Als sie den kleinen Ort Chinamada erreicht hatten, konnten sie die ausgehöhlten Felsen genauer betrachten. Der Stein war so glatt, als seien die Wände verputzt. Vor einer der Höhlen sah man die Reste einer Feuerstelle.

Alle Häuser waren weiß gekalkt, Türen und Fensterrahmen in kräftigem Grün gestrichen, überall hingen Blumenkästen. »Die Häuser sind im Inneren so eingerichtet wie alle kanarischen Wohnungen, manche ganz komfortabel. Und das Besondere ist, daß der Fels die Temperatur reguliert. Im Sommer ist es dort eher frisch, wenn es draußen kälter wird, hält der Stein die Wärme.«

Auf einem verwitterten Wegweiser stand: *Mirador de Agaida.*

»Den kleinen Abstecher sollten wir noch machen.«

»Von mir aus gerne«, sagte Frank.

Eva war verblüfft, wie verändert ihr Wandermuffel

war. Was für ein Glücksfall, daß er gestern abend diesen Mann gebeten hatte, sich zu ihnen zu setzen. Frank schien das Gleiche zu denken. Er nickte ihr zu.

Um einen sanften Hügel herum, der mit saftigen Fettgewächsen übersät war, gelangten sie über einen steil zum Meer abfallenden Felsrand zu dem Aussichtspunkt.

»Da unten liegt Punta... Hidalgo. Die Nordwestspitze der Insel. Wenn Sie mal auf mich hinabsehen wollen, bitte sehr...«

Gunter streckte seine Hand aus und ließ die Ehrensteins den Ausblick geniessen.

»Mein Familienname kommt allerdings nicht daher. Hidalgo ist auch in Südamerika ein weit verbreiteter Name, so wurden in Spanien viele von niederem Geburtsadel genannt. *Hijo de Algo*, jemandes Sohn, heißt es. Wir sind die Helden in den *novelas picarescas*, den spanischen Schelmenromanen, vagabundierende Glücksritter. Das hätte ich auch gerne in meinem Paß als Beruf stehen.«

»Auf jeden Fall sind Sie ein Glücksbringer, Gunter«, sagte Eva.

Nun strahlte sie wieder.

»Aus welchem südamerikanischen Land kommen Sie eigentlich?« wollte Frank wissen. Erst jetzt fiel ihm auf, daß ihr Reiseführer bisher fast nichts von sich erzählt hatte.

»Argentinien. Meine Mutter ist Deutsche, mein Vater stammt vom Río de la Plata. – Wie wär's, wollen wir nach Punta Hidalgo?«

»Wenn es nicht zu weit ist«, sagte Eva, die sah, daß Frank ein bißchen skeptisch war.

»Von hier zu Fuß gut eine Stunde Abstieg, nicht ganz unbeschwerlich. Es ist besser, wir kehren zum Auto zurück und fahren hinunter. Sobald wir wieder auf der Hauptstraße sind, geht es ganz schnell«, antwortete Gunter und fügte hinzu: »Wir werden bei Angelo am Meer essen. Natürlich nur, wenn Sie noch Zeit haben.«

»Wir haben Zeit«, sagten die Ehrensteins fast gleichzeitig.

Auf dem Rückweg über die neue Schotterpiste sprach Frank leise mit Eva darüber, was sie Gunter für seine Führung zahlen sollten, er würde ihnen ja den ganzen Tag opfern.

»Untersteh dich, ihm etwas anzubieten. Das würde alles zerstören. Der wird schon von alleine sagen, was er dafür haben will. Vielleicht ist er auch gerne mit uns zusammen.«

»Du spinnst, Eva«, wies Frank sie leise zurecht.

Gunter war stehengeblieben. Er sprach mit einem jungen Mann, der mit einer Glasflasche auf der Schulter von Las Carboneras gekommen war.

»Er scheint ja wohl hier jeden zu kennen«, sagte Frank bewundernd.

Eine Stunde später erreichten sie Punta Hidalgo. Gunter parkte den Wagen beim Rondell am Ende der Hauptstraße. Während der Fahrt hatte er Eva und Frank von den berühmten *Lucha*-Kämpfern aus Tegueste erzählt, vom Honigrum aus Tejina geschwärmt und ihnen das deutsche Café »Melita« außerhalb von Bajamar gezeigt.

»Von hier unten aus wäre die Wanderung wirklich ziemlich schwierig gewesen, immerhin ein Anstieg von siebenhundert Höhenmetern.« Der Wanderweg hinauf nach Chinamada führte an den graugrünen Zwillingsfelsen *Roque dos Hermanos* vorbei.

Im Restaurant bei Angelo bestellte Gunter für alle *cazuela de pescado**, eine kanarische Fischspezialität in einer Kasserole, dazu eine Karaffe *vino blanco* und *aqua mineral sin gas.*

»Eine große Flasche, bitte«, sagte Eva und war erstaunt, als der Kellner auf deutsch antwortete: »Wir haben nur große Flaschen, gnädige Frau.«

Das Gartenrestaurant lag direkt über dem Meer. Der Anblick war so überwältigend, daß Eva immer wieder an die Brüstung lief, um der heftigen Brandung zuzuschauen. Hohe Wellengischt schlug gegen die schwarz gezackten Felsen, dazwischen schimmerte ein Streifen jadegrüner Wogen, hinter den Gischtschleiern sah man einige Häuserwürfel, die ins Meer zu rollen drohten. Die Aussicht aus dem vielstöckigen Apartmenthaus, das direkt hinter dem Restaurant lag, mußte paradiesisch sein.

»Hier würde ich gerne wohnen«, sagte Eva immer wieder. »Kann man diese Apartments mieten?«

»Sicher«, erwiderte Gunter, »viele Besitzer sind selbst nur ein oder zwei Monate hier. Es gibt eine Hausverwaltung. Soll ich mal fragen ...«

Schon war er aufgesprungen und verließ das sonnige Gartenlokal.

Er ging um das Hochhaus herum und betrat die Eingangshalle.

* Rezepte einzelner Gerichte am Ende des Buches, S. 275 ff.

Gunter erkundigte sich an der Rezeption nach den Mietpreisen.

»Bis März sind wir völlig ausgebucht.« Die Frau hinter der Theke blickte nur kurz auf und sortierte dann weiter die Post in die Brieffächer. Mechanisch nannte sie die Preise.

»Schönen Dank«, erwiderte Gunter.

Als er zurückkam, stand das Essen auf dem Tisch. Es duftete köstlich. Fischstücke und Kartoffeln schwammen in der kräftigen Brühe, rote und grüne Paprikastreifen verzierten das Gericht mit einem welligen Muster.

Gunter berichtete, daß man in dieser Anlage für rund siebenhundert Mark im Monat ein Apartment mieten könne. Wenn man länger bleiben wolle, würde der Preis natürlich sinken. »Es gibt einen deutschen Arzt im Hause.«

»Ich finde diese Ecke der Insel ganz einmalig. Hier könnte ich wohnen.«

»Aber nicht zur Miete in einem fremden Apartment«, widersprach ihr Frank.

»Und vielleicht auch nicht gerade in Punta Hidalgo, wo es fast immer windig ist«, sagte Gunter. »Da haben wir heute mal Glück. – Könnten Sie sich denn vorstellen, längere Zeit auf Teneriffa zu leben?«

»Ich ganz bestimmt.« Frank Ehrenstein schaute zu Eva hinüber.

»In einigen Jahren bin ich dabei«, erwiderte sie und wandte sich an Gunter: »Es war immer mein Traum, ab Fünfzig im Süden zu leben und dort Sprachen zu unterrichten. Aber Frank wollte nicht von der Hochschule und seinen Studenten weg. Er bat mich, ein paar Jahre zu warten. Als ich mich dann verändert habe und die neue Arbeit in der Sprachenschule begann, wurde er plötzlich so krank, daß er frühpensioniert werden mußte. Nun könnte er weg, aber ich nicht. Ein bißchen verzwickt das Ganze.«

»Wenn Sie sich jetzt mal umdrehen, können Sie den Teide sehen.«

Der Schleier, der in den letzten Tagen den Berg verhüllt hatte, war verschwunden. In der nachmittäglichen Sonne glänzte ein wenig Schnee auf der Spitze.

»Mein Lieblingsvulkan!« Gunter stand auf. »Wenn ich ihn einige Tage nicht sehe, dann muß ich hinauffahren, um mich zu überzeugen, daß er noch da ist. Er übt eine magische Kraft auf mich aus. Immer wieder geht mein Blick in seine Richtung, ganz gleich, wo ich mich gerade auf der Insel befinde. Wenn ich ihn in seiner ganzen Majestät sehe, bin ich froh, wenn nicht, immer ein wenig enttäuscht.«

Eva unterbrach das Essen und nahm einen Schluck Wein. Sie prostete Gunter zu.

»Sie haben mich schon angesteckt mit ihrem Teide-Fieber, wirklich ein einzigartiger Berg.«

»Wie der Fudschisan in Japan, den die Europäer immer fälschlich Fudschijama nennen. – Waren Sie mal in Japan?« fragte Gunter. »Den heiligen Herrn Fudschi möchte ich unbedingt noch kennenlernen.«

Ehrensteins verneinten, außer Indien und Nepal hätten sie noch nichts von Asien gesehen.

»Wo wohnen Sie eigentlich, Gunter?« fragte Frank, der sich beim Kellner einen Brandy bestellt hatte. Zum Verdauen, wie er stets betonte.

»Am Fuße meines Berges, das werden Sie sicher verstehen, auf der Südseite. Im höchstgelegenen Dorf Teneriffas. Ich könnte nicht am Strand leben.« Gunter sah auf die Uhr. »Ich will nicht drängeln, aber ich denke, so langsam müssen wir aufbrechen. Ich habe heute abend ...«

»Sie brauchen uns nicht zurückzubringen«, sagte Frank, »wir werden uns ein Taxi nehmen.«

»Ich fahre Sie auf jeden Fall ins *Jardín Tropical.* Morgen kann ich Ihnen eine andere Ecke im Norden zeigen, wenn Sie Zeit und Muße haben. Oder wollen Sie lieber einen faulen Tag am Strand verbringen?«

»Haben S i e denn so viel Zeit? – Überhaupt, Gunter, können wir uns irgendwie erkenntlich zeigen?«

»Frank, bitte«, sagte Eva etwas lauter, als es klingen sollte.

»Dürfen wir Sie wenigstens zum Essen einladen?« Frank Ehrenstein hielt das Portemonnaie schon in der Hand.

»Das dürfen Sie, wenn Ihnen danach ist. Und was meine Zeit angeht, die teile ich so ein, wie ich es will. Da bin ich schon ganz *tinerfeño.*«

III

Der Strand

»Kennen Sie Gunter?« fragte Frank Ehrenstein den Maler.

»Nein. Ein Deutscher?«

»Er kommt aus Argentinien. Gunter Hidalgo lebt seit fünfzehn Jahren auf Teneriffa.«

»Nie gehört den Namen.« Der Maler wandte sich ab, um andere Gäste der Vernissage zu begrüßen. An diesem Abend wurde seine Ausstellung »Traumland« in der Galerie »X Uno X« in Los Cristianos eröffnet.

Eva Ehrenstein war von den großflächigen Landschaftsbildern begeistert. Flüchtig, schwebend, von intensiver Kraft. Diese Farben. Als hätte der Maler genau die Bilder festhalten wollen, die sie am Morgen im Anaga-Gebirge und am Atlantischen Ozean gesehen hatten. Hundert verschiedene Grüns, bläuliche Himmelsfetzen, vulkanische Schlacken in rostbraun und obsidianschwarz, das strahlende Weiß der Schaumkronen. Sich durchkreuzende Farbenspiele, die im Auge des Betrachters neue, immer phantastischere Landschaften entstehen ließen. Eva fühlte sich in die träumerischen Ölbilder hineingezogen.

»Er kennt Gunter nicht«, sagte Frank, als er neben ihr auftauchte.

»Wir kennen auch nicht alle Bochumer, nicht mal alle, die in unserer Straße wohnen«, erwiderte Eva.

Sie wies ihn auf das Ölbild mit dem Titel: »8. Versuch das Traumland zu beschreiben« hin und sagte: »Das hätte ich gerne, Frank. Wenn ich darauf blicke, geht mir das Herz auf.«

»Wie sollen wir das Bild heil nach Hause bringen? Im Handgepäck? Es ist zwei mal drei Meter mindestens.«

»Da wird sich sicher ein Weg finden«, entgegnete Eva.

Die Besucher der Vernissage schienen sich gut zu kennen. Viele unterhielten sich auf deutsch. Ein Werbefachmann aus Bremen, der keine Lust mehr auf Karriere hatte; ein Kölner Arzt, der lautstark vom »Kanaren-Koller« sprach; ein junges Ehepaar, das sich darüber mokierte, daß zur Zeit in Deutschland mal wieder Trübsinnswetter sei, der ewige deutsche Herbstwinter mache die Seelen krank und die Kinder neurotisch. In einem anderen Raum stießen die Ehrensteins auf die Herausgeberin des deutschsprachigen »Wochenspiegels« und die Besitzer der *Librería Barbara* in Los Cristianos, einen Öko-Bäcker aus La Matanza und einen Tauchlehrer aus Puerto de la Cruz. Der Maler schien in der deutschen Kolonie fest verankert zu sein.

Eva sagte leise zu Frank: »Dieser Öko-Bäcker baut sich ein achteckiges Baumhaus, das er selbst entworfen hat.«

Frank schaute sie verblüfft an, denn bisher hatte der Deutsche dies mit keinem Wort erwähnt.

»Diese Aussteiger und Einsteiger sind mir alle schon begegnet«, lachte Eva.

»Und wo?«

»Sie tauchen im besten Reiseführer auf, den ich über Teneriffa gefunden habe.«

Frank deutete Beifall an und drängelte sich zu dem Maler durch.

»Meine Frau interessiert sich für den 8. Versuch«, sagte er zu ihm, »gibt es irgendwo eine Preisliste?«

»Ja, es gibt eine, aber sie liegt noch in meinem Atelier. Hab' ich in dem Trubel vergessen.«

Eva stellte sich vor und reichte dem Maler die Hand. »Was soll das Bild denn kosten?« erkundigte sie sich ohne Umschweife.

»89 000.«

»D-Mark?«

»Peseten.«

Eva überlegte eine Weile.

»Dann möchte ich es gerne kaufen.«

Der Maler rief: *»Marisol, ven aquí, un alemán quiere comprar un cuadro.«*

Der hochaufgeschossene Mann, dessen kräftige Hände zwischen vielen Sommersprossen bunte Kleckse aufwiesen, beugte sich zu Eva hinunter: »So oft kaufen die Deutschen nicht bei mir. Das muß gefeiert werden.«

Eine zierliche Frau erschien. Schwarzbraunes, welliges Haar, schulterlang, leuchtend grüne Augen, kaffeebrauner Teint. Eva schätzte sie auf Mitte Zwanzig.

»Darf ich Ihnen Marisol vorstellen, sie ist meine *novia*.«

»Und ich bin seine Tochter«, sagte ein flachsblondes Mädchen, das sich zwischen die beiden Erwachsenen drängte. »Ich heiße Sophie und werde bald sieben. Wir wohnen in El Sauzal, da müssen Sie uns mal besuchen kommen und Papa helfen, im Atelier aufzuräumen. Das sieht aus wie ein Schweinestall.«

Der Maler schaute entschuldigend zu den Ehrensteins hinüber.

Frank sprach das kleine Mädchen an: »Künstler lieben die Unordnung, damit sie etwas Ordentliches daraus machen können. – Wie gefallen dir denn die Bilder deines Vaters?«

Sophie sah erst zu Marisol, dann zu ihrem Vater hinauf und faßte nach seiner Hand. »Papa ist der beste Maler der Welt.«

Marisol strich über ihr Haar. »*Que chica tú eres.* So ein tolles Mädchen.«

Der Maler bat darum, daß die Ehrensteins das Bild bis zum Ende der Ausstellung als Leihgabe hängen ließen. Es gebe immer Freunde, die nach Deutschland reisten. Er werde für eine stabile Verpackung sorgen. Jeder Bilderladen sei in der Lage, die Leinwand wieder auf einen Rahmen zu spannen.

Marisol holte ein Tablett mit Gläsern und schenkte Rotwein aus. »Der stammt vom Großvater. *Salud.*«

Sie prosteten sich zu. Der *vinito* schmeckte sehr frisch.

»Marisol hat auch eine Ausstellung.«

»Ach, Sie sind ebenfalls Malerin?« fragte Eva.

»Fotografin«, antwortete Marisol. »Ich arbeite bei der Zeitung *El Día* in Santa Cruz.«

»Und ich arbeite auch jeden Tag, wenn der Papa noch schläft. Der liegt immer bis mittags im Bett.«

»Sophie, nicht alle unsere Geheimnisse ausplaudern, bitte«, sagte der Maler lachend und hob den rechten Zeigefinger.

Frank ließ sich das Glas nachfüllen. »Und wie lange leben Sie schon hier?«

»Zweieinhalb Jahre sind es jetzt. Ich habe auf der Insel die Farbe neu entdeckt. Manchmal sitze ich stundenlang in der Natur, nur um zu schauen. Alles ist ganz still. Da prägen sich die Eindrücke am besten ein. Meine Bilder sind gegenständlich, ohne die Gegenstände genau zu zeigen.« Der Maler sah die junge Fotografin an. »Und eines Tages stand Marisol in meinem Atelier.«

»Wir heiraten bald«, plapperte Sophie. »Aber es ist noch ziemlich geheim.«

Diesmal war es Marisol, die das Mädchen ermahnte, nicht dauernd das Gespräch zu unterbrechen.

»Ich bin laut, aber nicht vorlaut«, sagte Sophie trotzig.

»Wenn Sie Lust haben, kommen Sie in Santa Cruz vorbei. Fragen Sie beim Pförtner nach den Fotos vom Schatten des Teide, es ist nur eine kleine Ausstellung im obersten Stockwerk.« Marisol gab ihnen eine Visitenkarte. »Das Verlagshaus ist ziemlich einfach zu finden.«

Erst kurz vor Mitternacht kehrten die Ehrensteins ins Hotel zurück. Frank sagte etwas angesäuselt: »Du schlägst hier Wurzeln, Eva.«

»Immerhin habe ich jetzt ein Bild, auf das ich schauen kann. Ich freue mich schon, wenn wir es aufhängen, und ich weiß auch schon genau, wo es hinkommt.«

Als sie Gunter am nächsten Morgen trafen, erzählten sie begeistert von der Vernissage des deutschen Malers.

»Wir haben Sie vermißt, Gunter«, Eva strahlte ihn an. »Es waren viele Deutsche da, die hier für immer leben. Schade, daß Sie nicht zur Vernissage gekommen sind.«

Frank unterbrach seine Frau: »Der Maler kennt Gunter doch gar nicht.« Dann wandte er sich an Gunter: »Gehören Sie nicht zur deutschen Kolonie?«

»Ich bin gegen jede Art von Kolonien«, sagte Gunter bestimmt.

Eva ärgerte sich über den skeptischen Unterton in der Frage ihres Mannes und fügte hinzu: »Bestimmt werden Sie sich für die Fotos vom Teide interessieren, die die kanarische Freundin des Malers in Santa Cruz zeigt.«

»Jetzt können wir Ihnen auch mal einen Tip geben«, sagte Frank, »sollten wir nicht zusammen dorthin fahren und uns den Schatten Ihres Vulkans ansehen?«

»Nein, nein«, wehrte Gunter ab, »dazu reicht unsere Zeit heute nicht.«

»Vielleicht morgen«, sagte Eva. Zu gerne hätte sie auch schon für den nächsten Tag mit diesem wunderbaren Cicerone eine Verabredung getroffen.

Diesmal fuhren sie die Bergstraße nach Norden, über Guía de Isora und Santiago de Teide, wo die Straße nach Masca abzweigte. Schon bei ihrem ersten Besuch hatten die Ehrensteins dieses außergewöhnliche Dorf besucht, das inzwischen zu einer Touristenattraktion geworden war, zu der täglich Karawanen von Bussen fuhren.

»Der Teide zeigt sich heute mit einem kleinen, weißen Wolkenhäubchen, *la capa,* manche sagen auch *el sombrero,* das bedeutet, heute nacht regnet es wahrscheinlich. Gut für die Natur. Wenn es manchmal monatelang nicht regnet, gehen die Kartoffeln ein. Haben Sie schonmal *ñames* probiert? Die schwarzen Kartoffeln, die nur in der Weihnachtszeit als besondere Delikatesse auf den Tisch kommen?«

Während sie die kurvige Bergstraße hinauffuhren, berichtete Gunter kundig von den vielen Kartoffelsorten auf den Kanarischen Inseln. Über dreißig sollten es sein. Süße, rote, violette, säuerliche, feste, knorpelige Arten. »Vielleicht sind die Kanaren ja deswegen so beliebt bei uns Deutschen«, warf Eva ein.

Sie erreichten den Erjos-Paß, und mit einem Mal änderte sich das Wetter, als fahre man von einer Jahreszeit in die nächste. Keine Sonne mehr, alles war bewölkt. Auch die Farbe der Erde hatte sich geändert, ein intensives Rostbraun dominierte.

An der Kamelstation in El Tanque hielt Gunter den Wagen an und ließ die Ehrensteins aussteigen. Sie sahen, wie aus den Touristen Scheichs und Haremsdamen gemacht wurden, die auf den Kamelen einen Ritt in die grüne Macchia unternehmen wollten. Gunter zeigte ihnen das Schild, auf dem in drei Sprachen zu lesen stand, daß man hier auf Eseln ausreiten könne. »Das war früher wirklich so, bevor die Kamele importiert wurden. An *Los Reyes* sind die Heiligen Drei Könige damals auf Eseln in die Dörfer geritten.«

Die Ehrensteins verspürten überhaupt keine Lust, die schaukelnden Wüstenschiffe zu besteigen, sie zogen die Fahrt auf vier Rädern entschieden vor.

Der nächste Halt bot einen überwältigenden Blick: *Mirador de Garachico.* Tief unter ihnen lag das Halbrund der Stadt im Meer mit einer vorgelagerten Felseninsel. Als schiebe sich aus der Talsenke ein gespitzter Mund hervor, um den Ozean zu küssen. Die abfallenden, leicht bewaldeten Hänge symmetrisch zu beiden Seiten.

Im Hafen von Garachico parkte Gunter den Opel.

»Von hier aus können Sie genau erkennen, wie der Vulkanausbruch im Jahre 1706 eine der wichtigsten Städte der Kanarischen Inseln vernichtet hat.« Gunter zitierte, wie ein geübter Schauspieler, aus einer zeitgenössischen Chronik: »Die vulkanischen Massen ergossen sich wie sieben Arme eines Kraken, einer warf das Hafenbecken voll Lava, ein anderer legte Feuer an die Kathedrale. Erst nach vierzig Tagen erkalteten die glühenden Steine.« Gunter war in seinem Element, seine hellen Augen blitzten.

Die breite Aschenbahn des Vulkans, die den Hafen zugeschüttet hatte, war leicht auszumachen. Auch wenn am Berghang wieder Grün aus der schwarzen Schlacke hervorsprießte, als solle die Schuld des Vulkans vertuscht werden.

»*Una esmeralda en que descansa el Cielo,* ein Smaragd, in dem sich der Himmel ausruht, so beschrieb ein Mönch die Stadt, bevor der *Pico Viejo* sie mit Lava übergoß. Garachico war der reichste Handelshafen der Insel, ein Naturhafenbecken, wie es ganz selten vorkommt. Hier konnten die Schiffe vor jedem Sturm geschützt ankern. Davon ist nur noch die kleine Badebucht übriggeblieben.«

Das künstlich angelegte Meerschwimmbecken, das aus der Lava herausgemeißelt wurde, überspülten heftige Wellen. Das Wasser brodelte.

Gunter führte sie in die Calle Venus, in der geschnitzte Fensterläden in weißem Mauerwerk zu bewundern waren. Über dem Haus Nr. 2 befand sich eine kleine, braune Plakette aus dem Jahre 1720. »Nach dem

Vulkanausbruch haben sich die Besitzer der erhalten gebliebenen Häuser versichern wollen. Die Makler aus London waren gleich zur Stelle und haben ein schönes Geschäft mit der Angst der Bewohner gemacht.«

Durch schmale Gäßchen spazierten sie zur *Glorieta de San Francisco,* dem Zentrum der Hafenstadt. Dort lag das ehemalige Franziskanerkloster, in dem sich nun ein Museum befand. Auf den alten Schwarz-Weiß-Fotografien wurde das Garachico der zwanziger und dreißiger Jahre lebendig. Ausgelassene Umzüge, ernste Honoratioren, geschäftiges Treiben im Hafen und Arbeiter in der Bananenpackerei. Eva war besonders von der gemusterten Pflasterung des Bodens beeindruckt.

Am achteckigen Pavillon an der *Plaza de Arriba* tranken sie einen *cortado,* zu dem sich Frank einen Kräuterlikör bestellte. Sein Blick fiel auf die Inschrift unter der Turmuhr: *Lo hizot Kreitz.* Gunter sagte, das sei wahrscheinlich ein ausgewanderter Hamburger Uhrmacher gewesen, der bereits Mitte des letzten Jahrhunderts auf den Kanaren sein Handwerk ausgeübt habe.

»Nun geht es an meinen Lieblingsstrand nach San Marcos. Wir werden bei Maria einkehren. Oder waren Sie vor zwei Jahren schon da?«

Die Ehrensteins verneinten.

Vorbei an Bananenplantagen, in denen herrschaftliche Fincas standen, ging die Fahrt die Küstenstraße entlang bis kurz vor Icod de los Vinos, dann bog die Straße in weiten Serpentinen zum Meer ab.

Ein großer Autofriedhof auf einem Felsvorsprung störte die immer neuen Ausblicke auf die felsige Küste und die blaugrünweißen Wellen.

Als sie die geschützte Bucht erreicht hatten und auf den kleinen Strand blickten, der am Fuße einer mächtigen Steilküste lag, konnte Eva ihre Begeisterung nicht zurückhalten.

»Noch ein Traumland, Frank.«

Ein kleiner Hafen, in dem die Boote der Fischer mit einem Kran aufs Wasser gesetzt wurden, einfache Restaurants und Geschäfte, darüber Apartmenthäuser.

Sie saßen im Restaurant bei Maria direkt am feinen, schwarzgrauen Sandstrand. Eva sagte: »Gunter, ich würde Sie gerne um etwas bitten.«

Frank sah seine Frau an. Er zog die Augenbrauen hoch und schüttelte heftig den Kopf. Wir hatten uns doch geeinigt, daß wir Gunter nicht damit behelligen wollen, dachte er.

Maria brachte die Speisekarte.

Bevor sie hineingeschaut hatten, bestellte Gunter eine Portion *Pimientos de padrón* und eine *ración gofio con ajo.* »Das müssen Sie probieren.« Es gab *conejo en salmorejo,* eingelegtes Kaninchen, und *papas arrugadas con mojo verde.* Der Wein kam in schlanken Karaffen. Gunter wandte sich Eva zu.

»Um was wollten Sie mich denn bitten?«

Eva räusperte sich, bevor sie zu sprechen anfing: »Wir sind in diese Insel vernarrt, also ich bin es auf jeden Fall. Könnten Sie sich für uns umhören, ob hier in der Gegend vielleicht ein Haus zum Verkauf steht?«

»Das, ich weiß nicht...«, antwortete Gunter zögerlich, »so gut kenne ich mich mit Häusern nicht aus. Wenn Sie wollen, kann ich mich natürlich umhören, kein Problem. Aber so lange sind Sie doch gar nicht mehr da...«

Frank schaltete sich ein. »Wissen Sie, wir haben uns bis jetzt zurückgehalten, obwohl wir vor zwei Jahren schon mal daran gedacht haben, hier ein Haus zu kaufen. Aber in Puerto de la Cruz wurden wir damals von diesen Timesharing-Haien gejagt. Man konnte ja keinen Schritt machen, ohne daß die einen mit Infos und Geschenken bedrängten. Auch dieses Jahr ist es uns in Las Américas wieder zweimal passiert. Damit wollen wir nichts zu tun haben. Aber...«

Er unterbrach sich, weil die dampfende Schale mit dem goldbraunen *gofio* auf den Tisch gestellt wurde. »Das riecht ja köstlich.«

»Eine ganz einfache Sache«, erklärte Gunter, »stark gerösteter Mais wird zu staubfeinem Mehl vermahlen und dann auf verschiedene Weise zubereitet, mal mit Fischsud, mal wie hier mit Knoblauch und Olivenöl, aber es gibt viele andere Rezepte. Die Kanarios in den Bergen lieben *gofio* sogar mit Zucker und Rotwein vermischt, um sich nach einer kühlen Nacht auf Trab zu bringen. Sie nennen es *una rala.*«

Sie probierten diese besondere Vorspeise.

»Das habe ich bisher auf keiner Speisekarte entdeckt«, sagte Eva, die sofort eine zweite Portion bestellte und den Namen des Gerichts in ihrem Notizbuch vermerkte.

»Man muß im Restaurant einfach danach fragen, meistens hat man Glück«, erwiderte Gunter. Er wandte sich an Frank: »Das heißt, Sie würden gerne etwas kaufen, aber haben kein Vertrauen zu hiesigen Maklern ...«

»Nein, nein«, wehrte Frank Ehrenstein ab, »verstehen Sie mich nicht falsch. Freunde von uns haben mit unseriösen Anbietern schlechte Erfahrungen gemacht, und deswegen sind wir etwas mißtrauisch. Da kann man ganz schön über den Tisch gezogen werden. Und wenn man von Deutschen etwas kaufen will, wie im »Wochenspiegel« annonciert, sind die Preise so gesalzen, das können wir uns nicht leisten. Aber ich will Sie nicht zu unserem Mittelsmann machen. Eva meinte nur, weil Sie so freundlich sind, uns Ihre Insel zu zeigen … ich dachte … wir dachten …« Nun war er ins Stocken gekommen.

Eva sah ihn an: »Es war doch nur eine Frage, Gunter, mehr nicht. Hätte ja sein können, daß Sie etwas von einem Haus wissen. Hier in der Gegend. Garachico, Icod de los Vinos, San Marcos. Sie kennen doch wirklich jeden Pflasterstein.«

Maria brachte die *pimientos*. Kleine, grüne Paprikaschoten, die gegrillt und mit grobem Salz bestreut wurden.

»Achtung«, sagte Gunter, »es kann mal eine dabei sein, die überaus scharf ist.«

Es dauerte nur zwei Minuten, bis Eva eine solche Schote erwischt hatte. »Huh, das brennt.«

»Sofort ein bißchen Brot in den Mund und kräftig kauen, dann mit Wein nachspülen.«

Eva hustete.

Ihr Kopf rötete sich.

»Er hatte dich gewarnt«, sagte Frank, der ihr liebevoll über den Nacken streichelte.

»Aber genutzt hat es nichts«, antwortete Eva, als sie wieder sprechen konnte. »Eßt sie nicht alle auf, ich will auch noch ein paar abhaben.«

Der Strand war kaum bevölkert. Leise rollten die Wellen heran, die tiefstehende Sonne tauchte die drei nebeneinanderliegenden Restaurants in rötlich warmes Licht. Auf dem Sand spielten zwei Hunde.

Der Koch kam und fragte, ob es ihnen geschmeckt habe. Gunter erkundigte sich auf spanisch, welche Desserts er anzubieten habe. *Crema catalana*, *flan*, *leche asada.* Sie bestellten von jedem etwas. Wollten alles probieren.

Eva zückte wieder ihr kleines Büchlein. »Sonst habe ich die vielen Genüsse des heutigen Tages schon vergessen, bevor wir weggefahren sind«, sie hielt inne, »wir müssen ja übermorgen schon abfliegen. – Nein, ich will nicht zurück!«

IV

Die Villa

»Hatten Sie noch etwas aus der Mini-Bar, *señor* Ehrenstein?« fragte die Frau an der Rezeption des Hotels *Jardín Tropical.*

Frank überlegte eine Weile: »Ja, zwei Campari, und außerdem hatte ich vier Brandy. Ist ja kaum etwas drin in diesen Minifläschchen.«

Die Frau im dunkelblauen Kostüm tippte ein paar Zahlen in den Computer, dann druckte sie die Rechnung aus. »Waren Sie mit unserem Hotel zufrieden, *señor* Ehrenstein?«

Frank nickte und überflog die Aufstellung.

»Wären Sie so freundlich, einen Fragebogen über das Hotel auszufüllen? Wir nehmen auch gerne Kritik entgegen, *sugerencias.*«

»Natürlich«, erwiderte Frank und legte eine Kreditkarte auf den Marmortresen. »Ich muß sowieso warten, bis meine Frau die Koffer gepackt hat.« Leise setzte er hinzu: »Und es ist besser, wenn man sie nicht dabei stört.«

Als er eine halbe Stunde später das Hotelzimmer betrat, saß Eva immer noch zwischen den geöffneten Koffern.

»Wir sollten bei der Chartergesellschaft anrufen und fragen, ob wir unseren Rückflug nicht erst am Wochenende antreten können.«

»Ich habe gerade ausgecheckt.«

»Dann checken wir eben wieder ein«, sagte Eva trotzig. »Ich krieg' das schon hin. Ich werde Marion Bescheid sagen, daß wir verlängert haben, wenigstens vier Tage. Dann bin ich Montag im Institut. Ich kann mir nicht vorstellen, daß sie wegen den zwei Kursen Ärger macht.«

Frank war sofort einverstanden. Nichts lieber als das. Dem Flugticket entnahm er die Telefonnummer des Reiseveranstalters in Teneriffa, bei dem er erst vor achtundvierzig Stunden die Rückflüge bestätigt hatte. Zunächst lief ein Anrufbeantworter mit den Abflugterminen der nächsten Tage, danach wurden die Anrufer aufgefordert, ihre Mitteilungen auf Band zu sprechen.

»Frank und Eva Ehrenstein aus Bochum. Wir würden gerne wissen, ob eine Möglichkeit besteht, vom heutigen Flug nach Düsseldorf zurückzutreten und dafür...«

In diesem Augenblick schaltete sich eine weibliche Stimme ein: »Bitte sehr, was wünschen Sie?«

Frank wiederholte seine Anfrage, ob sie eventuell vier Tage später nach Hause fliegen könnten.

»Ich muß Sie zunächst darauf hinweisen, daß Ihr Anspruch auf Beförderung damit entfällt. Sie müssen die Flüge selbst bezahlen. Sind Sie sich darüber klar?«

»Ja, wenn es nicht anders geht.«

Eva hielt ihr Ohr dicht an den Hörer.

Sie nickte.

»Ich schaue mal nach, was ich am Wochenende für Sie tun kann.«

Frank sah, daß sich Evas Miene aufhellte. Schon während des Frühstücks war sie kaum ansprechbar gewesen. Selbst ein Glas Champagner hatte sie nicht aufmuntern können. Eva meinte, sie selbst sei schuld daran, daß sie heute schon zurückfliegen müßten, für die zwei Kurse hätte sie eine Vertreterin einsetzen können. Als Frank versucht hatte, sie mit dem Satz zu trösten, daß man jeden verfügbaren freien Tag der Osterferien nutzen könne, um auf »ihre« Insel zu fliegen, hatte Eva abgewunken, so lange wolle sie nicht warten.

»Tut mir leid, Herr Ehrenstein. Das ist das große Rückflugwochenende. Hamburg, Bremen, Hannover, alles restlos ausgebucht. Nicht mal ein Platz, weder Samstag, noch Sonntag.«

»Und Freitag?« Frank wagte kaum, Eva anzuschauen. Es würden gerade zwei Tage sein, teuer bezahlte Tage, die sie länger bleiben könnten. Hauptsache, nicht heute schon abreisen.

»Freitag gehen nur zwei Maschinen, eine nach Stuttgart und eine nach München. Mal sehen ...«

»Nein, da brauchen Sie nicht im Computer nachzuschauen, das wäre nun wirklich Unsinn. Schönen Dank für Ihre Mühe.«

Frank legte den Hörer auf. Vorsichtig. Preßte die Lippen aufeinander.

»Pech«, sagte er. »Wenigstens haben wir es versucht, nicht wahr?«

Auch die Anrufe bei zwei weiteren Reiseveranstaltern ergaben kein anderes Ergebnis.

»Du mußt packen, Eva. Auch, wenn die Maschine erst am späten Nachmittag fliegt.«

»Dann laß uns wenigstens jetzt noch ein paar Stunden an den Strand gehen. Ich werfe dann alles ganz schnell in die Koffer, ja?«

Sie sah Frank an.

»Von mir aus. Ich werde mit der Rezeption regeln, daß wir das Zimmer noch ein paar Stunden ...«

Das Telefon klingelte.

»Frank, sind Sie dran?«

»Ja.« Er erkannte die tiefe, vibrierende Stimme von Gunter sofort.

»Wann geht ihr Flieger?«

»18 Uhr 30.«

»Dann schaffen wir es, wenn Sie wollen.«

»Was denn?«

»Ich bin in einer Viertelstunde in der Hotelhalle. Warten Sie auf mich!«

Gunter hatte aufgelegt.

»Das war dein Beau, Eva. Er will uns nochmal kurz treffen.«

Die Ehrensteins hatten Gunter seit dem gemeinsamen Ausflug vor zwei Tagen nicht mehr gesehen. Den letzten Urlaubstag verbrachten sie alleine am Swimmingpool. Eva hatte sich stundenlang ihrem Traum überlassen, während Frank seinen Krimi zu Ende las.

»Schön, wenigstens etwas an diesem trüben Tag.«

»Draußen scheint die Sonne, Eva.«

»Dann schau mal in 24 Stunden aus dem Fenster.«

Evas Bemerkung ließ jegliche Ironie vermissen.

Sie packte nur ein paar Kleidungsstücke in den Koffer, ging ins Bad und zog den Lidstrich nach. Ihre roten Haare waren etwas verstrubbelt, aber so mochte sie die Frisur am liebsten. Frank dachte darüber nach, was er am Wochenende in Bochum anfangen sollte. Eher trübe Aussichten.

Kurze Zeit später trafen sie Gunter Hidalgo in der Hotelhalle.

Sein blondes Haar war frisch gefönt. Seine Stimme klang etwas heller als gewöhnlich.

»Also, die Sache ist die: Es gibt eine kleine Chance für Sie beide.«

»Haben Sie etwas für uns gefunden?« fragte Eva aufgeregt.

»Ich habe mich ein bißchen umgehört. Wahrscheinlich sind wir sogar vorgestern an dem Haus vorbeigekommen. Ich weiß nicht, ob ich so schnell an die Schlüssel komme, so daß wir auch reingehen können, aber...«

Gunter unterbrach sich und hustete ein wenig verlegen.

»Los, lassen Sie uns fahren«, sagte Eva, »das können Sie uns alles unterwegs erzählen.«

Sie stiegen in Gunters Opel und fuhren auf die Autobahn, die bis Adeje ausgebaut war.

»Das Haus gehört einem Ehepaar, das seit drei Jahren in den Vereinigten Staaten lebt. Wie ich erfahren habe, wollen sie das Haus in diesem oder im nächsten Jahr verkaufen, sobald sich geklärt hat, ob der Job des Mannes verlängert wird. Er arbeitet in Houston, Texas, bei einer Raketenfirma oder so. Die Chancen für die Verlängerung seines Vertrages sollen gut sein. Ich kann Ihnen nur eins sagen: Wenn das alles stimmt, was ich gehört habe, wären Sie momentan tatsächlich die einzigen Interessenten.«

»Und wo liegt es?« meldete sich Frank vom Rücksitz.

»Oberhalb von Garachico. Ich kann mir schon vorstellen, welches Haus es sein könnte. Aber ich bin mir nicht ganz sicher.«

»Und wir haben es schon gesehen?« Im Rückspiegel sah Frank Gunters freundliche Augen.

»Ich denke schon.«

Trotz der enger werdenden Serpentinen fuhr er ziemlich schnell. Eva wurde etwas schwindelig, sie sagte aber nichts. Frank hielt sich an der Handschlaufe fest.

»Keine Sorge, Sie werden Ihren Flieger nicht verpassen«, sagte Gunter, als müsse er die Ehrensteins beruhigen.

Eva berichtete von den ergebnislosen Versuchen, den Rückflug umzubuchen, weil sie beide so gerne noch bis zum Wochenende geblieben wären.

»Ja, in dieser Zeit ...« Gunter beendete seinen Satz nicht.

Die Orte flogen vorbei. Tamaíno, der Abzweiger zum *Parque Nacional de Teide*, Erjos. In El Tanque verließen sie die große Hauptstraße.

»Das Haus liegt an der alten Verbindungsstraße zwischen El Tanque und Garachico. Dort gibt es ein Berghotel, das aber kaum belegt ist. Ich soll da nach dem Schlüssel fragen.«

»Hauptsache, wir können sehen, wie es liegt«, sagte Frank.

»Na ja, ich möchte schon gerne reingehen, wenn es möglich ist.«

»Ich auch«, stimmte Gunter Eva zu.

Das fünfstöckige Hotel war geschlossen. Vor den Fenstern Gitter, dahinter dunkle Vorhänge.

Gunter klopfte, rief, aber es machte niemand auf.

»Schade, sehr schade. Trotzdem, wenn wir schon einmal hier sind ... das Haus muß hinter der nächsten Kurve zu sehen sein, so hat man mir das beschrieben.«

Kurze Zeit später rief Eva: »Dahinten liegt es. Das ist aber kein Haus, das ist doch eine Villa.«

»Wenn es das ist«, erwiderte Gunter und verlangsamte die Fahrt.

Er parkte den Wagen vor einem Tor. Das hohe Eisengitter war nicht verschlossen. Sie gingen den Weg am Steilhang entlang, bis sie vor dem Haus standen. Es war von Hecken, Gestrüpp und wildwachsenden Pflanzen umgeben, die einen reizvollen Kontrast zum *picón*, dem schwarzen Sand, bildeten.

Das dreistöckige Haus war an den Hang gebaut, weißgestrichen mit Fensterläden und Türen in sattem Meerblau. Sie traten auf die obere der beiden Terrassen.

»Unten wird wahrscheinlich die *bodega* sein, das ist hier meistens so, mit einem Raum für Feste und Geselligkeiten. Sehen Sie, dahinten ist auch ein Grillplatz, neben dem großen Holztisch.«

Eva wußte nicht, wohin sie zuerst schauen sollte. Von der Terrasse konnte sie fast die gesamte Nordküste überblicken. Das Hochhaus von Los Silos genauso wie die Bucht von Puerto de la Cruz. Bei klarer Sicht wahrscheinlich sogar weiter hinauf.

»Ich mach' noch einen Versuch«, sagte Gunter und eilte davon. »Da muß doch jemand zu erreichen sein«, rief er, ohne sich umzudrehen.

»Das ist ... ich kann es nicht fassen. Hier zu wohnen, Frank, das wäre es, oder?«

»Ich will ja nicht unken, aber so eine Villa kostet sicherlich eine Stange Geld. Drei Etagen, soviel Platz brauchen wir nicht.«

»Aber die Aussicht, sieh dir doch mal die Aussicht an.«

»Was meinst du, was ich die ganze Zeit tue?«

Ehrfürchtig standen die beiden auf der Terrasse, unter ihnen lag im Sonnenlicht das Halbrund des Städtchens Garachico. Wie auf einem Ölbild gemalt. Das geschwungene kleine Hafenbecken, der Kirchturm, der herausragte, auch das Konvent war zu erkennen. Sogar das Hotel, dessen rostroter Anstrich besonders hervorstach.

»Wie die *grandes* von Garachico fühlt man sich hier«, sagte Frank nach einer Weile.

Gunter kam im Laufschritt zurück und schwenkte einen Schlüsselbund in der Hand.

Er mußte eine Zeitlang probieren, bis er den passenden Schlüssel für das Obergeschoß des Hauses gefunden hatte, das von der Hangseite aus zugänglich war.

»Bitte einzutreten.«

Der Raum war dunkel und stickig. Gunter machte schnell einige Fenster auf, so daß Sonne und frische Luft hereinströmen konnten.

»Ich weiß natürlich nicht, was von dieser Einrichtung hierbleiben wird. Aber das ist vielleicht noch ein bißchen verfrüht.«

Die Korbmöbel waren bequem, die Bezüge der Kissen glichen jenen im *Jardín Tropical.* Was Eva sofort bemerkte. Sie schritt durch die drei Zimmer, als sei sie bereits entschlossen, diese »Villa« zu kaufen.

Frank sah ihr nach. Als er mit Gunter alleine war, fragte er mit gedämpfter Stimme nach dem Preis. »Das muß doch ein Vermögen kosten, oder?«

Gunter wiegte den Kopf hin und her.

»Was ich bisher in Erfahrung bringen konnte, soll das Haus so zwischen 16 und 24 Millionen kosten. Aber bitte, Sie dürfen mich nicht festlegen. Das sind alles nur Gerüchte.«

»Wieviel ist das in D-Mark?«

»Zwischen zwei- und dreihunderttausend.«

»Das kann doch nicht wahr sein«, antwortete Frank, »das wäre ja ein Ringeltäubchen.«

»Was bitte?«

»So sagte meine Mutter immer, wenn sie ein Schnäppchen gemacht hatte. – Eva, weißt du, was das Haus kosten soll?« Frank wiederholte die Summe, die Gunter ihm genannt hatte.

Eva Ehrenstein kam aus dem Bad. »Das ist doch ein Witz, oder?«

»Ich fände es auch ziemlich preiswert«, sagte Gunter und schaute die Ehrensteins an. »Ich könnte mit der Familie Kontakt aufnehmen, wenn Sie wirklich interessiert wären.«

Eva bat darum, auch die beiden anderen Etagen zu sehen. Die *bodega* im Untergeschoß war ein einziger, großer Raum mit weitem Blick über das Meer. Derbe Holztische, zwei Weinfässer mit alten Aufschriften, an den Wänden großformatige Fotos aus den 20er Jahren: Festumzüge in Garachico. Große Limousinen, Pferdekutschen geschmückt mit Bananenstauden, junge Frauen in weißen Gewändern, Männer mit überdimensionierten Schnurrbärten und großkrempigen Hüten.

»Sieh mal, Frank, ein Gecko.« Eva zeigte auf das kleine Tier, das die Wand hoch und an der Decke entlang jagte.

»Die heißen hier *perenquén.* Das Wort gibt sehr schön lautmalerisch die schnelle Bewegung wieder. Ganz nützlich diese Tiere, gegen Mücken und Motten.«

Als sie auf der untersten Terrasse neben dem offenen Kamingrill standen, fragte Frank, ob sie denn tatsächlich eine Chance hätten, dieses Haus zu kaufen.

»Ich bin kein Hellseher«, erwiderte Gunter, »aber ich kann versuchen herauszufinden, ob und wann das Haus veräußert werden soll.«

Eva hakte sich bei Frank ein.

»Das hier wäre es. Ich würde mir gar kein anderes anschauen.«

Sie blieben fast eine Stunde, gingen immer wieder auf eine der Terrassen, genossen die Ausblicke. Bis Gunter sagte, sie müßten langsam an die Rückfahrt denken, sonst würden sie noch das Flugzeug verpassen.

Eva war so angetan von »ihrer« Villa, daß sie ihrem Mann vorschlug, einfach ein paar Wochen auf Teneriffa zu bleiben, um die ganze Sache zu regeln.

»Nun laß uns erst mal abwarten, ob die Gerüchte, von denen Gunter gehört hat, auch wahr sind.«

Gunter stimmte ihm zu. »Nicht jeder Traum kann auch in Erfüllung gehen, Eva.«

Auf dem Weg zum Auto blieb sie immer wieder stehen und drehte sich zum Haus um. Ihr Herz pochte. Wenn die Trauben uns wirklich Glück gebracht haben, dachte sie, dann können wir im Sommer hier einziehen. Unfaßbar.

Eva setzte sich auf die Rückbank neben Frank und drückte schweigend seine Hand. Aufmerksam schaute sie aus dem Fenster, wollte möglichst genau die Bilder ihres zukünftigen Zuhauses in sich aufnehmen. Nun hätte sie doch gerne einen Fotoapparat dabeigehabt.

In Serpentinen führte die Straße bergauf.

Ab und zu konnte sie einen Teil des Hauses erspähen. Wie schön es lag. Einem Adlerhorst am Felshang vergleichbar. Schnell wischte sie eine Träne weg. Hoffentlich hatte Gunter sie nicht im Rückspiegel beobachtet. Diesmal sprach er nicht. Wie einfühlsam er war.

Frank hielt die Augen geschlossen. Was für ein Tag, der so trübe begonnen hatte. Mit welchen Aussichten endete er.

Als Gunter auf die Hauptstraße von El Tanque einbog und der Verkehr wieder zunahm, schlug Frank die Augen auf und sagte unvermittelt: »Gunter, Sie haben vergessen, die Schlüssel wieder abzugeben.«

»*Sin problemas,* kein Problem. Das mache ich später«, antwortete Hidalgo, »ich werde morgen schon wieder eine Wanderung in dieser Gegend unternehmen.«

»Sie müssen ja gute Freunde hier haben, daß Ihnen solche Informationen zugetragen werden«, sagte Frank, »und dabei wohnen Sie doch im Süden.«

»Ich hatte vor Jahren eine große Liebe in Icod, wissen Sie«, er unterbrach sich, »aber sie hat dem Druck der Familie nachgegeben und einen *tinerfeño* geheiratet. Aus dieser Zeit bestehen noch einige Freundschaften.«

Seine Stimme war leise geworden.

Inzwischen hatten sie den Erjos-Paß hinter sich gelassen und schon erstrahlte wieder alles im hellen Sonnenschein. Weit entfernt im Meer konnten sie eine Insel liegen sehen.

»La Palma«, flüsterte Eva, als sei sie gerade aus einem Traum erwacht.

Gunter erzählte von San Borondón, der phantastischen achten Kanarischen Insel. »Meine Lieblingslegende.«

»Der Name stammt von dem irischen Mönch Saint Brendan, daraus wurde San Brandán, dann San Barandán, um es besser aussprechen zu können und noch klangvoller San Borondón. Der Mönch soll im 5. Jahrhundert gelebt haben. Die katholische Kirche feiert seinen Namenstag am 16. Mai. Die Legende von der Insel stammt schon aus dem 11. Jahrhundert, aber bis heute ist die Insel nicht entdeckt worden, obwohl es noch in den 30er Jahren Expeditionen gab, um San Borondón ausfindig zu machen. Jemand will die Insel sogar fotografiert haben.«

»Ich hab' den Namen schon mal gelesen«, warf Frank ein.

»Bestimmt auf einer Flasche Mineralwasser«, sagte Gunter und fuhr fort: »Schon Ende des 12. Jahrhunderts gab es Seekarten, auf denen San Borondón verzeichnet war. Zweihundert Jahre später wurde die erste Expedition gestartet, um die Insel in der Nähe von Gomera zu entdecken. Seitdem hat es unzählige solcher Expeditionen gegeben. Oder ist die Insel untergegangen, wie das sagenhafte Atlantis? Keiner kann das sagen, obwohl es

Hunderte von Zeugen gibt, die behaupten, San Borondón gesehen zu haben. Je mehr man sich dieser Insel nähert, desto weiter entfernt sie sich. Wissenschaftler erklären sich die Sache heute so: Es handele sich bloß um eine Luftspiegelung, eine Fata Morgana, nur daß diese, ganz außergewöhnlich, im Wasser liegen soll. Aber die Erklärung gefällt mir am wenigsten.«

»*Islas fortunadas,* die glücklichen Inseln, werden nicht so die Kanarischen Inseln bezeichnet?« fragte Eva.

»Ja, San Borondón wäre sicher die glücklichste von allen«, antwortete Gunter.

Kurz nach fünfzehn Uhr erreichten sie das Hotel.

In der Bar, in der sie sich zum ersten Mal begegnet waren, tranken sie einen *cortado,* den kleinen Bruder des Cappuccino, wie Frank ihn nannte, und verabredeten, in den nächsten Tagen zu telefonieren.

Gunter wollte sich bei den Ehrensteins in Bochum melden, sobald er etwas Neues in Erfahrung gebracht hatte.

V

Marisol

Wie jeden Morgen ging Don Jaime mit der Zeitung unterm Arm in die Küche, um sich seinen Frühtrunk zu bereiten. In ein Wasserglas schüttete er zwei Eßlöffel *gofio*, einen Eßlöffel Zucker und füllte den Rest des Glases mit Rotwein auf. Er rührte so lange in der Flüssigkeit, bis das geröstete Maismehl und der Zucker aufgelöst waren.

Den ersten Schluck nahm er im Stehen und wartete auf die entspannende Wirkung. Er atmete tief ein und stieß dann die Luft kräftig aus.

Am Küchentisch schlug er *El Día* auf, suchte die Seite *»Venezuela. La octava Isla«* und begann die Artikel zu studieren. Neue Investitionen in Caracas, im Dschungel von San Cristóbal hatte man eine paramilitärische Einheit ausgehoben. »Die Kolumbianer mal wieder«, murmelte Don Jaime und nahm einen weiteren Schluck seines morgendlichen Stärkungsmittels. Die Nachrichten aus Venezuela, wohin er vor mehr als fünfzig Jahren ausgewandert war, interessierten ihn immer noch als erstes.

Er liebte diese frühe Morgenstunde, wenn er allein in der Küche sitzen konnte, ohne daß er mit jemandem reden mußte. Die Gedanken schweiften zurück in jenes aufregende Land, das ihm Abenteuer beschert und ein respektables Vermögen verschafft hatte. Dabei hatte er Teneriffa nicht freiwillig verlassen. Ganze Dorfgemeinschaften wanderten damals aus, weil die Insel keinen Lebensunterhalt bot. Das Geld für die Überfahrt mußten sein Vater und er von der Auswanderungskasse borgen. Fünftausend Peseten kostete die Reise. Nach seiner Rückkehr, sieben Jahre später, konnte Don Jaime die Summe ohne Probleme zurückzahlen. Niemandem etwas schuldig bleiben, war eine seiner Maximen.

Don Jaime blätterte bis zur Seite mit den Gedichten und las eine lyrische Hommage auf die Schönheiten Teneriffas und ein Sonett über den Stolz der *aficionados* auf die heimische Fußballmannschaft, die in der 1. spanischen Liga spielte. Jeden Tag druckte *El Día* Gedichte aus der Leserschaft ab. Das dritte Poem war ein Geburtstagsgruß eines Großvaters für seinen Enkel: *»Abuelo me escribe una poesia«* – »Großvater schreibt mir ein Gedicht.«

Als er die Zeilen las, fiel ihm wieder ein, daß seine Enkelin Marisol ihn abholen wollte, schon früh am Morgen, um ihn mit nach Santa Cruz zu nehmen und ihm ihre Fotoausstellung zu zeigen. Ganz stolz hatte sie bei ihrem letzten Besuch davon berichtet. In *El Día* hatte er ein Bild von Marisol gesehen und den Artikel gelesen, den einer ihrer Kollegen über die Ausstellung »Der Schatten des Teide« geschrieben hatte. Voll des Lobes über den guten Einfall und die ausgezeichnete Qualität der Fotos.

Lieber wäre er wie jeden Tag in die Bar zu den anderen gegangen, aber er konnte Marisol nichts abschlagen, seinem Sonnenschein. Für sie empfand er besondere Zuneigung. Auch wenn sie ihn in den letzten Monaten vernachlässigt hatte.

»Zuviele Termine, *abuelo*«, sagte sie am Telefon, wenn er fragte, wann sie ihn wieder einmal besuche. Früher war sie in die Finca gekommen, nur um mit ihm zu sprechen oder etwas mit ihm zu unternehmen. Warum war sie nicht in Icod de los Vinos geblieben? Da hatte sie doch eine gute Stelle. Hochzeitsbilder wurden immer gebraucht. Mußte sie unbedingt in Santa Cruz arbeiten? So weit weg. Ihn kränkte es, wenn sie sich nicht täglich meldete. Er war auf ihre Zuneigung angewiesen. Aber sagen wollte er ihr das nicht.

Don Jaime legte die Zeitung beiseite. Seufzte. Trank den Rest des Rotweins und ging ins Bad.

Im Spiegel sah er die kleinen, weißen Stoppeln. Rasieren mußte er sich auch noch. Sein kräftiger Schädel war von einer silbrigen Mähne bedeckt, die er mit Wasser und Kamm in Wellen legte. Er spannte seine Muskeln, schob den Oberkörper vor, stellte sich aufrecht vor den Spiegel. Obwohl der Rücken schon ein wenig gebeugt war, gab Don Jaime immer noch eine stattliche Figur ab. Nicht wie einige der anderen in der Bar. *Olivos*, nannte er sie, wie die Olivenbäume standen sie, die sich im starken Wind nicht geradehalten konnten.

»*El espejo no fue creado para los ciegos.* Für Blinde ist der Spiegel nicht geschaffen«, sagte er, als er Inés hinter sich entdeckte.

»Was machst du um diese Zeit schon im Bad?« fragte seine Schwiegertochter, die in der Tür stehenblieb und sich den Gürtel des Bademantels fester um die Hüften zog. Don Jaime erklärte, daß Marisol bald komme und er mit ihr in die Hauptstadt fahren müsse.

»Du brauchst nicht, wenn du nicht willst«, sagte Inés und gähnte hinter vorgehaltener Hand.

»Ich will Marisol die Freude nicht verderben«, erwiderte Don Jaime.

Eine Stunde später erschien die Enkelin. Ihr schwarzbraunes, gewelltes Haar wippte bei jedem Schritt, die grünlichen Augen strahlten.

»Gibt es einen *cafecito*, bevor wir losfahren?« fragte sie ihre Mutter.

»Schon bereit.«

»Und was macht der *abuelo*? – Ist er reisefertig?«

»Er tut es nur dir zuliebe«, sagte Inés, die immer noch im Morgenmantel in der Küche stand. Erst konnte sie nicht ins Bad, dann mußte sie sich um Pedro, ihren Mann, kümmern, der ausführlich frühstückte, bevor er nach Puerto de la Cruz in seine Kanzlei fuhr. Und nun auch noch Marisol, der Wirbelwind.

»Der *abuelo* hat mir versprochen, daß er sich die Bilder ansieht.« Marisol nippte an dem allzu heißen Kaffee. »Du hast ja keine Zeit dazu.«

»Ich sehe mir die Bilder an, wenn du sie nach der Ausstellung mal vorbeibringst. Interessieren tun sie mich schon.«

In diesem Augenblick trat Don Jaime in die Küche. Im dunkelblauen englischen Anzug, mit Weste und silberner Krawatte. Das Einstecktuch in blassem Rosa.

»Willst du auf eine Hochzeit, *abuelo?«* Marisol küßte ihn auf beide Wangen.

»Warum nicht?« erwiderte Don Jaime. »Wär' mal wieder eine schöne Abwechslung.«

»Können wir los?« fragte Marisol etwas angespannt.

»Ich muß nur noch schnell mit Fernando reden.«

Don Jaime verließ die Küche durch einen Hinterausgang.

Die Finca, die unterhalb von El Tanque in einer Bananenplantage lag, hatte er von dem achtbaren Vermögen errichten lassen, das er aus Venezuela mitgebracht hatte. Mit dem Geld hatte er seinen Eltern zudem eine Bananenplantage gekauft. Sein Vater war bis dahin *bananero* im Dienste eines italienischen Kaziken, der Familie Di Ponte, gewesen. Nun wurde er sein eigener Herr. Als gemeinsame Besitzer einer der größten Plantagen in der Region gewannen Vater und Sohn Einfluß und Ansehen. Schon sein Vater hatte damals den Ehrentitel Don bekommen, eine Auszeichnung, die sich mancher erwarb, der vermögend aus dem Ausland zurückkehrte.

Don Jaime gab Fernando, dem Verwalter des Anwesens, ein paar Anweisungen. Über seine Rückkunft sagte er nichts.

Marisol drängte. Sie stiegen in den Wagen und verließen die Finca in Richtung Icod de los Vinos. Don Jaime war schweigsam, lange Autofahrten bereiteten ihm kein Vergnügen.

Marisol erzählte von ihrer Arbeit als Fotografin und wen sie alles in den letzten Wochen abgelichtet hatte. »Die Männer sind immer viel eitler als die Frauen. Neulich mußte ich einen Bürgermeister fotografieren, der eine kleine Brücke einweihte. Er hat sich verspätet, nur weil er für mein Foto noch schnell zum Friseur gegangen war. Die Ehrengäste und die Zuschauer waren ganz schön aufgeregt.«

Als sie auf der Autobahn durchs Orotava-Tal fuhren,

schüttelte Don Jaime den Kopf. »Diese vielen Häuser, alle Hänge sind jetzt mit Häusern übersät. Keine freie Natur mehr. Früher gab es hier nur ein ruhiges Städtchen. Ist der Tourismus nun ein Segen für uns oder nicht?« fragte er seine Enkelin.

»Er bringt eine Menge Geld auf die Insel. Hast du mir nicht erzählt, daß es bei uns in El Tanque nicht mal befestigte Straßen gab, kein Wasser, keinen Strom. Wir waren doch ziemlich abgeschnitten von allem.«

»Die Straßen habe ich bauen lassen und auch die Schule«, erwiderte Don Jaime.

»Aber mit dem Geld der Regierung, und das kam durch den Tourismus ...«, warf Marisol ein.

»Das waren nur kleinere Summen, die wir von denen da oben zugeteilt bekommen haben, den Großteil haben wir durch unzählige Arbeitsstunden selber abgeleistet.«

Don Jaime Sánchez Abulí war mehr als zwanzig Jahre Bürgermeister von El Tanque gewesen, in der Zeit, in der das Städtchen seinen Aufschwung nahm. Natürlich konnte man Garachico niemals einholen. Immerhin brachte die große Durchgangsstraße in den Süden der Insel weiteren Wohlstand, im höher gelegenen Ortsteil entstanden eine Reihe von Geschäften und Restaurants. Und auch der Sitz des *ayuntamiento*, der Verwaltung, wurde dorthin verlegt.

»Nun kaufen die Makler sogar bei uns in der Gegend die alten, noch gut gedeckten Fincas auf, um sie an Touristen zu verscherbeln. Einige Familien bangen darum, daß ihre Kinder später die elterlichen Häuser nicht mehr halten können und an die Ausländer verkaufen werden. Darüber solltet ihr mal was in der Zeitung schreiben, findest du nicht?«

»Es hat schon einige Artikel darüber gegeben, *abuelo.* Du liest doch immer nur die Nachrichten von der achten Insel.«

Marisol kannte die Gewohnheiten ihres Großvaters. Und sie wußte auch, daß er sich nach wie vor dafür verantwortlich fühlte, wie sich El Tanque in Zukunft entwickeln würde.

»Kennst du die Geschichte von dem englischen Ehepaar, das auf San José beerdigt ist?« fragte Don Jaime, als sie La Laguna passierten.

»Nein«, antwortete Marisol, die die Geschichte schon einige Male gehört hatte.

»Die Engländer fuhren von El Tanque nach Garachico hinunter und erblickten das Meer. Und als sie am Friedhof vorbeikamen, sagte er zu seiner Frau: ›Hier müßte man beerdigt sein, mit so einem wundervollen Blick auf das Wasser.‹ In der übernächsten Kurve hatte er einen Unfall. Er war sofort tot. Die Frau starb drei Monate später im Krankenhaus. Ich habe dafür gesorgt, daß die beiden auf unserem Friedhof San José ihre letzte Ruhe finden konnten.«

»Du sollst nicht solche Geschichten erzählen.«

»Aber wenn sie doch wahr sind!«

Als sie das Verlagsgebäude von *El Día* in der Hauptstadt erreicht hatten, parkte Marisol den Wagen hinter dem fünfstöckigen Pressehaus. Jedem, den sie trafen, stellte sie ihren Großvater vor. Und jeder machte einen ehrfurchtsvollen Diener vor seiner imposanten Erscheinung.

Die Fotoausstellung hing im langgestreckten Konferenzraum, der sich im obersten Stockwerk befand. Bis zur ersten Sitzung mit dem Chefredakteur blieben noch zwei Stunden, so konnten sie die Bilder in Ruhe anschauen.

Die Fotos waren auf Karton aufgezogen, sechzig mal achtzig Zentimeter, und hatten nur ein Motiv: den langen, kegelförmigen Schatten, den der Teide auf die Wolken warf, mal am frühen Morgen, mal im letzten Abendlicht.

Marisol schaute häufig auf die Uhr und wandte schnell den Kopf in eine andere Richtung, wenn sie merkte, daß der Großvater sie dabei beobachtete.

Teide – spanische Verballhornung der Bezeichnung der Guanchen, die den höchsten Berg ›echeide‹ nannten, was ›Hölle‹ bedeutete.

Unter den Bildern hatte Marisol Zitate aus verschiedenen Quellen auf farbiges Papier drucken lassen.

Das Zitat zu einem blaßblauen Bild mit weißen Wolkenschleiern stammte von einem der wichtigsten Erforscher der Kanarischen Inseln:

Großartig wird der Punkt durch die Höhe über dem Meeresspiegel, die tiefe Stille in dieser hohen Region, durch den unermeßlichen Erdraum, den das Auge auf der Spitze des Berges überblickt. Wir standen starr vor Kälte. Alexander von Humboldt, 22. Juni 1799.

Unter einem Foto des gewaltigen Kegelschattens in tiefem Orange stand: *Wenn der Teide ein Diamant wäre, würden ihn die Politiker stückchenweise verkaufen.* Aus einem Schüleraufsatz, 1994.

Auf einem Foto zeigte Marisol, wie sich der glutrote

Sonnenball aus dem dunklen Meer in den wolkenlosen, tiefblauen Himmel erhob. Ein Porträt des Gestirns, das den riesigen Schatten produzierte.

Ein Mann im Overall betrat den Redaktionsraum. Überall Farbkleckse, sogar auf seinen großen, behaarten Händen.

»Marisol, ich hab' mich etwas verspätet. Tut mir leid.«

Sie begrüßte den Maler und wandte sich dem Großvater zu.

»Und ich bin auch mitgekommen!« sagte ein Mädchen mit flachsblonden Haaren.

»*Abuelo,* darf ich dir Robert Kettmann vorstellen? Er ist ein Maler aus Deutschland.«

Don Jaime musterte den fast gleichgroßen Mann. Blickte auf das Kind und lächelte ihm zu.

»Me llamo Sophie y tengo siete años«, sagte das Mädchen und streckte dem Alten die Hand hin.

»Dann bist du fast achtzig Jahre jünger als ich«, erwiderte Don Jaime. Er erschrak ein bißchen über seine eigene Antwort.

Nachdem sich die beiden Männer die Hand gegeben hatten, fragte der Maler, wie Don Jaime die Fotos finde.

»Das sind wunderbare Bilder von unserem Teide, und weil meine Marisol sie gemacht hat, finde ich sie ganz besonders schön.«

Robert Kettmann sprach ein exzellentes Spanisch. »Wir mußten in stockdunkler Nacht zum Gipfel hinaufsteigen, um gegen fünf Uhr den Sonnenaufgang zu erleben. Beim ersten Mal war es fast zu dunstig zum Fotografieren, aber beim zweiten Mal ... einfach großartig diese Bilder.«

»Mich haben sie nicht mitgenommen«, sagte Sophie, »Papa meinte, in der Schutzhütte sei es viel zu kalt für mich zum Schlafen. Aber das glaube ich nicht.«

Marisol sah den Maler an.

»Sophie, bitte«, Robert Kettmann strich seiner Tochter über den Kopf.

»Lassen Sie sie nur«, meinte Don Jaime, »Kinder lieben die Wahrheit.«

Wiederum lächelte er Sophie zu.

Sie standen vor einem Foto, auf dem zwischen den aufgetürmten Wolken die schneebedeckten Hänge des Teide zu sehen waren.

»Das war ein lustiger Tag«, erklärte Sophie und ihr Vater übersetzte es für Don Jaime, der seine Augen nicht von dem Mädchen nehmen konnte. »Wir sind gleich hochgefahren, als wir am Morgen gesehen haben, daß es geschneit hat. Später haben wir einen riesigen Schneemann gebaut und sind auf Plastiktüten den Abhang runtergerutscht. Hier gibt es nämlich keine richtigen Schlitten, wie in Deutschland, weißt du?«

Don Jaime nickte bei jedem ihrer Worte.

»Und als wir wieder runtergefahren sind, hat Papa einen kleinen Schneemann für mich gebaut und auf die Kühlerhaube gesetzt. Der ist ganz langsam geschmolzen, das habe ich genau gesehen. Am Ende hat mir der Schneemann noch schnell zugerufen: Tschüß, Sophie, bis bald!«

Das Mädchen sah ganz ernst aus, dann lachte es hell auf. »Stimmt nicht, ich hab' euch alle verkohlt.«

Robert Kettmann übersetzte diesen Satz nicht wörtlich, sondern sagte, seine Tochter habe manchmal eine überaus blühende Phantasie.

Marisol bemerkte, daß ihr Großvater angestrengt auf die Fotos blickte und Robert nur einmal wirklich in Augenschein genommen hatte. Wie gut, daß Sophie dabei war.

»Sie müssen Don Jaime sein«, sagte ein kleiner Mann, der unbemerkt in den Raum gekommen war und sich als Daniel Rojas vorstellte, »ich habe gehört, daß Sie der gute Geist von El Tanque sind. Alle schwärmen von Ihnen und erzählen, was diese Stadt Ihnen zu verdanken hat.«

»Von wem haben Sie das gehört?« fragte Don Jaime. Seine Miene erhellte sich ein wenig.

Rojas zeigte auf Marisol und sagte: »Hätten Sie etwas dagegen, wenn wir zu Ihrem 85. Geburtstag kommen und Ihnen ein paar Fragen stellen?«

»Wer ist wir?« wollte Don Jaime wissen.

»Wir kommen von *Dragovisión* aus Icod.«

Der kleine private Fernsehsender berichtete mehrmals in der Woche von regionalen Ereignissen.

»Meinetwegen, aber bitte nur ganz kurz«, antwortete Don Jaime, »das ist eine Feier der Familie. Da möchten wir nicht allzusehr gestört werden.«

»Komme ich auch ins Fernsehen?« fragte Sophie.

Daniel Rojas versprach, daß sie so unauffällig wie möglich arbeiten. Die Gäste würden von dem Fernsehteam kaum etwas merken.

»Marisol, fährst du mich bitte nach Hause!« sagte Don Jaime unvermittelt.

»Aber ich dachte...«

»Wir kehren um.«

»Wir wollten doch alle gemeinsam essen! Ich habe schon einen Tisch im *Café del Príncipe* bestellt, da gehst du doch so gerne hin.«

»Ich will wieder auf die Finca zurück«, forderte der Großvater.

Marisol kannte diesen bestimmten Ton in seiner Stimme. Er duldete keine Widerworte.

Don Jaime wandte sich zum Gehen, lächelte ein letztes Mal Sophie zu. Marisol zuckte mit den Schultern, umarmte Robert flüchtig. Ihr Großvater hatte dem Maler nicht mal die Hand zum Abschied gegeben.

Der Aufbruch kam so plötzlich, daß Marisol und Robert kaum ein Wort miteinander wechseln konnten.

Eine Zeitlang schwiegen der Großvater und seine Enkelin, als sie wieder im Auto saßen. Die Nordautobahn TF 2 war wie immer stark befahren.

Don Jaime blickte geradeaus, die Hände im Schoß gefaltet.

Marisol mußte sich in den langen Stau einfädeln. Sie ärgerte sich, daß der *abuelo* sich wieder einmal so stur gezeigt hatte. Ab und zu schaute sie zu ihm hinüber und sah, wie sich seine Wangenknochen hin- und herbewegten und die Lippen nach vorne schoben.

Aber er sagte kein Wort.

Erst als sie die Abfahrt nach Tacoronte passiert hatten, fragte Marisol: »Ist sie nicht süß, diese kleine Sophie?«

Es dauerte eine ganze Weile, bis der Großvater erwiderte: »So ein bißchen wie du damals. Schade, daß du älter geworden bist. Für mich hättest du immer ein Kind bleiben können.«

Eine neuerliche Pause.

»Hat dir denn meine Ausstellung überhaupt gefallen, *abuelo?«*

Don Jaime antwortete, ohne sich seiner Enkelin zuzuwenden. »Das war ja wohl kein Zufall, daß du mit mir die weite Strecke nach Santa Cruz gefahren bist. Es ging doch gar nicht um deine Fotos. Ich sollte diesen Maler kennenlernen. Ist er dein *novio?«*

Marisol errötete.

Mit belegter Stimme sagte sie: »Ich habe mich in ihn verliebt.«

VI

Don Jaime

Schon einige Zeit beobachtete Don Jaime aus den Augenwinkeln den Blondschopf, der an der langen Theke saß und mit Julia schäkerte. Es war kein *tinerfeño*, das sah er sofort. Brauner Teint, helle Augen, ein gestutzter Schnäuzer. Irgend etwas an ihm erregte seine Aufmerksamkeit.

Am Nachmittag war er zu den anderen in die Bar an der *plaza* gegangen, hatte einen *vinito* bestellt, dazu gab es *chochos*, gelbe Bohnen in Salzlake, und *queso blanco,* handgeschöpften Ziegenkäse. Von Marisols Ausstellung hatte Don Jaime wortreich geschwärmt. Die Bilder vom Schatten des Teide seien ganz einzigartig, jeder müsse sie sich ansehen, seine Enkelin habe eine große Karriere als Fotografin vor sich, ganz sicher sogar, schon hätten einige Illustrierte vom Festland bei ihr angefragt.

Als Adolfo hereinkam, wurde es laut in der Bar.

»Mach mir eine Hühnersuppe, Julia, ich hab' mir von dem vielen guten Essen den Magen verdorben«, rief er, nachdem er die drei Männer begrüßt hatte. *La madre del estómago* gehörte zu den bewährten Hausmitteln, die Mutter des Magens. Manche aßen schon zum Frühstück diese kräftige Suppe mit eingerührtem Ei.

Adolfo war erst kurz vor Weihnachten von einem Besuch aus Venezuela zurückgekommen. »Sie haben mich gefeiert wie in meinen besten Tagen«, prahlte er, »jeder hat mich wiedererkannt. Jeder. Ich stand sogar in der Zeitung, mit Foto und allem. In Caracas wurde ich ständig eingeladen zu Parties, und sogar beim Präsidenten meines Fußballclubs bin ich empfangen worden.«

Adolfo war in den fünfziger Jahren auf die »achte Insel« ausgewandert. *Aquí no había vida*, hier konnte man nicht leben, hieß es damals auf Teneriffa. Die Mädchen bekamen von ihren Eltern die Aussteuer, die Jungen eine Schiffspassage nach Lateinamerika. Als Sechzehnjähriger mußte er im Hafen von Caracas Säcke schleppen, bis die Hände bluteten, danach war er in die *construcción* gegangen, hatte auf dem Bau gearbeitet.

Der Fremde an der Theke schaute zum Fernseher hinauf, er schien sich für den japanischen Comicfilm zu interessieren. Plötzlich wußte Don Jaime, warum ihn dieser Mann beschäftigte. Er erinnerte ihn an seinen ältesten Enkel Andreu. Den Rumtreiber, der seine Pflichten mißachtete.

Erst Mitte der siebziger Jahre war Adolfo aus Venezuela zurückgekehrt. In seinem Gepäck Fußballschuhe, Wimpel, Fotos von Meisterschaften. Auf dem Bau war er von einem Mann angesprochen worden: Er sei doch ein Junge aus Teneriffa, ja, aus der Ecke von San Marcos, ja, ja, er habe doch häufig die Schule geschwänzt, um Fußball zu spielen, ja, genau. Der Mann hatte ihm einen Job in der Fruitcompany angeboten, der ihm genügend Zeit ließ, hart zu trainieren. Täglich spielte Adolfo Fußball, solange es draußen noch ein wenig Licht gab. Er war ein äußerst geschickter Abwehrspieler, der von seiner Körpergröße her anderen überlegen war. *El Tanque* nannte man ihn, den Panzer. Von Jahr zu Jahr war er aufgestiegen, bis er in der *selección,* der Nationalmannschaft von Venezuela, mitspielen durfte. Einmal sogar gegen das brasilianische Team um den berühmten Pelé.

»Ich fahre jetzt jedes Jahr einmal rüber. So viele meiner Erinnerungen sind dageblieben. Aber keine Angst, *coños,* ich komme ja immer wieder zu euch zurück.«

Die Bar an der *Plaza del Generalísimo Franco*, in der sich die Männer trafen, war eine *arepera*. Als Spezialität gab es *arepas*, warme Maistaschen mit Käse, Gemüse, Pastete oder Thunfisch gefüllt. Dieser kleine Genuß stammte von der achten Insel. Die Bar war wie ein Refugium, erinnerte an die wilden Zeiten in dem fernen Land, erweckte nostalgische Gefühle und ließ an die besten Jahre des Lebens denken.

Immer wieder ging Don Jaimes Blick zu dem Blondschopf hinüber und immer wieder dachte er an seinen Enkel. Warum kam Andreu nicht endlich zurück? Ihm war hoffentlich nichts zugestoßen. Seine letzte Karte war vor zwei Jahren gekommen, lange her, aus Neuseeland. Mein Gott, wie weit weg das war! Auf seinem ledernen Globus in der Bibliothek hatte er die Insel gesucht. Ob Andreu wenigstens dieses Mal an seinem Ehrentag erschien?

Nun unterhielt sich der Fremde wieder mit Julia. Don Jaime bemühte sich zu erlauschen, worüber die beiden sprachen. Aber es gelang ihm nicht. *Si bebes para olvidar, paga antes de empezar,* so lautete der vergilbte Spruch über dem Regal mit Gläsern, wenn du trinkst, um zu vergessen, bezahle, bevor du anfängst.

Die beiden anderen Männer, die Don Jaime und Adolfo in dieser Bar antrafen, waren *el cartero,* der Briefträger, der sich statt eines Namens stets mit seiner Berufsbezeichnung ansprechen ließ, und Antonio, der sein Geld auch im Ausland verdient hatte und eine kleine Finca in den Bergen besaß. *El cartero* berichtete, daß er am Morgen wieder mit der Liste der Daumenabdrücke losgezogen sei und einige Alte sich beschwert hätten, daß die Stempelfarbe so schlecht abgehe. In El Tanque gab es viele Analphabeten, die den Erhalt ihrer Rente mit dem Abdruck ihres Daumens bestätigen mußten. Unter Franco war das Volksbildungswesen stark vernachlässigt worden, so war es erst Anfang der siebziger Jahre zur Einführung der allgemeinen Schulpflicht gekommen.

Antonio sprach von den Weinpreisen, die in diesem Jahr wieder zu fallen drohten. *El precio del vino* war immer wieder Gegenstand der Debatte. Für viele Weinbauern in der Gegend wurde damit über den Lebensstandard des nächsten Jahres entschieden.

Das tägliche Treffen in der Bar gehörte zu einem festen Ritual. Oft standen die Männer bis tief in die Nacht an der Theke, tranken *tinto* oder *rosado* und palaverten. Ein sich häufig wiederholender Scherz war: »Was, du willst jetzt schon gehen? – Warum bist du dann überhaupt gekommen?«

Alle hatten sich ein bißchen in Julia verguckt, die Tochter des Wirtes Lorenzo. Seit ihrem fünfzehnten Lebensjahr bediente sie die Gäste, während ihr Vater nur am Wochenende anwesend war. Er fuhr Brot für eine Bäckerei in Icod de los Vinos aus. Julias getöntes

Haar mit den rötlichen Strähnen war eine Attraktion, aber auch die Art, wie sie sprach. Dieser neckische Unterton, die leichten erotischen Anspielungen, die die Männer gerne provozierten und erwiderten, diese Andeutungen eines möglichen Rendezvous mit einem von ihnen.

Don Jaime wäre am liebsten zu diesem Blonden hinübergegangen und hätte ihn nach seinem Namen gefragt. Vielleicht hatte Andreu ihn geschickt. Vielleicht wartete der Fremde nur darauf, von ihm angesprochen zu werden. Wenn er doch nur hören könnte, was er die ganze Zeit mit Julia zu bereden hatte.

»Ihr könnt euch doch bestimmt noch an Eva erinnern«, sagte Antonio, »der damals mit dem Boot gekentert ist. Wir mußten ihn zu dritt rausziehen. Er ist vorgestern gestorben. Die Beerdigung wird Anfang der Woche sein.« Eva gehörte zu den Männern, die Frauennamen trugen. In einigen Dörfern der Gegend hatte man den Söhnen weibliche Vornamen gegeben, damit sie nicht zum Militär eingezogen wurden. In La Véra, oberhalb von Icod de los Vinos, waren besonders viele von ihnen anzutreffen.

»Was wirst du machen, wenn im nächsten Jahr die Bananenregelung ausläuft?« fragte *el cartero.*

Don Jaime blies in die Backen. »Wir werden expandieren müssen, anders kommen wir keinesfalls über die Runden. Ich habe schon zwei Plantagen ins Auge gefaßt.«

Die kanarischen Bananen, die hauptsächlich auf das spanische Festland exportiert wurden, standen seit Jahren im Wettbewerb mit den Bananen aus Mittelamerika.

Als Spanien der Europäischen Union beitrat, wurde eine zehnjährige Galgenfrist für die Bananenproduktion auf dem Archipel ausgehandelt, damit die Bananen noch Absatz fanden.

»Aber du glaubst doch nicht, daß mehr Anbaufläche euch billiger produzieren läßt«, sagte Antonio, dessen Finca zu hoch für den Anbau von Bananen lag. Nur bis 400 Meter über dem Meeresspiegel gediehen die besonders schmackhaften kanarischen Sorten. Die meisten von ihnen waren Zwergbananen.

»Das wird sich erst herausstellen müssen«, erwiderte Don Jaime. »Ich gebe nicht auf. *El Rey puede matarme, pero no puede reprimirme.* Töten kann mich der König, zwingen nicht.« Auch wenn er seit Jahren regelmäßig höhere Löhne für die überaus schwere Arbeit in der Plantage zahlen mußte, für ihn kam es keinesfalls in Frage, daß er sein Land an Bau- oder Tourismuskonzerne verkaufte, die dann statt Bananenstauden Apartments und Hotels darauf pflanzten.

»Du bist und bleibst ein Starrkopf, Jaime. *Salud.*« Adolfo stieß sein Glas an die der anderen.

Sie lachten und tranken.

Don Jaime schaute wieder zu dem Fremden hinüber, der offensichtlich große Ohren machte. Immer wenn er zu ihm hinüberblickte, wandte der Blonde den Kopf zur Seite. Wie es Marisol am Morgen in der Ausstellung getan hatte. Was hatte der Kerl hier zu suchen?

»Wann kommt eigentlich Andreu zurück?« fragte Antonio und stellte sein Glas hart auf die Theke.

»Weiß ich nicht«, sagte Don Jaime und orderte bei Julia eine neue Runde. Er verspürte wenig Lust, auf dieses Thema zu kommen. Der Schmerz über die Abwesenheit seines ältesten Enkels war allein seine Sache.

»Aber er soll doch schließlich mal in deine Fußstapfen treten. Was wird aus der Finca, wenn er gar nicht wiederkommt?«

Don Jaime nahm ein paar *chochos,* pulte die Kerne aus der harten Schale und steckte sie in den Mund.

Antonio ließ nicht locker. »Wie viele Jahre sind es jetzt, seit sich Isabel von ihm getrennt hat?«

Don Jaime sah auf die Straße.

Immer wieder erwähnte Antonio seinen Enkel Andreu. Als mache es ihm Spaß, eine alte Narbe zu berühren.

»Zeigt er sich denn wenigstens an deinem 85. Geburtstag?« wollte Antonio jetzt wissen.

Don Jaime schluckte.

Er antwortete nicht.

Auf dem Kirchplatz spielten die Kinder Nachlaufen. Das jüngere Mädchen verbarg sein Gesicht, als das ältere es gestellt hatte.

»Hör doch auf mit dieser dummen Fragerei«, mischte sich *el cartero* ein, »du siehst doch, daß Jaime nicht darüber sprechen will.«

Adolfo fing erneut an, von seiner Reise nach Venezuela zu erzählen und wie billig man nach Caracas fliegen könne. »Kommt mir fast so vor, als sei so ein Flugticket sogar billiger als unsere Schiffspassage damals.«

Don Jaime beobachtete, wie der Blondschopf einen Tausend-Pesetenschein auf die Theke legte und sich schnell erhob, ohne das Wechselgeld abzuwarten.

Kaum hatte der Fremde die Bar verlassen, wandte sich Don Jaime an Julia.

»Kennst du diesen Kerl?«

»Er war einmal hier. Ist aber schon ein paar Wochen her.«

»Und was wollte er von dir?«

»Nichts Besonderes«, erwiderte Julia lachend. »Sie sind doch nicht etwa eifersüchtig, Don Jaime.«

»Aber worüber habt ihr beiden denn die ganze Zeit geredet?«

Julia zögerte einen Augenblick. »Während ihr immer nur von eurem Venezuela schwärmt, haben wir die halbe Welt bereist. Der ist auf vielen Kontinenten gewesen. Ein richtiger Weltenbummler.«

»Und was will er dann bei uns?«

Vielleicht wäre es doch besser gewesen, ich hätte den Mann selbst angesprochen, dachte Don Jaime jetzt.

»Soll das ein Verhör werden?«

Julia nahm das leere Glas des fremden Gastes und spülte es in dem Aluminiumbecken, in das beständig frisches Wasser einlief.

»Er muß doch einen Grund haben ...«

»Ich glaube, er will sich als Makler hier in der Gegend niederlassen.«

Don Jaime schüttelte abweisend den Kopf. »Wir haben bald mehr Makler als Häuser.«

Er wandte sich schon wieder seinen Freunden zu, hatte aber noch eine Frage an Julia: »Und warum hat er so plötzlich gezahlt und ist so schnell weggegangen?«

»Ich habe ihm gesagt, wenn er als Makler arbeiten

wolle, sollte er unbedingt mit Ihnen reden, Don Jaime, weil Sie sich doch gut auskennen. Da hat er gefragt, wieviel er zahlen müsse, und ist abgehauen.«

»Als wenn ich so einem Kerl irgendwelche guten Ratschläge geben würde. Einem Makler reiche ich nicht mal die Hand.«

Die Männer wechselten zu einem anderen Thema. Endlich hatte es den ersten Schnee auf dem Teide gegeben. Dann ging es um den zunehmenden Straßenverkehr und die vielen Unfälle. Und sie sprachen auch über die schwierige Situation der Fischer, deren Fänge immer geringer wurden. Manchmal brachten sie nur drei oder vier Kilo Fisch von einem Fang mit, das Kilo zu tausend Peseten. »Die können nicht einmal ihre *seguridad social* davon bezahlen«, wußte *el cartero* zu berichten.

»In Garachico soll es früher in der Nähe der Caletón eine Straße aus Marmor gegeben haben, auf der nur die Reichen gehen durften. Für die Armen war das verboten«, sagte Don Jaime. »Das waren schlimme Zeiten!«

»Erzähl uns keine Märchen von früher, Jaime«, ermahnte ihn Adolfo.

»Aber wenn es doch wahr ist!«

Eine Frau in einer Kittelschürze und ein junger Mann betraten die Bar.

Sie begrüßte Don Jaime und bestellte bei Julia zwei *café con leche.*

»Ich habe gehört, daß die Unterlagen für die Wasserrechte noch bei Ihnen liegen. Ich will mein Haus an den jungen Mann hier verkaufen, und er soll heute noch die Wasserrechte erhalten.«

Sie zeigte auf ihren Begleiter, der einen braunen Pferdeschwanz trug, dazu ein knallrotes Hemd und weiße Jeans.

Don Jaime war es gar nicht recht, daß er bei der Unterhaltung mit seinen Freunden gestört wurde. Er bat darum, noch ein Viertelstündchen hier stehenbleiben zu dürfen, dann sei er bereit, mit den beiden zu seiner Finca zu fahren.

Aus dem Viertelstündchen wurde fast eine ganze Stunde, bis ihn die Freunde endlich ziehen ließen. Sie verabschiedeten sich, als würden sie sich nie mehr wiedersehen. Dabei würden sie am nächsten Tag wieder in der Bar an der *plaza* zusammenstehen.

Auf der Fahrt zur Finca mußte Don Jaime dem jungen Spanier erläutern, warum man denn zum Kaufpreis des Hauses auch noch Geld für Wasserrechte ausgeben mußte.

Die meisten Gemeinden hatten in Eigenleistung *galerías* gebaut, Stollen, die in den Teide getrieben wurden, um das Grundwasser anzuzapfen. In der Regel waren ihre Bemühungen erfolgreich gewesen, aber manchmal mußten die Bergarbeiten nach Jahren abgebrochen werden, ohne daß man fündig geworden war. Über sechzehnhundert Kilometer ergab die Gesamtstrecke der *galerías* auf Teneriffa. Früher waren die Brunnen in der Hand der *grandes señores* gewesen, die sich das Wasser teuer bezahlen ließen. Mitte der dreißiger Jahre gründeten einige Gemeinden private Gesellschaften zum Bau von neuen Stollen, *sociedades para nuevos túneles,* und jeder Hausbesitzer hatte einen Anteil an den Kosten zu tragen, den er allerdings durch Eigenleistung abarbeiten konnte. Wenn ein Haus verkauft wurde, mußten auch die kostbaren Wasserrechte abgelöst werden.

»Jedes Hotel verbraucht soviel Wasser wie ein kleines Dorf«, erklärte Don Jaime dem neuen Hausbesitzer und ließ keinen Zweifel an seiner Ablehnung des immer stärker werdenden Tourismus. »Sie duschen dreimal am Tag und verbrauchen dabei rund 150 Liter pro Person.« Dabei vergaß er jedoch zu erwähnen, daß seine und die anderen Bananenplantagen mehr als fünfzig Prozent des wertvollen Wassers auf Teneriffa verbrauchten.

Don Jaime mußte nicht lange suchen, bis er in seinem Büro den Stapel mit den Wasserakten gefunden hatte. Ein gewaltiger Papierberg, rote, grüne, gelbe Hefter, vergilbte Blätter, gezackte Ränder, eingeknickte Seiten. Überall handschriftliche Eintragungen und Vermerke. Er fragte die Frau nach ihrem kompletten Namen, dann ging er Akte um Akte durch. Zu jeder konnte er eine Geschichte erzählen.

»Bei Juan Manolo gab es damals ein fürchterliches Unglück. Die Wasserleitung wurde unter großen Schwierigkeiten bis zu seinem Haus geführt und überall verlegt. Und als der Klempner den Haupthahn aufdrehte, platzten die Leitungen mit einer solchen Wucht, daß im Nu das ganze Haus unter Wasser stand. Die Leitungen waren zu dünn und hatten dem Druck nicht standgehalten.«

Irgendwann fand Don Jaime die Wasserakte des zum Verkauf stehenden Hauses. Er nahm seinen Füller vom Schreibtisch und trug schwungvoll den Namen des neuen Besitzers ein. Dann mußten die Frau und der junge Mann unterschreiben. Mit einem *vinito* wurde der Verkauf begossen.

»Wenigstens kein Ausländer«, murmelte er, obwohl er die *godos*, die Festlandspanier, auch nicht besonders leiden konnte. Was wollten sie alle bloß auf seiner Insel?

VII

Los Reyes

»Da oben kommen sie«, rief Don Jaime begeistert und beugte sich hinunter zu seinen beiden Urenkeln.

»Wo?«

»Ich sehe gar nichts.«

Die Kinder von José reckten sich, sprangen in die Höhe, aber konnten nichts erspähen.

Don Jaime nahm sie nacheinander auf die Schultern und zeigte ihnen die Kamele, die in gemächlichem Trab die Straße von Las Cruces hinuntergeschaukelt kamen. Rote Fackeln beleuchteten die kleine Prozession.

Seit einer Stunde wartete die Familie Sanchéz Abulí am Hafen von Garachico auf die Ankunft der *Reyes*, der Heiligen Drei Könige. Wie jedes Jahr hatten sich die vier Generationen zum großen Familienfest in der Finca versammelt. Während Inés mit den beiden Hausgehilfen das Festmahl vorbereitete, zogen Don Jaime und sein Sohn Pedro mit dessen Kindern und Enkeln in die Stadt, um die Prozession zu erleben. Manuel hatte seine Frau und die beiden Kinder auf Gran Canaria zurücklassen müssen, weil sie so stark erkältet waren. »Inés hätte ihnen gleich einen *algaritofe* gemacht!« sagte Don Jaime vorwurfsvoll, als Manuel ihm erklärte, warum er allein herübergekommen war. Der kochend heiße Aufguß von einheimischen Kräutern wurde in einem dampfenden Topf auf den Tisch gestellt, eine Viertelstunde mußte unter einem schweren Leinentuch tief inhaliert werden. Nicht nur Manuel hatte unter dieser Prozedur in seiner Kindheit gelitten.

»Vor einigen Jahren gab es noch keine Kamele. Da kamen die drei Könige auf Eseln daher«, erklärte Don Jaime den Kindern, »aber jetzt hat die Stadt genug Geld. So viele Kamele zu mieten, kostet eine Menge Peseten.«

»Mehr als fünfzig Mark?« wollte Sophie sogleich wissen, »ich hab' nämlich fünfzig Mark in meiner Spardose, weißt du?«

Don Jaime drehte sich zu Sophie um: »40 000 Peseten hab' ich gehört.«

»Oh, soviel«, sagte Sophie und formte mit den Händen einen Berg.

Marisol hatte mit viel Überredungskunst durchgesetzt, daß auch der Maler Robert Kettmann und seine Tochter zum Dreikönigsfest eingeladen wurden. »Roberto möchte gerne mal bei so etwas dabei sein, *abuelo.* Und seiner Tochter kannst du doch gewiß nichts abschlagen.« Nur ungern hatte Don Jaime zugestimmt. Marisol wollte auf diese Weise ihren Freund in die Familie einführen, was ihm überhaupt nicht behagte.

Los Reyes ist auf den Kanarischen Inseln für die Kinder der Tag der Geschenke, die von den Heiligen Drei Königen gebracht werden. Die Geschäfte sind am Vorabend sogar bis Mitternacht geöffnet, damit jeder noch seine *regalos* einkaufen kann.

Nun war auch das Musikcorps zu hören, das sich vor den Kamelen eingereiht hatte. Die Bläser gingen voran, dann folgten die Trommler, die den Marschrhythmus angaben, in schwarzen Uniformen mit roten Litzen und goldenen Orden. Viele Kinder schlugen auf die kleinen Trommeln, die sie sich umgeschnallt hatten. Alle im gleichen, monotonen Takt, was dem Ganzen etwas Gespenstisches gab. Dazu der Schein der Fackeln, die lange Schatten auf die Häuserwände warfen. Auf den weiten Serpentinen der Bergstraße kamen die Kamele immer näher.

Erst spät war José mit seiner Familie aus La Laguna angereist. Der Wasserbauingenieur hatte zuviel zu tun. Gegenwärtig arbeitete er in der *galería »Cerca de la Fortuna«* in der Nähe von Tamaíno. »Du hättest dich ruhig etwas beeilen können«, hatte ihn Don Jaime ermahnt, »willst du deinen Kindern den Spaß verderben?«

Seit Jahren wartete die Familie immer an der gleichen Stelle auf die Prozession, am Ortsende von Garachico, neben der Tankstelle mit den zwei Zapfsäulen. Dort konnten die Kinder am besten sehen und die Karamelbonbons einsammeln.

Don Jaime war froh darüber, daß sich José, sein drittältester Enkel, nach dem Ingenieurstudium auf den Wasserbau spezialisiert hatte. So konnte er gelegentlich mit ihm ein Fachgespräch führen, denn in Wasserfragen kannte er sich aus.

Als erster der Heiligen Drei Könige erschien Kaspar im rotgoldenen Gewand mit einem schwarzweiß gemusterten Pelzkragen und einer pelzbesetzten Krone. Die schwarzen Haare und der dunkle Vollbart ließen von seinem Gesicht kaum etwas frei. Er schaukelte auf seinem Kamel gemächlich durch die Menschenmenge. Dahinter Melchior mit Stola und Turban im Tigermuster, auf dem Kopf roséfarbene Federn und blauglitzernde Perlen um den Hals, mit Schminke hatte er sein Gesicht braun gefärbt. Zum Schluß Balthasar mit weißem, wallenden Haar, einer Goldkrone auf dem Kopf, in blausilbernem Gewand. Auf beiden Seiten der Kamele gingen Männer, die an langen Stangen Palmwedel und Federboas trugen. Ihr Kopfschmuck ähnelte dem ägyptischer Priester.

»Wie bei uns im Karneval«, rief Sophie laut, »ich war nämlich zu Hause im Karneval schon mal die Prinzessin.«

»Im Kindergarten«, ergänzte Robert. Er stand neben Marisol und genoß die Aussicht, bald zu so einer großen Familie zu gehören. Den eher reservierten Großvater würde Sophie schon umstimmen. Er sah, daß sich die beiden immer wieder anstrahlten.

Nur Pedro war an diesem Abend nicht besonders gut gelaunt. In seiner Kanzlei türmte sich die Arbeit, da sein Sozius regelmäßig nach Weihnachten Urlaub auf dem Festland machte. Er hätte gerne den Abend genutzt, um ein paar Akten aufzuarbeiten. Aber das hätte Ärger mit seinem Vater bedeutet. *Los Reyes* nicht im Familienkreis zu feiern, hätte für Don Jaime ein schweres Vergehen bedeutet. Für den *abuelo* war es familiäre Pflicht, daß sich alle an den Festtagen auf der Finca versammelten. Nie hatte er den Schmerz verwunden, nur ein einziges Kind zu haben. Pedro hatte oft mit seinem Vater im Streit gelegen. Als er gegen Don Jaimes Willen Jura studieren wollte, mußte er die Hilfe aller Verwandten und Bekannten erbitten, um seinen Vater umzustimmen. »Und wer soll sich später um die Plantage und die Finca kümmern?« hatte er immer wieder geklagt. Aber Pedro hatte sein Studium mit einem hervorragenden Examen abgeschlossen und sogar gegen den Vater durchgesetzt, daß er seine Kanzlei nicht im nahen Garachico oder Icod de los Vinos eröffnete, sondern im geschäftigen Puerto de la Cruz. Don Jaime hatte aber darauf bestanden, daß Pedro und seine Frau auf der Finca wohnen blieben.

Am alten Castello war die große Krippe aufgebaut, von Hunderten von Besuchern umstanden, die darauf warteten, daß die prächtig gekleideten Drei Könige von den Kamelen abstiegen. Kameras wurden ausgelöst, Fotoblitze zuckten. Viele Kinder wollten fotografiert werden, wie sie die Kamele streichelten. Die Ankunft der *Reyes* wurde in einem Krippenspiel dargestellt. Über Lautsprecher verlas eine sonore Stimme die Bibelstelle aus dem Matthäus-Evangelium.

»So, nun geht's schnell nach Hause«, befahl Don Jaime, »die Geschenke warten.«

Die Urenkel jubilierten.

»Krieg' ich denn auch was?« fragte Sophie ihren Vater.

»Abwarten«, antwortete Marisol.

Auf Schleichwegen verließen sie den überfüllten Platz, schlängelten sich zum Hafen durch, wo die Autos geparkt waren.

»Dürfen wir denn wirklich mitkommen?« Robert Kettmann war nicht sicher, ob es eine gute Idee von Marisol gewesen war, ihn und seine Tochter einzuladen.

»Er hat ja gesagt«, antwortete Marisol leise. So war es immer gewesen: der Patriarch Don Jaime wollte in allen Fragen um Zustimmung gebeten werden.

Auf der Finca wurden zunächst die Geschenke ausgepackt. Die Kinder von José bekamen jeder ein Mountain-Bike.

»Wir kriegten früher eine Orange oder ein paar Socken, die Mädchen bekamen mal eine Puppe, das war nicht so wie heute«, sagte Don Jaime.

Marisol hatte für Sophie einen Schminkkasten gekauft, den das Mädchen sofort ausprobieren wollte. Auch Don Jaime überreichte ihr ein kleines Päckchen. Darin fand sie eine goldene Haarspange mit einem blauen Stein. Sophie kletterte auf seinen Schoß und gab dem alten Mann einen Kuß. Robert bedankte sich ebenfalls für das Geschenk: »Es wäre doch nicht nötig gewesen«, sagte er. Aber Don Jaime wandte den Kopf ab.

Als sie den *comedor* betraten, standen schon die großen Schüsseln mit Suppe auf dem Tisch: *puchero canario*, verschiedene Fleischsorten mit Gemüse, dazu geröstetes Brot. Wie immer nahm Don Jaime seinen *gofio*-Trunk vor dem Essen. Und wie immer sagte er augenzwinkernd zu Pedro: »*Gofio* gibt uns die Kraft, die uns die Frauen nehmen.«

Marisol saß gleich links neben ihrem Großvater, der am Kopfende Platz genommen hatte. Robert und seine Tochter Sophie mußten weiter unten sitzen.

Nach dem Gebet trat gefräßige Stille ein. Es war schon kurz nach halb zehn und alle hatten ziemlichen Appetit.

Als Hauptgericht gab es *cabrito en adobo*, marinierte Ziege vom Grill, die in großen Stücken auf Holzbrettern serviert wurde. Inés schnitt zunächst den Rücken an und verteilte das Fleisch. Dazu gab es *papas de risa*, so nannte man die Kartoffeln, die vom Wind ausgesät wurden. Wie die unehelichen Kinder, die *hijos de risa* genannt wurden.

Don Jaime nahm sich zunächst einen halben Ziegenschädel und schlürfte die weiche Masse mit schmatzendem Geräusch. »Das ist die reinste Kraftnahrung für mich. Auf der achten Insel haben wir uns darum gestritten, wer das Hirn essen darf.«

Sie stießen auf Inés an, die den ganzen Tag darauf verwandt hatte, dieses Essen zuzubereiten. Don Jaime brachte einen Toast auf seine Familie aus. »Mögen wir noch viele Male die *Reyes* zusammen feiern!«

Zum Nachtisch gab es *truchas*, Gebäck mit Zucker bestreut. Danach *cafecitos* und *aguardientes* für die Männer, *licores de hierbas* für die Frauen.

»Ich denke, es ist Zeit«, sagte Don Jaime mit ernster Miene. Sofort erhob sich Pedro. Manuel und José taten es ihrem Vater gleich. Ohne ein Wort verließen sie das Eßzimmer.

Marisol schaute zunächst zu Inés hinüber, die ihr entschuldigend zunickte, dann ging sie zu Robert und faßte seine Hand.

»Wohin gehen die jetzt?« fragte Sophie und lief den vier Männern hinterher.

»Bleib hier, Sophie, bitte.« Robert Kettmann holte seine Tochter ein.

Marisol kicherte verlegen. »Die haben etwas zu besprechen, ganz geheim, große Indianerrunde mit dem Häuptling.« Schon häufig hatte sie ihren Großvater darum gebeten, am Familienrat teilnehmen zu dürfen, aber Don Jaime blieb stur. Familienrat sei ausschließlich

Sache der Männer. »Frauen bringen immer nur alles durcheinander«, hatte der *abuelo* oft angefügt, was Marisol noch mehr in Rage versetzt hatte.

Pedro ahnte bereits, worum es seinem Vater dieses Mal ging, aber er wollte ihn das Thema selbst ansprechen lassen. Die Reaktion seiner Söhne würde überaus heftig sein.

»Hast du Nachricht von Andreu?« fragte José und zündete sich eine Zigarette an, als sie die abgedunkelte Bibliothek erreicht hatten. Nur ein hohes Fenster an der Längsseite ließ tagsüber gedämpftes Licht herein. Die kostbaren Folianten mußten vor der gleißenden Sonne geschützt werden. Auf dem Tisch brannten stets drei kleine Lampen mit hellgrünen Schirmen.

»Nein, leider nicht«, erwiderte Don Jaime. Er nahm in dem hohen Ledersessel Platz, der am Kopfende des schweren Holztisches stand. »Ich verstehe nicht, warum er sich nicht meldet. Diese Frau ist es nicht wert, daß er so lange um sie trauert.«

Auch die anderen setzten sich an den Tisch. Ein Stuhl blieb leer. Wie in den letzten vier Jahren.

»Sollten wir sein Haus nicht wenigstens ökonomisch nutzen? In der Saison würde es mindestens eine halbe Million Peseten einbringen. Das Geld könntest du gut für die Finca brauchen! Da müßte einiges renoviert werden.« Nicht zum ersten Mal drängte José seinen Großvater, Andreus Haus zu vermieten.

»Kommt nicht in Frage, José. Du kennst meine Meinung dazu. Wie stehen wir denn da, wenn Andreu plötzlich heimkehrt?« Don Jaime saß kerzengerade auf seinem Gestühl.

»Rechnest du denn mit seiner baldigen Rückkehr?« mischte sich Manuel ein. Er hatte ein Glas Brandy mitgenommen und schwenkte die Flüssigkeit langsam, in kreisenden Bewegungen. Ab und zu roch er an dem edlen Getränk, nahm einen kleinen Schluck und schloß dabei die Augen.

»Jeden Tag muß ich an ihn denken. Ich könnte ihn so gut brauchen. Er wird hoffentlich bald wieder bei uns sein.«

Pedro nickte seinem Vater zu, auch wenn er nicht seiner Meinung war.

Der Streit zwischen seinem ältesten Sohn und Don Jaime war überaus heftig gewesen. Er hatte sich über Wochen und Monate hingezogen. Andreu sollte eines Tages die Bananenplantage übernehmen, seine ganze Ausbildung war darauf ausgerichtet worden. Er hatte Betriebswirtschaft und Biologie studiert, war auf verschiedenen Modellplantagen in Mittelamerika gewesen. Dort hatte er gesehen, daß größere Schneisen in die Plantagen geschlagen wurden, damit der Abtransport der Stauden maschinell vonstatten gehen konnte. Das würde die hohen Lohnkosten senken können. Aber Don Jaime wehrte sich, er wollte auf keinen Fall kostbare Pflanzen bei dieser Modernisierung einbüßen. Alles, was Andreu an Neuerungen vorschlug, lehnte Don Jaime ab. Die Trennung war unvermeidlich gewesen. Nachdem Andreu sechs Wochen vor seiner Hochzeit von seiner Verlobten Isabel verlassen worden war – das gemeinsame Haus war gerade fertig geworden –, verschwand er ohne Ankündigung aus Teneriffa. Seiner Mutter hatte er später am Telefon erzählt, daß er es auf der Finca nicht mehr ausgehalten habe. Don Jaime sei nicht bereit gewesen, auch nur einen Millimeter zu weichen. Ein entsetzlicher Sturkopf, hatte Andreu gesagt.

Nicht nur Don Jaime machte sich Sorgen, ob Andreu etwas zugestoßen sein könne, auch Pedro und Inés kamen häufig auf die Abwesenheit ihres Ältesten zu sprechen. Keiner wußte, wo er sich gegenwärtig aufhielt.

Die Auseinandersetzungen zwischen Großvater und Enkel durften im Familienrat nicht angesprochen werden. Als Grund für Andreus Fernbleiben wurde stets Isabel angegeben.

»Was haltet ihr von diesem Deutschen?« fragte Don Jaime, beugte sich vor und legte seine Hände auf die geschnitzten Armlehnen, als wolle er sich aufrichten.

»Ein sympathischer Typ«, sagte José, »sein Spanisch ist ausgezeichnet. Und dieses Töchterchen, glatt zum Verlieben.«

»Für einen Künstler hat er ganz schön normale Ansichten«, fügte Manuel an, »ich kenne in Las Palmas ein paar verrückte Typen ...«

»Ich möchte unter keinen Umständen, daß Marisol ihn heiratet.«

Nun hatte Don Jaime sein eigentliches Anliegen für den Familienrat preisgegeben.

Sein Sohn schaute zur Decke, seine Augen gingen hinüber zu dem hohen Fenster, durch das am Tag honiggelbes Licht fiel. Die Scheiben waren aus fein geschliffenem Alabaster.

»Will Sie ihn denn überhaupt heiraten?« fragte José. Er drückte die Zigarette im Aschenbecher aus und steckte sich umgehend eine neue an.

»Natürlich. Das ist nur eine Frage der Zeit. Aber ich bin dagegen«, erwiderte Don Jaime barsch, »ich bin strikt dagegen. Und das werde ich ihr auch sagen.«

»Daran wird dich sowieso keiner hindern können«, erwiderte José, »auch wenn es die größte Dummheit der Welt wäre. Was stört dich denn so an ihm?«

»Ein Maler hat niemals ein gesichertes Auskommen...«, begann Don Jaime. Seine Hände zuckten auf den Stuhllehnen.

»Er scheint aber ganz gut im Geschäft zu sein. Er hat mir gesagt, daß er demnächst in München eine große Ausstellung haben wird«, unterbrach Manuel seinen Großvater. Er schaute vorwurfsvoll zu Pedro hinüber. Sein Vater hätte wenigstens etwas andeuten können.

»Er war schon einmal verheiratet und dann auch noch ein Kind«, setzte Don Jaime seine Klage fort, »Marisol hat einen anderen Mann verdient.«

»Ist das nicht ganz allein ihre Sache?« fragte Pedro, »ich werde meiner Tochter nicht vorschreiben, wen sie zu heiraten hat. Die Zeiten haben sich geändert, Vater.«

»Nicht zum Besseren«, Don Jaime schnitt ihm das Wort ab, »ich werde Marisol sagen, daß ich gegen diese Verbindung bin. Und ich hoffe, ihr werdet mich dabei unterstützen.«

Nun setzte heftiger Protest ein.

»Ich werde mich doch nicht zum Narren machen«, antwortete José, der den strengen Blick seines Großvaters spürte. »Wie alt ist Marisol jetzt? Vierundzwanzig ist sie im Dezember geworden. Auf jeden Fall alt genug, um über ihre Zukunft selbst zu entscheiden.«

»Ich glaube, du bist ein bißchen eifersüchtig, daß dein

Augenstern sich in einen anderen verguckt hat und nicht mehr nur ihren *abuelo* anhimmelt«, versuchte Manuel zu vermitteln.

»Darum geht es nicht«, erwiderte Don Jaime schnell, »ich möchte nicht, daß Marisol eine Verbindung eingeht, die ihr keine Zukunft bietet. Sonst passiert dasselbe wie mit Isabel. Andreu wollte ja nicht auf mich hören. Ich habe ihm immer wieder gesagt, daß das die falsche Frau für ihn ist. Isabel hätte sich niemals an das Leben auf einer Finca gewöhnt. Sie war durch und durch ein Stadtmensch. Am liebsten hätte sie in Madrid gelebt. Das hat sie mir ins Gesicht gesagt.«

»Dich stört doch nur, daß der Maler keiner von der Insel, sondern ein Fremder ist«, Manuel trank seinen Brandy in einem Zug aus. Er kannte seinen Großvater und seine barschen Urteile. Dabei war er selbst lange Jahre Ausländer in Venezuela gewesen.

»Und was wird, wenn dieser Deutsche sie mit nach Hause nimmt? Irgendwann wird er Teneriffa verlassen, und dann?« Nun war Don Jaime aufgestanden.

»Was dann?« fragten José und Manuel fast gleichzeitig.

»*El pájaro que voló nadie puede atraparlo.* Einen entflogenen Vogel kann kein Mensch mehr einfangen«, sagte Don Jaime und verließ die Bibliothek mit schnellem Schritt.

Die drei Männer blieben sitzen. Schwiegen. Jeder wartete darauf, daß gleich die helle Stimme von Marisol im Zorn erklang. Don Jaime war durchaus imstande, in Anwesenheit des Malers seine Meinung über ihn kundzutun.

Irgendwann sagte Pedro: »Wenn Andreu nicht bald kommt und sich mit dem Alten aussöhnt, dann werden wir nicht mehr lange etwas vom *abuelo* haben. Er ist mit allem hier seit langem überfordert.«

»Ich werde versuchen herauszubekommen, wo Andreu sich inzwischen aufhält«, wandte sich Manuel an seinen Vater. »Auf jeden Fall muß er am 85. Geburtstag hier erscheinen.«

VIII

Playa mágica

Aus Gunter Hidalgo wurde auf dem Flughafen Los Rodeos im Norden Teneriffas Gabriel Houdino.

Er tauschte die Visitenkarten in seinem Portemonnaie aus und ließ die alten in der Innentasche seines Jacketts verschwinden. Auf der Toilette nahm er den blonden, gestutzten Schnäuzer ab, entfernte sorgfältig das Mastix, mit dem er angeklebt war, setzte sich eine schwarze Kurzhaarperücke auf und wechselte die Kontaktlinsen. Im Spiegel überprüfte er sein Aussehen. Houdino war mit sich zufrieden.

Als er fünfzig Minuten später in Arrecife in Lanzarote landete, hatte er sich einen Plan zurechtgelegt, um das Geschäft möglichst an diesem Tag zum Abschluß zu bringen.

In seinem kleinen Maklerbüro in Puerto del Carmen wartete das Ehepaar Schütz auf ihn.

»Entschuldigen Sie bitte meine Verspätung«, sagte Houdino mit einem sanften Lächeln, »ich hatte heute morgen schon einige Termine. Drei wunderbare Apartments in Arrieta verkauft.«

»Aber wir sind in erster Linie an dem Haus in Playa Quiquere interessiert«, sagte Ute Schütz. Ihr Tonfall klang ein wenig gereizt.

»Ich will Ihnen in Arrieta lediglich zeigen, was Sie verpassen. Nicht, daß Sie mir später vorwerfen, ich hätte Ihnen preiswertere Angebote unterschlagen. Sie kennen doch meine Devise: Das Bessere ist der Feind des Guten.«

Henning Schütz, einen Kopf kleiner als seine Frau, beugte sich nach vorne. »Wir haben genügend Zeit, uns auch andere Objekte anzusehen.« Er wußte, daß damit gewiß ein Ausflug verbunden war.

Houdino wies auf einen dicken Stapel von Briefen: »Lauter Anfragen von deutschen Interessenten. Ich weiß gar nicht, wo ich anfangen soll.«

»Auch für Playa Quiquere?« fragte Ute Schütz schnell.

»Ja, natürlich. Aber da haben Sie das absolute Vorrecht, das habe ich Ihnen ja zugesichert. Wenn Sie nur dieses Objekt wollen, bitte sehr... Machen Sie mir dennoch die Freude, Ihnen Arrieta zeigen zu dürfen?«

»Ihnen kann man doch nichts abschlagen«, sagte Henning. Er liebte die Ausflüge mit dem Makler, der ihn mit seiner Begeisterung angesteckt hatte.

Ute und Henning Schütz aus Lübeck waren bereits zum dritten Mal auf Lanzarote. Gleich bei ihrem ersten Besuch vor mehr als zehn Jahren hatte sie die Schönheit der Insel mit ihrer Farbenvielfalt bezaubert. Besonders die *Montañas del Fuego,* die Feuerberge. In Stein gegossene Landschaft, die schwarzen Piconhänge, die Farbenspiele von feuerrot bis metallischblau, von schottergrau bis ockerbraun, die glänzenden Krater und die Mondhügel. Eine der absonderlichsten Landschaften der Welt. Lava- und Aschewüsten, pyramidenförmig aufgewölbte Krater, ein Feuertunnel, *barranco del fuego,* der durch strömende Lava gebildet wurde, bis ins

Tal der Stille, *valle de la tranquilidad*, in dem Vulkanhänge viele hundert Meter mit gewaltigen Lapillischichten bedeckt waren. Eine dunkle und geheimnisvolle Wüste, die atemberaubende Blicke erlaubte.

Es gab viele Besucher Lanzarotes, die sich in die karge Vegetation verliebten und jedes Jahr wiederkamen, aber es gab auch andere, denen die Insel nicht grün genug war, die von einer depressiven Vulkanlandschaft sprachen.

»Ich habe noch eine kleine Überraschung für Sie parat«, sagte Houdino, als sie die Umgehungsstraße von Arrecife Richtung Tahiche verließen. Ein Schild wies auf die *Apartamentos Vista Mar* in Costa Teguise.

»Dort hätten wir uns beinah eingekauft, Ute, weißt du noch?«

»In der Timesharing-Anlage?« fragte Gabriel.

»Die Apartments waren ja wunderschön. Aber zwanzig Wochen hätten uns bei allen Rabatten an die vierhunderttausend Mark gekostet, weiter wollten die mit dem Preis nicht runtergehen.«

»Die Timesharing-Leute sind alle Gangster, wenn Sie mich fragen.«

Gabriel Houdino rechnete ihnen vor, daß diese mafiösen Gesellschaften mit einer Anlage, die etwa drei Millionen Investitionskosten hatte, selbst bei einem Verkauf von nur fünfzig Prozent der Wohnungen einen Umsatz von achtzehn Millionen erzielten. »Deswegen machen sie Hetzjagd auf die Kunden, bei den Profiten kein Wunder.«

Inzwischen waren sie an der Abzweigung zur *Fundación César Manrique* vorbeigekommen. »Das Konzept dieses Architekten, mit Rücksicht auf Natur und Umwelt zu bauen und die Insel nicht von Touristenhotels verwüsten zu lassen, konnte nicht ganz durchgehalten werden. Seitdem der begnadete Künstler und Landschaftsgestalter tot ist, gibt es sogar einen neuen Bauboom, bei dem ...«

»Deswegen wollen wir ja nach Playa Quiquere«, unterbrach ihn Henning Schütz.

»Sie können uns wirklich garantieren, daß an diesem Ort keine weiteren *urbanizaciones* geplant sind?« fügte Ute an.

»Ich habe gestern noch mit dem Kaziken in Yaiza gesprochen. Er hat mir persönlich versichert, daß er keine Baugenehmigungen mehr erteilt. Was ich Ihnen beim letzten Mal schon sagte. Das Land wurde zwar noch parzelliert, aber seitdem ruhen alle Aktivitäten. Baustopp.«

In Arrieta hielt Houdino zunächst am weithin sichtbaren, leuchtend roten Windspiel von Manrique an. »Es ist eins der letzten Werke vor seinem plötzlichen Unfalltod. Er liebte solche *juguetes del viento.«*

An der Hafenmole tranken sie einen *café cortado* und aßen *ensaimadas,* die mit Engelshaar, Fäden aus Kürbis, gefüllt waren.

»Sehen Sie das Haus da drüben, das blaurote?« Gabriel wies mit der rechten Hand auf die andere Seite der kleinen Bucht.

»Das liegt ja malerisch schön«, schwärmte Henning.

»Wir gehen gleich hinüber und schauen es an. Um dieses Haus ranken sich viele Geschichten. Es diente sogar schon als Drehort für einen Film. Dieses Haus soll die Villa eines Millionärs aus Arrecife gewesen sein, der mit Wassertankschiffen sein Vermögen gemacht hatte. In Dürreperioden muß Lanzarote mit Trinkwasser versorgt werden.«

»Ich glaube, der Film ist auch bei uns ausgestrahlt worden«, sagte Ute. »Irgendwie kommt mir dieses Haus bekannt vor.«

»Eine andere Geschichte, die ich über das blaurote Haus hörte, war folgende: Ein reicher Mann aus Venezuela soll diese Villa im Stil des *romanticismo* für seine junge Frau gebaut haben. Als die beiden Verliebten in das Haus einzogen, wurde er krank und starb. Die junge Witwe hielt es hier nicht allein aus und hat Lanzarote fluchtartig verlassen.«

Nun standen sie vor dem dreigeschossigen Gebäude. Ein emailliertes Schild neben der Tür wies auf ein *»Museo de África«* hin. »Das Museum soll demnächst eröffnet werden. Ein sehr spannendes Projekt, überhaupt das erste seiner Art auf den Kanarischen Inseln. Jedesmal, wenn ich hierherkomme, frage ich die Einwohner, was es mit diesem Haus auf sich hat. Und jedesmal bekomme ich eine neue Geschichte zu hören. Irgendwann hieß es einmal, das Haus habe sich ein Viehbaron aus Argentinien gebaut, nachdem er bei seinen Reisen in Europa den Jugendstil für sich entdeckt hatte. Er soll aber nur drei Jahre in dem Haus gewohnt haben. Bei einem starken Sturm und hoher Brandung soll eine ungewöhnlich hohe Welle bis auf die obere Terrasse geschlagen und den Viehbaron mitgerissen haben.«

»Das kann ich mir nicht vorstellen«, sagte Henning. Er maß mit den Augen die Höhe. »Das sind doch mindestens sechs Meter. Trotzdem, diese Geschichte gefällt mir am besten.«

»Es gäbe noch dramatischere zu erzählen.« Houdino blickte zu Ute Schütz hinüber, die sich auf die Treppenstufen gesetzt hatte.

»Der Baustil ist wirklich sehr ungewöhnlich für Lanzarote«, sagte sie, »aber mir liegt das Haus zu sehr im Blickfeld. Das wäre nichts für mich.«

Henning lachte. »Wir werden es bestimmt nicht kaufen, Ute.«

Gabriel Houdino führte sie zu der kleinen Apartmentanlage am Meer, in der noch eine Wohnung zum Verkauf stand. Die letzte. »Leider nicht die schönste«, sagte der Makler bedauernd. »Andere Interessenten waren schneller.«

Das geräumige Apartment sollte weniger als die Hälfte des Hauses in Playa Quiquere kosten.

»Und es liegt in diesem kleinen Fischerort, der noch einigermaßen intakt ist. Man sollte das nicht unterschätzen«, sagte Houdino und prüfte die Reaktion seiner Kunden. »In Playa Quiquere müssen Sie immer ins Auto steigen, auch wenn Sie nur einen Liter Milch kaufen wollen.«

Henning Schütz wurde wieder unsicher. Die Summe von 195 000 Mark für dieses Apartment könnten sie ohne Kreditaufnahme finanzieren, das war ein unbestreitbarer Vorteil dieses Objektes.

»Sie machen uns die Entscheidung nicht gerade leicht, Herr Houdino.«

»Nur, um Sie rundum zufriedenzustellen«, sagte Gabriel, »Sie sollen alles gesehen haben, bevor Sie sich entscheiden. Meine Devise: Nur wer alles kennt, kennt auch das Beste.«

Geradezu bestechend war der Blick über das kleine Städtchen, lauter weiße Häuserwürfel, wie sie Klee und Macke bei ihren Afrikareisen gemalt hatten, dahinter strahlte das blaue Meer, die roten und orangenen Bougainvillea-Hecken. Ein Platz zum Verweilen.

»Gibt es denn irgendwelche Probleme mit Playa Quiquere?« fragte Ute Schütz. Sie versuchte herauszufinden, warum der Makler gerade dieses Objekt so anpries.

»Nicht, daß ich wüßte«, antwortete Houdino und strich über seine Kurzhaarperücke, als ließe er Spielkarten durch die Hand gleiten.

»Gut, dann fahren wir jetzt nach Quiquere und schauen uns das Haus nochmal an.« Ute sah, daß Henning zu schwanken begann.

»Bitte, wenn wir schon hier oben sind«, unterbrach sie Gabriel mit seiner tiefen, vibrierenden Stimme, »das Haus in Playa Quiquere läuft uns nicht weg. Ich hatte Ihnen doch eine kleine Überraschung versprochen. Ich weiß von einem verwunschenen Strand in der Nähe von Orzola, den sollten Sie beide auch kennenlernen. Haben Sie etwas Geduld mit mir. Sie werden es nicht bereuen.«

»Ich habe noch keine Minute mit Ihnen bereut, Herr Houdino«, sagte Henning. Je länger der Ausflug dauerte, desto lieber war es ihm. Dieser Makler war voller Überraschungen.

Gabriel Houdino hatten die Schütz' bei ihrem zweiten Besuch auf Lanzarote kennengelernt und ihn gefragt, ob er ihnen ein Objekt anbieten könne. Gabriel Houdino hatte ihnen das Haus in Playa Quiquere gezeigt. Sie waren ziemlich begeistert gewesen.

Bei diesem Aufenthalt im letzten Jahr hatte Houdino sie auf eine Küstenwanderung mitgenommen. Während einer Rast an der Steilküste, mitten im schwarzen Lavagestein, hatte er ein Buch hervorgezogen und ihnen aus den Aufzeichnungen des Pfarrers von Yaiza vorgelesen. Don Andrés Lorenzo Curbelo hatte die Vulkanausbrüche, die sich über sechs Jahre hingezogen hatten, chronologisch festgehalten, vom ersten Tag an, dem 1. September 1739, bis er ein Jahr später mit der Dorfbevölkerung von Yaiza fliehen mußte. »Die Lava floß anfangs wie sprudelndes Wasser, später zähflüssig wie Honig. Mit unheilvollem Donnern stieg ein riesiger Fels aus der Tiefe empor und zwang die Lava dazu, ihren Fluß zu wenden. Dabei wurden die Dörfer Maretas und Santa Catalina zerstört. Aus zwei Öffnungen brach Lava heraus, begleitet von dichten Rauchwolken, in denen blaue und rote Blitze tobten.« Houdino hatte diese Passagen aus der Chronik des Pfarrers wie ein Bühnenschauspieler vorgetragen. »Ich muß immer wieder hierherkommen, die *Montañas del Fuego* haben für mich reinigende Kraft«, hatte Gabriel damals geschwärmt, »es ist eine so energiegeladene Landschaft.« Er hatte ihnen Lanzarote ans Herz gelegt. Seine Lieblingsinsel. »Sie können mir glauben, ich kenne sie alle, Lanzarote ist die schönste aller Kanarischen Inseln.«

Die Fahrt nach Orzola, dem nördlichsten Ort Lanzarotes, führte am Meer entlang, vorbei an den von Manrique gestalteten Lavahöhlen *Jameos del Agua.* Im malerischen Hafen von Orzola legten zweimal am Tag die Boote zur kleinen Nachbarinsel La Graciosa ab. Die Lokale boten guten Fisch und waren mittags oft überfüllt. Die Fischer reparierten ihre Netze, die Frauen saßen im Schatten der Häuser, ein paar Männer mit zerbeulten schwarzen Hüten standen vor der weiß und grün gestrichenen Bar.

»Wenn wir im kommenden Winter zum ersten Mal im eigenen Haus wohnen«, sagte Ute, »fahren wir auch mal hinüber nach Graciosa.«

»Es lohnt sich, ganz bestimmt«, erwiderte Gabriel, »wenn Sie einmal dort waren, werden Sie wiederkommen wollen. Aber Sie haben dann ja auch ausreichend Zeit dafür.«

Ute und Henning Schütz wollten ihre Apotheke in Lübeck zum 1. Mai verpachten. 35 Jahre Berufstätigkeit waren genug. Die Verpachtung garantierte ihnen ein gesichertes Auskommen. Den Erwerb eines Alterssitzes im Süden hatte das Ehepaar schon vor vielen Jahren geplant. Ein halbes Jahr wollten sie in südlichen Gefilden leben, ein halbes Jahr in Deutschland. Im Sommer liebten sie es, die Mittelgebirge zu erwandern. Ihre Reisen führten sie an die Algarve in Portugal, an die südspanische Costa de la Luz, nach Mallorca und Formentera, nach Zypern und Madeira. Immer wieder hatten sie sich nach geeigneten Objekten am Meer umgeschaut, aber nie das Traumhaus gefunden. Und schließlich waren sie nach Lanzarote zurückgekehrt. Sie besaßen genaue Vorstellungen, wo sie auf keinen Fall auf dieser Insel wohnen wollten. Puerto del Carmen, Playa Blanca und auch die Hauptstadt Arrecife kamen für sie nicht in

Frage. Ebensowenig die neuen Bettenburgen an der Costa Teguise.

»Mein Name klingt so ähnlich wie der des großen Zauberers«, hatte Houdino sich vorgestellt, als sie im vorigen Jahr den Makler in Puerto del Carmen kennengelernt hatten, »aber bitte erwarten Sie von mir keine Wunder. Ich bin nur ein einfacher Makler, der die Insel seines Lebens entdeckt hat. Mich bringt hier niemand mehr weg.«

Und dann war doch ein Wunder eingetreten.

Das Haus, das Gabriel ihnen in Playa Quiquere gezeigt hatte, entsprach genau ihren Vorstellungen. Ein Ort und ein Haus wie geschaffen, um den grauen Monaten daheim zu entfliehen. Der Eigentümer beabsichtige, es zu verkaufen, hatte Gabriel ihnen erklärt. Nur der Zeitpunkt stehe noch nicht fest. Sie bräuchten ein bißchen Geduld. Es war Liebe auf den ersten Blick gewesen. Als hätte es der überaus sympathische Zauberer ausgerechnet für sie zum Vorschein gebracht.

Houdino parkte seinen Wagen auf einem holprigen Steinstrand am Rande von Orzola und zeigte auf den steilen Felsvorsprung. »Jetzt müssen wir ein bißchen kraxeln, deswegen kommen nur ganz selten Besucher hierher«, sagte er, »aber Sie sind ja beide erfahrene Wanderer.«

Der Anstieg dauerte fast vierzig Minuten.

Ute und Henning Schütz kamen ein wenig ins Keuchen. Immer wieder legte Gabriel Pausen ein, wartete auf die beiden Kunden. Er wußte, daß dieser Strand die beiden Norddeutschen für alle Anstrengungen entschädigen würde.

»Ich habe ihm den Namen *playa mágica* gegeben. Sie werden gleich feststellen, warum.«

Als sie den Hügelkamm erreicht hatten, tat sich vor ihnen eine kleine, fast symmetrische Bucht auf. Die Farben der Wellen changierten von wasserhellem Türkisgrün bis zu tiefdunklem Saphirblau.

Ute blieb stehen, um das Bild in Ruhe in sich aufzunehmen.

Gabriel Houdino wartete. Er wußte um die überwältigende Wirkung dieses Anblicks.

»Sie ist manchmal so entrückt«, sagte Henning leise, »da darf man sie nicht stören.«

»Dieses Fleckchen wird niemals erschlossen werden«, sagte Houdino, »es gehört einem Mann, der dort oben in seinem Schlößchen thront. Hier darf kein einziges Apartment entstehen. – Kommen Sie, ich zeige Ihnen das Geheimnis des Strandes.«

Langsam näherten sie sich dem spiegelnd weißen Sand, auf dem viele Gegenstände lagen, als hätte jemand ein Kunstwerk aus Strandgut arrangiert. Dicke Taustücke, zerborstene Holzkisten, ausgebleichtes Sackleinen. »Aus irgendeinem Grund werden an diesen Strand Gegenstände aus der ganzen Welt angespült. Sehen Sie mal, da liegt ein Stück Elefantenzahn.«

Henning nahm das vom Wasser geschliffene Elfenbein hoch, begutachtete das Stück und zeigte es seiner Frau.

»Gab es auf Lanzarote denn früher Elefanten?« fragte er.

»Ganz bestimmt nicht«, antwortete Houdino.

In einem unbewachten Augenblick ließ er aus seiner

Jackentasche eine Flasche in den Sand gleiten, so daß sie von den auslaufenden Wellen hin und her bewegt wurde.

Ute und Henning fanden Glasscherben in vielen Farben, zwei Münzen aus Italien, einen halben Schiffsanker, bemooste Planken eines Ruderbootes, ein roséfarbenes Fischernetz und eine blaue Wollmütze. Henning behauptete, daß er eine solche Wollmütze vor vielen Jahren auf Sylt verloren habe.

»Es muß mit der Strömung zusammenhängen, daß all diese Dinge gerade hier landen. Es gab immer wieder *lanzaroteños*, die sagten, sie wüßten genau, warum dieser Strand solche Schätze berge, aber wirklich untersucht hat das noch nie jemand.«

»Henning, Henning, komm mal schnell hierher«, rief Ute.

Sie bückte sich, um die durchsichtige Flasche aufzuheben.

Auf dem zerfransten Rest des Etiketts konnte sie die Herkunft der Flasche entziffern. Kuba. Es schien sich um eine Rumflasche zu handeln.

»Eine Flaschenpost, Henning, eine Flaschenpost!«

Der zusammengerollte Zettel im Inneren war deutlich zu erkennen. Der Korken saß tief im Flaschenhals.

Houdino holte sein Schweizer Messer hervor und reichte es Henning. Der drehte den Korkenzieher geschwind hinein, brauchte aber eine ganze Weile, um den Korken herauszuziehen. Sein Kopf lief von der Anstrengung rot an.

Ute war begeistert.

»Davon hab ich immer geträumt. Einmal im Leben

eine Flaschenpost finden. Als Kinder haben wir jedes Jahr im Sommer eine Flasche in die Ostsee geworfen. Wir haben lauter verrückte Sachen hingeschrieben, aber unsere Adresse stimmte immer.«

Mit Hilfe eines kleinen Holzstöckchens fischte Henning das zusammengerollte Papier heraus.

»Si tú me encuentras, me escribes.«

»Wenn du mich findest, schreib mir«, übersetzte Gabriel und las die Adresse eines gewissen Omar Balmaseda aus Viñales auf der Zuckerinsel Kuba vor.

»Helfen Sie mir einen Brief zu verfassen«, bat Ute, »mein Spanisch ist nicht gut genug. Ich will dem Absender noch heute nachmittag antworten.« Immer wieder schaute sie auf den Zettel, auf dem mit krickeliger Handschrift die kurze Mitteilung und die Adresse geschrieben waren.

»Das wird unser Lieblingsstrand«, sagte sie zu Henning.

»Sie scheinen ja wirklich Glück zu haben«, erwiderte Houdino.

IX

Montañas del Fuego

Der Strand von Playa Quiquere lag im schimmernden Abendlicht. Die Sonne ein roter Golfball, der über die Klippen zu rollen schien.

Houdino schloß die blau gestrichene Eingangstür auf und ließ die beiden Kunden in das Haus über dem Meer eintreten.

Schnell öffnete er alle Fensterläden.

»Ich habe mich bemüht, mit dem Besitzer noch einmal über den Preis zu verhandeln, aber unter 420000 DM will er nicht gehen«, Houdino machte eine entschuldigende Geste.

Ute stand auf der kleinen Terrasse und genoß die warme Abendluft.

»Wir haben nicht damit gerechnet, daß der Preis geringer wird«, erwiderte Henning. »Wie soll das Vertragliche denn ablaufen?«

»Das geht Zug um Zug, Herr Schütz. Wenn wir uns heute über den Vertrag einig werden, dann gebe ich Ihnen die Nummer eines notariellen Anderkontos in Spanien. Darauf sollten Sie die erste Hälfte der Summe überweisen. Auf diesem Konto bleibt Ihr Geld sicher, bis es zum Verkauf kommt. Nach Eingang des Geldes setzen wir uns in meinem Büro mit dem Notar und dem Eigentümer zusammen und lassen den Kaufvertrag beurkunden.«

»Ich hatte gedacht, daß ich nur eine Hälfte überweise und die andere Hälfte … dann …« Henning Schütz stockte, sah den Makler ein wenig verlegen an.

»Sin problemas, wirklich, kein Problem«, sagte Houdino, »das habe ich alles schon mit dem Besitzer geklärt.«

»Sie verstehen, das ist Geld, das wir nicht über die Bücher …« Neuerlich hielt Henning inne.

»Ich verstehe, was Sie meinen. Sie können diese Summe bei der Beurkundung auch in bar übergeben.«

Einen Augenblick trat Stille ein.

»Wer ist denn nun der Eigentümer?« fragte Schütz leise.

»Sie müssen schon entschuldigen, aber den Namen kann ich zu diesem Zeitpunkt noch nicht preisgeben. Das gehört zur Makelei dazu. Aber bei Ihrem nächsten Besuch …«

»Ist es denn ein Deutscher?« hakte Henning nach.

»Ach, laß doch«, warf Ute ein. »Wir sind entschlossen, dieses Haus zu kaufen. Komm, Henning, wir wollen die letzten Sonnenstrahlen genießen.«

Die beiden standen nebeneinander, hielten sich an der Hand, vor ihnen der schwarze Strand. Die sanften Wellen schlugen auf die Steine, ein paar Silbermöwen und Seeregenpfeifer glitten über das Meer.

Houdino hatte sie auch ins Famara-Gebirge geführt. In den Steilhängen nisteten viele seltene Vögel, weil dort die Brutplätze ungestört waren. *Risco de Famara* war ein altes Bergmassiv, das für Wanderer viele Ausflugsziele bot. Während des kleinen Spazierganges, bei dem die Lübecker von ihren Touren in den deutschen

Mittelgebirgen erzählten, hatte Houdino die beiden Kunden genauer kennengelernt. Sie liebten seltene Vögel und extreme Vegetation, bewegten sich am liebsten an der frischen Luft und ließen sich gerne ausgefallene Geschichten erzählen. »In diesen Felsen von Famara kann man nachts das Heulen des edlen Tinguayo hören, der sich nach seiner Geliebten Teguise sehnt. Die normannischen Besetzer hielten ein grausames Regiment auf der Insel, sie nahmen *lanzaroteños* gefangen und verkauften sie als Sklaven nach Europa. Der Neffe des Eroberers Juan de Bethencourt, er hieß Maciot, wollte die Königstochter Teguise für sich haben und zwang ihren Vater dazu, die Verbindung zu Tinguayo aufzulösen. Als dieser davon erfuhr, übermannte ihn Trauer und Wahn, nach langem Leiden soll er hier gestorben sein. Seitdem, so heißt es, irrt seine unglückselige Gestalt zwischen den Vulkanen und der Brandung umher.«

Henning Schütz hatte damals zu Ute gesagt, so einen Reiseführer hätte er sich schon immer gewünscht. Er wolle ihn später einmal bitten, die eine oder andere Geschichte zu wiederholen, damit er sie notieren könne.

Als in der Bucht von Playa Quiquere der rote Sonnenball ins Meer gerollt war, sagte Houdino: »Manchmal kommen auch Delphine in diese Bucht.«

Erstaunt drehte sich Henning um. »Delphine, wirklich?«

Eine halbe Stunde später saßen die drei in einem Lokal in El Golfo bei einer Fischparrillada. Houdino hatte Tisch und Essen vorbestellt, so daß sie nicht lange zu warten brauchten. Die *papas arrugadas* waren mit einer Salzkruste überzogen. Zu den Kartoffeln gab es zwei Tunken, *mojo rojo y mojo verde.*

»Es gibt ganz wunderbare Rezepte für *mojos*, natürlich haben die meisten Lokale nur die rote, etwas scharfe, die mit Paprika und Chilischoten gemacht wird, und die grüne, sehr frische Variante aus Petersilie und anderen Kräutern, aber es gibt *mojos* mit Safran, mit Honig, sehr lecker, mit Knoblauch ...«

»Wir hatten mal einen Kunden in der Apotheke, der hatte eine Knoblauchallergie«, unterbrach Ute den Makler, »ich dachte erst, das kann es nicht geben. Knoblauch ist nun wirklich lebenserhaltend. Jahrelang hatten wir eine Schaufensterdekoration, da turnte der Bulgare Ilja Rogoff für Knoblauchpillen. Aber das stimmte tatsächlich mit der Allergie, sobald etwas Knoblauch im Essen war, bekam der nette Herr Trotz Schluckbeschwerden, Fieberwallungen, Magenkrämpfe. Er konnte in allen Sprachen sagen: ohne Knoblauch, bitte.«

»Sin ajo, por favor«, übersetzte Gabriel. Er hatte einen trockenen Malvasía aus dem Weinanbaugebiet von La Geria zum Essen bestellt. »Der wächst in den tiefen Bergmulden, die von runden Steinmauern umgeben sind. *Enarenado,* so nennt man das Verfahren, es ist Weinbau ohne Regen.«

»Wie soll das denn vor sich gehen?« fragte Ute, nachdem sie einen Schluck probierte hatte.

»Jede Rebe hat ihren eigenen Trichter. Seit dem Vulkanausbruch gibt es ja genügend Lapilli und Asche auf der Insel. In diese Picónschicht werden die Rebstöcke einzeln eingegraben, bis die Wurzeln das Erdreich erreichen. Der *picón* ist ein ausgezeichneter Speicher für den nächtlichen Tau, der in den Boden abgegeben wird. Ein schwieriger, aber optisch sehr reizvoller Anbau. Um die Pflanzen werden *zocos,* Schutzwälle, errichtet, damit der Wind den leichten *picón* nicht davonträgt.«

Gabriel Houdino zeigte auf das farbige Emblem mit der Sonne am Hals der Flasche. *Lanzarote – Isla mítica* stand darauf. »César Manrique hat dieses Signet entworfen. Es dient dazu, die Weine der Region auszuzeichnen und zu schützen. Leider wird zuviel mit diesen Weinen gepanscht. Wenn Sie Interesse haben, kann ich Sie mit einem Weinbauern bekanntmachen.«

»Dieses Mal werden wir wohl keine Zeit haben«, sagte Henning, »aber ich hoffe doch sehr, daß wir auch nach Abschluß des Vertrages in Kontakt bleiben werden.«

»Auf jeden Fall«, beeilte sich Houdino zu sagen.

Ute Schütz hob ihr Glas: »Sie haben uns Lanzarote sehen gelehrt. Darauf möchte ich jetzt trinken.«

Der Wein schmeckte erdig.

Henning Schütz fragte: »Sollen wir den Vertrag nicht gleich unterschreiben? Dann haben wir es hinter uns.«

»Nach dem Essen, bitte«, bestimmte Ute, »der Fisch ist so gut, daß mich jetzt die Paragraphen stören würden.« Die Fischparrillada war reichhaltig: *vieja, sargo, merluza* und *calamares.* Houdino kannte zu jedem Meeresgetier eine besondere Zubereitungsart.

Er bat den Wirt, eine Flasche *Malvasía Brut Nature* kaltzustellen, den ersten Sekt Lanzarotes gab es erst wenige Jahre.

»Dieser kleine Ort hier war lange ein Geheimtip.

Weil die meisten Touristen schnell hinunter an den Papageienstrand wollten, verpaßten sie die Abfahrt nach El Golfo. Meist kehrten sie erst nach Einbruch der Dunkelheit zurück. Aber Sie wissen ja, Geheimtips bleiben nicht lange geheim. Als der erste ›alternative‹ Reiseführer mit den ganz besonderen Inseltips über Lanzarote herausgekommen war, betrat ich einmal eine Bar in Arrecife. Da saßen sechs Leute an verschiedenen Tischen, die lasen alle in diesem Buch und erfuhren so alle die gleichen, geheimen Tips.«

Der Wirt brachte einfache Wassergläser und öffnete die Sektflasche.

Sie stießen an: auf ihr zukünftiges Haus, auf ihre wundersame Begegnung, auf die *isla mítica.*

Dann übersetzte der Makler ihnen die einzelnen Punkte des Vertrages, der in spanisch abgefaßt war. »Ich denke, Sie sollten den Vertrag in Deutschland überprüfen lassen. Das wäre wirklich das Beste.«

Henning Schütz wollte ihn seinem Freund, der Rechtsanwalt und Notar war, vorlegen.

»Soll ich Ihnen eine Übersetzung anfertigen lassen? Ohne Aufpreis, versteht sich«, fragte Houdino.

»Nicht nötig, da kenn' ich jemanden in Lübeck.«

Während der ganzen Zeit sah Ute Schütz aus dem kleinen Fenster des Restaurants. Die Mondsichel lag auf dem Rücken, man hätte sie nur zu kitzeln brauchen. Das silberne Licht spiegelte sich in den Wellen. Ihr wurde wohlig bei dem Gefühl, daß sie diese Szenerie bald häufiger genießen würde.

»Was bedeutet eigentlich der Name Lanzarote?« fragte sie unvermittelt.

»Der Name soll sich von einem genuesischen Kaufmann provenzialischer Herkunft ableiten, der hieß Lanzarote Malocello, oder im französischen Lancelot Maloisel. Die Legende behauptet, er sei 1312 mit seinem Schiff auf dem Weg nach London gewesen und ein Sturm habe ihn nach Süden auf diese Inseln abgetrieben. So wurden die Kanarischen Inseln per Zufall entdeckt.«

»Ein wunderbarer Zufall«, sagte Henning Schütz.

Houdino zeigte ihnen die Stelle, wo sie den Vertrag unterschreiben mußten und gab ihnen einen Zettel mit der Kontonummer des Notars. *Banco Santander* in Barcelona.

»Also ist der Besitzer ein Spanier!« sagte Henning Schütz.

»Wenn Sie so wollen.«

»Aber jetzt könnten Sie es uns doch sagen«, Henning verzog den Mund ein wenig.

»Sie werden den Besitzer beim nächsten Mal kennenlernen. Er wird Ihnen zu allen Fragen des Hauses gerne Auskunft geben, aber wenn ich Ihnen den Namen jetzt sage ... das heißt nicht, daß ich Ihnen nicht traue, aber Sie könnten sich ja direkt mit ihm in Verbindung setzen und dann ade meine Maklercourtage ...«

»Henning, jetzt hör endlich auf damit. Herr Houdino hat gute Gründe, uns den Namen nicht zu nennen.«

Schütz gab sich geschlagen.

Zum Nachtisch bestellten sie *bienmesabe* und *flan,* dazu Kräuterlikör für Ute und Brandy für die beiden Männer.

»Wann könnten Sie für den Notartermin wieder nach Lanzarote kommen?« fragte Houdino. »Ich müßte das rechtzeitig wissen, um den Verkäufer zu informieren.«

Henning schaukelte den Brandy im Glas.

»Ich werde nicht verreisen können«, antwortete Ute, »denn bis zur endgültigen Übergabe der Apotheke an den Pächter ist noch viel zu tun.« Sie sah ihren Mann an. »Aber du kannst fahren, wann immer Herr Houdino es für nötig hält. Ich komme schon alleine zurecht.«

Henning lehnte sich zurück. Genoß die Vorstellung, sich jeden Tag von Houdino ein weiteres Stück der Insel zeigen zu lassen. Aber das war ja wohl ein Traum. Der Makler hatte auch noch andere Kunden. Wenn er sich immer für jeden soviel Zeit nahm ...

»Ich würde Ihnen vorschlagen, daß sie Mitte Februar kommen, in der Woche vor Rosenmontag, denn Sie müssen unbedingt den hiesigen Karneval erleben«, warf Houdino ein. »Für einen Norddeutschen ist das ein Augenschmaus. Überall spielen Musikgruppen in den verrücktesten Kostümen, *Diabletes de Teguise*, die kleinen Teufelchen, jagen durch die Straßen, begleitet von peitschenschwingenden *señores*, die die bösen Geister vertreiben. Es gibt eine Karnevalskönigin, die nicht nach Schönheit, sondern nach der Pracht ihres Kostüms bestimmt wird. So ein Kostüm, in dem sich niemand auch nur einen Zentimeter bewegen kann, kostet bis zu einer Million Peseten. Überall wird getanzt und gefeiert. Bis dann mit der ›Beerdigung der Sardine‹ ein Trauerzug durch die Stadt zieht. Männer in tiefschwarzen Anzügen und Mädchen mit Bärten und Machohüten. Sie führen eine metergroße Pappmaché-Sardine mit sich und verbrennen sie auf dem Platz vor dem Gran Hotel. Ein schauriges Spektakel.«

»Ich komme im Februar«, sagte Henning knapp, »da möchte ich auf jeden Fall dabeisein.«

»Und wann wollen Sie einziehen?« fragte der Makler und zündete sich eine Zigarette an.

»Nicht vor dem Herbst«, antwortete Ute, »den Sommer werden wir dieses Mal mit den Enkelkindern in unserem Apartment in Sylt verbringen. Das ist alles schon festgelegt.«

Houdino wollte die Rechnung begleichen, aber Ute bestand darauf, daß sie an der Reihe seien.

Gabriel ging zum Wirt, flüsterte ihm etwas zu und verschwand auf der Toilette. Im Spiegel überprüfte er wie stets sein Äußeres. Die Echthaarperücke paßgenau auf den Schläfen, die Kontaktlinsen in braungrün. Der aufgeschobene Goldzahn, an den sich jeder sofort erinnern würde, blinkte im Licht der Birne über dem ovalen Spiegel.

»Das ist nicht fair«, sagte Ute Schütz, als der Makler an den Tisch zurückkam. »Wissen Sie, was auf der Rechnung steht?«

»Nein«, erwiderte Gabriel, obwohl er wußte, was der Wirt geschrieben hatte.

»Sehen Sie mal. Anstelle von einer Summe steht da nur *gracias.*«

»Was soll daran nicht fair sein? Ist doch eine nette Geste. Vielleicht hat der Wirt mitbekommen, daß Sie demnächst Inselbewohner werden, da kann er doch mal ein Abendessen ausgeben. Investition in die Zukunft.«

»Das glaube ich nicht«, mischte sich Henning ein,

»ich habe doch gesehen, wie Sie mit dem Wirt getuschelt haben.«

»Ich bin ganz unschuldig«, verteidigte sich Houdino.

Der Wirt wurde gerufen.

Er bestätigte ungefragt, daß er die drei Gäste eingeladen habe. Er brachte einen ganz besonderen Likör mit, den sein Vater aus Agaven gebraut habe.

Houdino machte die Lübecker mit ihm bekannt und sagte, daß sie bald ein Haus in Playa Quiquere erwerben würden.

»Si, si, yo conozco esta playa, muy preciosa y también la casa.«

Houdino übersetzte, daß auch dem Wirt der Strand und das Haus gefalle. »Und war die Fischparrillada in Ordnung?« fragte er auf deutsch mit heftigem Akzent.

»Muy rica«, sagte Ute, die diesen Ausspruch schon ein paarmal in anderen Restaurants gehört hatte.

»Die Nacht ist viel zu schön, um jetzt ins Bett zu gehen«, stellte Gabriel fest, als sie vor dem Restaurant in El Golfo standen, »wir statten unseren *montañas* noch einen Besuch ab.«

Wie er das sagte, unseren *montañas,* dachte Henning Schütz, als gehörten sie ihnen gemeinsam.

»Um diese Zeit?« fragte Ute. »Die Pforten sind doch schon seit Stunden geschlossen.«

»Es gibt andere Wege«, erwiderte Houdino.

»Er kennt natürlich einen Hintereingang«, sagte Henning, »wie immer.«

Sie fuhren bis Yaiza zurück, bogen in die Straße zum Nationalpark ab. Passierten das schwach angestrahlte *Timanfaya*-Schild.

Auf der Straße nach Mancha Blanca stoppte Houdino den Wagen und parkte seitlich am Rand der schnurgeraden, geteerten Straße.

Aus der Jacke holte er eine Stabtaschenlampe.

Im hellen Lichtstrahl ging er vorwärts.

»Mister Houdino, was haben Sie denn sonst noch im Ärmel?« fragte Henning.

»Immer das, was ich gerade brauche«, antwortete Gabriel und lächelte sanft dabei. »Bitte folgen Sie mir unauffällig.«

Über einen schmalen Picón-Pfad schlichen sie hügelan.

»Nur eine leichte Steigung«, kommentierte Houdino, »keine Sorge, ich kenne den Weg genau. Absturz ausgeschlossen.«

Nach kurzem Fußmarsch erreichten sie ein Plateau.

Gabriel schaltete die Taschenlampe aus.

Der Sternenhimmel war so reich, daß man schnell den Überblick verlor. Selbst die Sternbilder, die sie kannten, mußten Henning und Ute lange suchen. Der südliche Sternenhimmel zeigte ihnen gänzlich unbekannte Konstellationen.

»Ich komme manchmal nachts hierher. Wenn es ganz still ist. Unter mir der brodelnde Vulkan, die nie endende Energiequelle, und über mir das größte Schauspiel des Universums. Da kann man sich leicht verlieren.«

Sie schwiegen. Alle drei.

Kein Wort mehr.

Minutenlang.

Die Übermacht der Sternenbilder. Die Milchstraße

zum Greifen nahe. Plötzlich schoß eine Sternschnuppe über den Himmel. Verlosch.

»Ich hab' mir was gewünscht«, sagte Ute hinein in das Schweigen.

»Ich würde Ihnen zutrauen, daß Sie die Sternschnuppe auch noch bestellt haben«, gab Henning von sich.

Sie lachten.

»Was für ein Glück haben wir gehabt, daß wir Sie getroffen haben!« sagte Ute, »solche Makler gibt es bei uns in Deutschland nicht.«

»Ich habe jedenfalls in Ihrer Branche noch niemanden wie Sie kennengelernt«, ergänzte Henning.

»Lanzarote hat mich verändert«, flüsterte Houdino, »es wird auch Sie beide verändern.«

X

Marisol und Robert

Obwohl das hohe Atelier in El Sauzal von Licht durchflutet war, stellte Marisol drei Scheinwerfer auf, um die Gemälde noch stärker zum Leuchten zu bringen. Robert hatte sie gebeten, seine neuen Bilder für den Katalog der Münchener Ausstellung aufzunehmen. Unter dem Titel: ›Kanarische Sonnenfluten‹ sollte die Ausstellung im Juli eröffnet werden.

Marisol liebte Roberts Bilder, die so intensiv die Farben ihrer Insel festhielten: frühlingsgelb, sommerblau, herbstgrün und winterrot.

Zwei Stunden lang fotografierte sie die großformatigen Ölgemälde, immer wieder neu fasziniert von den phantastischen Traumlandschaften. Als hätte Robert die Seelen der Insel gemalt.

An diesem Samstagmittag, ihrem freien Tag, hatte sie sich überraschend bei Robert eingefunden, um seiner seit längerem geäußerten Bitte nachzukommen. Umgeben von Stativ und Lichtkoffern, Fototaschen und Reflektorschirm hatte sie noch an der Tür gefragt: »Kann ich sofort anfangen? Ich will die besten Fotos von deinen Bildern machen, die du je gesehen hast. Aber dazu brauche ich Zeit.«

Robert hatte die Leinwände in eine bestimmte Reihenfolge gebracht, damit Marisol nicht zu oft die Kameraposition zu wechseln brauchte.

Seit Mitte März war Sophie bei ihrer Mutter in Deutschland. »Damit die Kleine mich nicht ganz vergißt«, hatte die geschiedene Frau des Malers am Telefon gesagt. Nach der Trennung vor zwei Jahren blieb Sophie bei Robert, weil ihre Mutter als Archäologin fast ständig auf Reisen war.

»Soll ich noch einen Espresso aufsetzen?« fragte der Maler, der eine ganze Zeitlang im abgewetzten Sessel neben der Staffelei gesessen hatte, um Marisol zuzusehen. Wie konzentriert sie bei der Arbeit war, wie sie die Bilder betrachtete, als müßte sie sie erst verstehen, bevor sie ein Foto von ihnen machen konnte. Ihr Blick erfaßte jedes Detail, ihre Augen wanderten in seinen Landschaften. Selten hatte jemand so genau seine Gemälde angesehen.

»Einen *cafecito* könnte ich gut gebrauchen, Roberto. Es wird wohl noch eine Weile dauern, bis ich alle Bilder aufgenommen habe.« Sie hob die Kamera samt Stativ hoch und schoß ein Bild von Robert. »Du mußt aber auch noch vor meine Linse.«

Der Maler hob schützend beide Hände vors Gesicht, doch Marisol hatte längst abgedrückt.

»Ich muß dich zu einem Fototermin bestellen«, sagte Robert, »damit ich mal wieder ein paar Stunden das Vergnügen habe, dich anschauen zu dürfen.«

»Was meinst du damit?« fragte Marisol, die das Stativ wieder einrichtete.

»In deiner freien Zeit bist du mehr auf der Finca als bei mir, und freie Zeit ist bei dir eher selten, oder?«

Marisol blickte durch den Sucher und fokussierte das Gemälde.

»Meine Zeitung gibt mir nicht frei, um mit dir ein paar schöne Wochen zu verbringen. Ich muß jeden Tag Fotos abliefern«, erwiderte sie gelassen.

Dann drückte sie ab.

»Das nächste Bild, bitte.«

Robert nahm das Gemälde von der Staffelei und holte aus dem gegen die Wand gelehnten Stapel ein kleineres Format hervor. Ein feuerroter Sonnenball, umgeben von feigenbaumgrünen Fingern.

»Aber du kannst doch nicht leugnen, daß wir uns in der letzten Zeit ...«

»Der *abuelo* war lange krank, Roberto, und das hatte auch mit uns beiden zu tun.«

Marisol korrigierte die Blende nach unten. Bei dem hellen Licht konnte sie bis ans Ende der Skala gehen und die Tiefenschärfe optimieren.

»War das der Grund, warum ich seit den *Reyes* nicht mehr auf die Finca eingeladen wurde?« fragte Robert etwas erregt.

»Du weißt genau, wie ich das gemeint habe. Es war alles zuviel für ihn.«

Robert schüttelte den Kopf.

»Er mag mich nicht, so einfach ist das. Ohne Sophie hätte ich gar keine Chance bei ihm ...« Unvermittelt lachte er auf, ging in die kleine Kochnische, um die Espressomaschine in Gang zu setzen.

Kurz nach dem großen Familientreffen im Januar hatte Don Jaime einen Kreislaufkollaps erlitten, der ihn für mehrere Wochen ans Bett fesselte. Nichts Schlimmes, hatte der Arzt zunächst gesagt, aber jedes Mitglied der Familie bangte um den alten Mann, der außer einem gelegentlichen Schnupfen nie krank gewesen war. Täglich hatten die Enkel mit Inés telefoniert. Manuel war ein paarmal von Gran Canaria herübergekommen, hatte auch seine Frau und die beiden Kinder mitgebracht. José hatte einen befreundeten Herzspezialisten aus La Laguna gebeten, nach seinem Großvater zu sehen. Aber der mußte unverrichteter Dinge wieder abziehen, weil Don Jaime nur den Hausarzt an sein Bett ließ. Inés und Pedro waren manche Nacht aufgeblieben, für den Fall, daß Don Jaime ihre Hilfe brauchte. Jeden Morgen befahl er seiner Schwiegertochter, den gewohnten Frühtrunk zu bereiten, obwohl der Arzt ihm Alkohol strengstens untersagt hatte. Nur langsam hatte er sich von dem Zusammenbruch erholt.

Marisol erkannte das Feuerrot des Sonnenballs erst, nachdem sie Roberts Gemälde fotografiert hatte.

»Unser erster Ausflug auf den Teide, das war ein schöner Tag mit dir.«

Der Maler kam aus der Küche und brachte auf einem Tablett die Espressotassen.

Schweigend tranken sie Kaffee.

Sie standen vor dem Bild. Sahen sich an.

»Du bist eifersüchtig auf meinen *abuelo*, gib's doch zu, Roberto.«

»Das ist ziemlicher Unsinn. Ich komme mit seiner starren Ablehnung nicht klar, und außerdem weiß ich nicht, ob du wirklich auf meiner oder seiner Seite stehst.«

»Ich will dich heiraten, nicht ihn.«

Marisol blies über den heißen Kaffee. Sie mochte Robert besonders, wenn er Gefühle zeigte.

Seit sie ihn im letzten Frühjahr kennengelernt hatte, war jedes Zusammensein ein gegenseitiges Entdecken gewesen, immer neue Charakterzüge kamen zum Vorschein. Marisol entdeckte vieles von seinem Wesen in seinen Bildern, ohne daß er sich erklären mußte. Manche nutzte er als Mauer, hinter der er sich zu verstecken suchte, andere als Einladung, ihn weiter zu erforschen.

Marisol hatte manches Mal, wenn Robert auf den Großvater zu sprechen kam, versucht, ihm verständlich zu machen, wie vertraut sie mit dem *abuelo* auf der Finca zusammengelebt hatte. Als kleines Mädchen, in Sophies Alter, hatte sie auf seinem Schoß gesessen, während er ihr von seinen Abenteuern in Venezuela erzählte. Die harten Jahre in der Landwirtschaft und auf den Ölfeldern. Marisol hatte kleine Hefte angelegt und darin Zeichnungen gefertigt, um so die spannenden Erzählungen festzuhalten. Als Schulkind schrieb sie viele seiner Erlebnisse auf: die wundersame Welt des Diamantensuchers Jaime Sánchez Abulí aus Teneriffa. Später hatte sie Fotos aus Zeitungen und Bildbänden herausgeschnitten und zu Montagen verarbeitet. Und immer war es der *abuelo* gewesen, der ihre kleinen Kunstwerke als erster zu Gesicht bekam. Er hatte sich mit dem Lehrer in El Tanque angelegt, der Marisol in der Realschule schlechte Noten geben wollte, weil sie gegenüber den anderen Schülern zu lebhaft sei. Der Großvater hatte ihr die Stelle in Icod de los Vinos besorgt, wo sie ihre Fotolehre absolvierte. Er teilte sogar ihre Faszination für Kameras und kaufte ihr zum 18. Geburtstag eine Hasselbladt. »Der *abuelo* war für mich die weite Welt«, hatte Marisol immer aufs neue betont. »Aber er ist und bleibt ein Sturkopf, das sagen selbst deine Brüder«, hatte Robert häufig erwidert.

Der Maler stellte das feuerrote Bild zur Seite und plazierte eine lichtblaue Morgenstimmung auf der Staffelei.

Langsam drehte er sich zu der Fotografin um.

»Hast du denn mit ihm schon mal über unsere Hochzeit gesprochen?«

»Warum?«

»Wir müssen den Termin rechtzeitig festlegen, meine Freunde aus Deutschland brauchen ein Datum, schließlich heiraten wir nicht in der nächsten Dorfkirche.«

Marisol atmete tief ein, bevor sie antwortete.

»Roberto, jetzt müssen wir erstmal sehen, daß er gesund seinen 85. Geburtstag erlebt, danach sind wir an der Reihe. Es hat gar keinen Zweck, jetzt mit ihm über die Hochzeit zu reden, das würde ihn viel zu sehr aufregen. Und Aufregung...«

»Aber ich muß dafür Verständnis zeigen«, rief Robert. Dann wieder sprach er leiser. »Von wem stammt der Satz, daß Künstler sich ein ganzes Leben lang auf Nichtbeachtung und Ablehnung einrichten müssen?«

Marisol nahm die Kamera vom Stativ und spulte den Film zurück. Dabei sah sie den Maler unverwandt an, ließ ihn nicht aus den Augen.

Sie zitterte ein wenig vor Erregung.

Robert schien wirklich aufgebracht zu sein.

»Ich habe dir schon oft gesagt, daß ich die Gefühle des *abuelo* auf keinen Fall verletzen will...«

Mit einem Mal schrie Robert: »Dann soll ich warten, bis er gestorben ist, was?«

Marisol war über seinen Wutausbruch so erschrokken, daß ihr beinahe die Kamera aus der Hand gerutscht wäre. Behutsam legte sie den Apparat auf den Tisch, ging auf Robert zu und umarmte ihn. Der Maler ließ sie gewähren, aber beugte seinen Kopf nicht zu ihr hinunter. Sie standen ein paar Minuten so, regungslos aneinandergeschmiegt.

»Laß uns ein bißchen Zeit!« Marisol stellte sich auf die Zehenspitzen, um Robert einen Kuß zu geben.

»In Deutschland habe ich gegen jede Form von autoritärem Verhalten aufgemuckt, und hier soll ich das alles klaglos akzeptieren.«

»Teneriffa ist nicht Deutschland, auch wenn dein Land die meisten Touristen schickt«, sagte Marisol ganz ernst, obwohl ihr ein wenig zum Lachen war.

Es dauerte noch eine weitere Stunde, bis sie Roberts Gemälde fotografiert hatte.

Vorsichtig vermieden beide, das strittige Thema noch einmal zu erwähnen.

»So, nun bist du dran, Roberto. Du brauchst ein Porträt in schwarzweiß für den Katalog. Oder soll es in Farbe sein, wie hättest du es gerne?«

Der Maler haßte es, fotografiert zu werden. Mit starrer Miene stellte er sich vor eins seiner Bilder.

»Mit so einem Gesicht wirst du nicht ein einziges Herz erwärmen. Komm, zeig' wenigstens mir jetzt ein kleines Lächeln.«

»*Cheese*«, sagte der Maler und verzerrte seinen Mund.

Marisol drückte nicht ab. Sie würde eins der Bilder nehmen, die sie von ihm auf dem Teide geschossen hatte. Da sah er viel weicher und zugänglicher aus.

»Ich muß gleich nach Candelaria, Roberto. Kommst du mit?« fragte Marisol, als sie die belichteten Filme numeriert und in der Fototasche verstaut hatte.

»Wir könnten heute abend hier zusammen essen. Ich habe für zwei eingekauft. Hab' mich noch nicht daran gewöhnt, daß Sophie nicht da ist.«

Marisol erklärte, daß sie einen Auftrag für ein renommiertes Reisemagazin aus Madrid habe, die *Mencey*-Statuen vor der Kathedrale zu fotografieren. Und das gehe eben nur im Abendlicht.

Robert willigte ein, obwohl er wußte, daß ein gemeinsamer Abend damit ausgeschlossen war. Marisol war eine besessene Fotografin. Selten mit einer Einstellung zufrieden, hörte sie erst dann auf, wenn sie kein Büchsenlicht oder kein Fotomaterial mehr hatte.

Während der Fahrt über die Autobahn sprach Robert davon, daß er Sophie schon seit dem Tag ihrer Abfahrt vermisse. Die lag nicht mal eine Woche zurück. Aber mit seiner geschiedenen Frau sei es eben so ausgehandelt, daß Sophie die zwei Monate im Jahr, die sie in Deutschland verbringe, bei ihr lebe. Er hatte ihr einen kleinen, grünen Stein als Talisman für die Reise mitgegeben. »Das ist ein Olivin aus Lanzarote. Da fahren wir hin, wenn du zurückkommst«, hatte Robert zum Abschied gesagt. Nachdem Sophie mit der Stewardess durch die Paßkontrolle gegangen war, stand der Maler lange Zeit wie angewurzelt da. Von dem Treiben in der Abflughalle hatte er nichts mitbekommen.

Marisol und Robert erreichten den Wallfahrtsort Candelaria kurz nach siebzehn Uhr. Sie parkte den Wagen an der *Plaza de la Patrona de Canarias* und führte

Robert zunächst die breiten Treppen hinauf, von wo sie einige Gesamtansichten des Platzes aufnehmen wollte. Der quadratische Platz mit der langgestreckten, weißen Basilika und den Statuen der Guanchenkönige, die dem Meer den Rücken zuwandten, war in gelbliches Sonnenlicht getaucht.

Marisol stellte das Stativ auf. Robert reichte ihr die Kamera und die Objektive, die sie verlangte.

»Wir müssen uns ein bißchen beeilen«, sagte Marisol, »damit ich in dieser Lichtstimmung auch noch alle Figuren aufnehmen kann.«

1993 wurden die neun grünlichen Bronzestatuen der *menceyes* von dem kanarischen Künstler José Abad geschaffen. Sie zeigten Könige der Guanchen, deren Namen märchenhaft klangen: Acaymo, Añaterve, Beneharo oder Pelinor. Tinerfe war der Namensgeber der Insel Teneriffa.

Marisol arbeitete mit flinken Bewegungen, ab und zu prüfte sie die Einstellungen an der Kamera, nach einem kurzen Augenblick der Konzentration drückte sie ab. Fast mechanisch wiederholte sie den Vorgang.

»Ich will die *menceyes* so fotografieren, als würden sie über den Meereswellen schweben.«

Robert mußte aus dem Straßencafé einen Tisch herbeischaffen, dann einen Stuhl und zum Schluß noch einen Hocker. Marisol kletterte auf die wacklige Konstruktion, balancierte die Kamera in der Hand.

»Phantastisch, ganz genau, so wird es gut!« rief sie begeistert aus. Einige Touristen blieben stehen und sahen der Fotografin zu, die in schwindelnder Höhe akrobatische Verrenkungen vollführte.

Ein Mann, der gerade ein Foto von Marisol gemacht hatte, sprach Robert an, ob er zu dieser Frau da oben gehöre.

»Die gehört nur sich«, erwiderte Robert, »und manchmal ihrem Großvater.«

Irgendwann sagte Marisol: »Das war's. Schluß. Wunderbar. Vielleicht hätte ich noch zehn Minuten länger Licht gebraucht.«

Sie war ziemlich erschöpft.

Robert half ihr, die Fotokoffer zu verstauen. Marisol bat den Kellner des Cafés, ein Auge auf ihren Wagen zu werfen.

Dann gingen beide in die Basilika. Die eher schmucklose Kirche beherbergte die Schutzpatronin der Insel, eine schwarze Madonna auf dem Hochaltar.

Im Vorraum spendeten die Gläubigen der *Virgen de Candelaria* Geld und Blumen.

Marisol ging zum Weihwasserbecken. Sie schlug erst bei sich das Kreuzzeichen, dann tupfte sie das Weihwasser dem Maler auf Stirn und Schultern. Robert ließ sie gewähren. Er kannte diese Angewohnheit Marisols. Zumindest schadete sie nicht.

»Der Legende nach entdeckten vor rund 600 Jahren zwei Hirten eine Madonnenfigur am Strand von Chimisay. Einer von ihnen warf zunächst einen Stein auf die Figur. Aber dann spürte er, daß sein Arm verrenkt war. Der andere Hirte versuchte es mit einem Messer, doch plötzlich tauchten Schnittwunden auf seinem Arm auf. Die beiden Hirten waren dermaßen erschreckt, daß sie ihrem König, dem *mencey* von Guimär, die seltsame Begebenheit berichteten. Er ließ die schwarze Madonna mit dem Jesuskind auf dem Arm in seine Höhle bringen. Außer ihm traute sich niemand, sie zu berühren.«

Sie standen vor dem Altar und blickten hinauf zu der in roten und goldenen Brokat gewandeten Holzstatue. Auch das Jesuskind, das eine goldene Taube in beiden Händen trug, hatte eine dunkelbraune Hautfarbe.

»Die Statue ist wundervoll«, sagte Robert, »dieses Gleichmaß im Gesicht, der milde Ausdruck, die innere Kraft. Unglaublich konzentriert und gelassen. Wie ein chinesischer Buddha.«

Marisol faßte nach seiner Hand. »Hier könnten wir heiraten.«

»Hier?«

»Wir müßten uns nur einen Hochzeitstermin besorgen.«

»Kirchlich, meinst du?« Robert schaute sie entgeistert an. »In Weiß? Mit Kutsche und allem Schnickschnack?«

»Natürlich«, antwortete Marisol. »Ich will eine richtige Hochzeit feiern.«

»Will das dein vielgeliebter *abuelo* so?«

»Nein«, sagte Marisol, »das will ich.«

Robert schwieg. Er wollte keinen weiteren Streit heraufbeschwören. Noch immer spürte er die Auseinandersetzung vor einigen Stunden sehr schmerzlich. Als hätte er einen Stich in die Seite empfangen.

Auf der Rückfahrt erzählte Marisol, daß die Welt der Guanchen voller Geheimnisse gewesen sei. »Sie glaubten an einen guten Gott namens Abora, dessen böser Widersacher Guayote im Teide eingeschlossen war und durch Opfer besänftigt werden mußte.« Die spanischen

Konquistadoren hätten vor einigen hundert Jahren auf dem kanarischen Archipel gewütet und damit auch alle diese einzigartigen Geheimnisse zerstört. Ein hochentwickelter Volksstamm sei damals fast vollständig ausgerottet worden. Ähnlich dem Völkermord an den Indianern in den Vereinigten Staaten. Die wenigen verbleibenden Zeugnisse ihrer Lebensweise wären erst nach und nach wiederentdeckt worden.

»Wußtest du, daß es neben den *menceyes* auch *harimaguadas* gab? Das waren Jungfrauen, die dem Gott Abora huldigten und über viele Jahre ihres Lebens enthaltsam waren. Die Guanchen waren keineswegs ein patriarchalisches Volk, sie hatten eine mütterliche Erbfolge. Eine Frau durfte sich bis zu drei Männer aussuchen.«

»Das hättest du gerne, was?« spottete Robert. »Einen Mann für die Liebe, einen Mann für die Arbeit und einen Großvater für die Verehrung.«

XI

José und Manuel

Der *pollo* der Mannschaft *Brisas del Teide* aus Santa Cruz de Tenerife betrat die Arena, nachdem er kurz in den Sand gegriffen hatte. Er gab seinem um einen Kopf kleineren Gegner der Mannschaft *Unión Gáldar* die Hand, der Schiedsrichter nickte beiden kurz zu, dann gingen sie in Kampfstellung. Mit der linken Hand griffen sie an die aufgekrempelte Hose des Gegners, mit der rechten an dessen Schulter.

José Abulí erhob sich von seinem Sitz. Wenn dieser Kampf gewonnen wurde, hatte seine Mannschaft das Turnier für sich entschieden. Die neue Arena in Casablanca I, einem südlichen Stadtteil von Las Palmas, war mit fast zweitausend Besuchern völlig überfüllt. Im Flutlicht von vier Scheinwerfermasten warfen die Kämpfer lange Schatten in den Sand.

El pollo zerrte seinen Gegner zur Seite, versuchte, ihn nach vorne zu ziehen, um ihn dann mit einem Heber auf den Boden zu schleudern. Schläge und Tritte waren bei der *lucha canaria* nicht erlaubt, nur der Körper durfte angegriffen werden, niemals der Kopf. Drei Runden zu maximal zwei Minuten. Wer aus dem Gleichgewicht gebracht wurde und zu Boden ging, hatte augenblicklich seine Runde verloren.

»Pack ihn«, schrie José. Aber da war es schon passiert. Der David aus Gran Canaria brachte den Goliath mit einer geschickten Körperfinte zu Fall. Beifall brandete auf, die heimischen Zuschauer jubelten. *Una burra,* eine Eselin, jeder der erlaubten Würfe hatte eine eigene Bezeichnung.

»Das ist doch nicht möglich«, rief José mit hochrotem Kopf, »er muß ihn ausheben.«

Am letzten Freitag im März war José Abulí mit seiner Mannschaft von Teneriffa herübergeflogen, um bei dem entscheidenden Kampf dabeizusein. Es ging um die Trophäe der kanarischen Banken, ein jährlich stattfindendes Turnier, zu dem alle Inseln Mannschaften schickten. Nur in Gomera gab es diese jahrhundertealte Form des Guanchenkampfes nicht.

Während die Mannschaft ins Stadion gefahren war, hatte sich José von einem Taxi an die Playa de las Canteras bringen lassen. Er wollte seinem Bruder noch schnell einen Besuch abstatten.

In der kurzen Pause bis zur nächsten Runde gingen seine Gedanken zurück zu Manuel. Die Eröffnung, die sein Bruder ihm vor wenigen Stunden gemacht hatte, beschäftigte ihn noch immer. Manuel war Manager des Hotels *Reina Isabel* am Stadtstrand von Las Palmas. Josés drei Jahre älterer Bruder hatte damit eine erstaunliche Karriere gemacht, nur selten gelang es einem Kanarier, im Hotelgewerbe eine Führungsposition zu erlangen. Fast immer besetzten Festlandspanier oder Ausländer diese Posten.

Manuel hatte ihn zunächst nach dem Gesundheitszustand des *abuelo* gefragt. »Ich mache mir ziemliche Sorgen um ihn. Nach meinem letzten Besuch dachte ich, daß er nicht mehr durchkommt.«

»Er hat sich ganz gut berappelt«, hatte José geantwortet, »aber das dürfte nicht von Dauer sein. Wenn Andreu zu seinem 85. Geburtstag nicht erscheint, wird er bestimmt einen Rückfall erleiden. Vater hat mir verboten, Andreus Namen in Gegenwart des *abuelo* zu erwähnen.« Manuel hatte sich zu José hinübergebeugt und geflüstert: »Andreu wird kommen!« Wieso er sich da so sicher sei, hatte José wissen wollen.

Nun traten die beiden ungleichen Kämpfer wieder an. Erneutes Händeschütteln, der Griff an die aufgekrempelte Turnhose des Gegners, der Pfiff des Schiedsrichters. Wenn *El pollo* auch diese Runde nicht für sich entschied, war alles verloren.

»Juan, los jetzt!« feuerte José ihn an. Jede Mannschaft hatte zwölf Kämpfer. Wer seinen Kampf verlor, schied sofort aus, der Sieger einer Runde blieb im Turnier. So konnte es geschehen, daß eine Mannschaft mit einem einzigen starken Kämpfer ein gesamtes Treffen für sich entscheiden konnte. Diese *pollos* genossen auf den Kanarischen Inseln die gleiche Verehrung wie Fußballstars oder Radprofis.

Diesmal schaffte es der Goliath aus Teneriffa. Mit einer blitzschnellen Drehung zog er David über sein hochgezogenes Knie, so daß dieser taumelnd zu Boden ging. Ein Jubelschrei im weiten Rund. Die gesamte Mannschaft *Brisas del Teide* sprang auf, alle klatschten wie wild.

»Mein Gott, was für ein Wurf!« kommentierte José. Sein Nebenmann riß die Arme hoch. Nun konnte es doch noch mit der Trophäe klappen. Eins zu eins.

Ohne eine Miene zu verziehen, hatte Manuel vor wenigen Stunden zu José gesagt: »Irgendwann wirst du es ja sowieso erfahren. Ich stehe in Kontakt mit Andreu. Seit zwei Jahren meldet er sich ab und zu bei mir. Er wollte aber auf gar keinen Fall, daß ich es jemandem in der Familie erzähle. Insbesondere nicht dem *abuelo*. Andreu will ihn schmoren lassen. Er kann die Verletzungen nicht verwinden, die unser Großvater ihm beigebracht hat. Aber zum Geburtstag wird er dasein. Ganz bestimmt. Er hat es mir versprochen.« José war von dieser Eröffnung derart überrascht gewesen, daß er zunächst nicht reagieren konnte. Die beiden Brüder hatten sich minutenlang schweigend gegenübergesessen und in verschiedene Richtungen geblickt. Und dann war José der Kragen geplatzt. »Was fällt dir ein«, hatte er geschrien, »wir machen uns solche Sorgen, und du sitzt da und weißt Bescheid. Zwei lange Jahre hat Andreu nichts mehr von sich hören lassen, die ganze Familie in Aufregung versetzt, aber du spielst den geheimen Vertrauten.« Manuel hatte versucht, sich zu verteidigen: »So oft hat er mich nicht angerufen.« José war außer sich gewesen. »Du hast uns alle belogen. Dabei weißt du genau, wie sehr der *abuelo* auf ein Lebenszeichen von Andreu wartet. Und unsere Eltern sind dir wohl auch gleichgültig.« Danach war José aufgesprungen. »Ich will die *lucha* nicht verpassen, aber sofort nach der Entscheidung reden wir weiter«, hatte er im Hinausgehen gerufen.

Die dritte Runde. Noch einmal griff *El pollo* in den Sand, noch einmal blickte er zu seinen mitgereisten *aficionados.* Der Pfiff des Schiedsrichters war kaum zu vernehmen, so sehr tobten die Fans.

José sprang wieder auf. Johlte, schrie, was die Stimmbänder hergaben, klatschte.

»Ju-an, Ju-an«, skandierten die *tinerfeños.*

Es war diese einzigartige Eleganz des Kampfes, der keine Roheiten duldete, nur Geschicklichkeit und Kraft waren gefragt, nur Körpertäuschung, blitzschnelles Fintieren, die die *lucha canaria* zu einem besonderen Sport machte. Man sprach von der *nobleza* des Kampfes und meinte die stolze Tradition der Guanchen. Spötter sagten zuweilen, dieser Kampf sehe so aus, als versuchten zwei Männer, sich gegenseitig die Hosen auszuziehen. José konnte handgreiflich werden, wenn er solch einen Unsinn vernahm. Nur selten fanden sich Touristen bei diesem Kampfsport ein, der eins der letzten Refugien der Kanarier war.

Es gelang dem Goliath, beide Hosenbeine seines Gegners zu erwischen, mit aller Kraft hob er ihn in die Luft und ließ ihn kreiselnd zu Boden fallen.

»Gewonnen«, triumphierte José, »wir haben gewonnen.«

Die Kämpfer stürmten in die Arena, um den Sieger zu feiern, die Fans taten es ihnen gleich.

Mit einem Mal war der Sandplatz voller Menschen.

Der Oberschiedsrichter forderte über das Mikrofon die Zuschauer auf, die Plätze wieder einzunehmen. Plötzlich wurde der schwergewichtige *pollo* in die Luft geworfen. Seine Mannschaft war außer Rand und Band. José umarmte seinen Nebenmann.

Die Kämpfer von *Brisas del Teide* gingen durch das Publikum. Wie es der Tradition entsprach, marschierten sie nach dem Kampf mit einer Mütze zwischen den Zuschauern, um Pesetenscheine einzusammeln und sich feiern zu lassen.

José wartete noch die Siegerehrung ab, bevor er sich mit einem Taxi zurück in die Stadt bringen ließ. Er wollte von Manuel die Telefonnummer Andreus verlangen, um selbst mit ihm zu sprechen. Es ging um das Leben des *abuelo*, das würde er ihm schon klarzumachen wissen. Wie konnte sich Andreu derart egoistisch verhalten?

José und Manuel waren froh gewesen, daß ihr ältester Bruder die Bananenplantage übernehmen sollte. Das gab ihnen die Freiheit, sich ihren Beruf selbst auszusuchen. Wenn auch Don Jaime seinen Enkel José erst auf die Idee gebracht hatte, Wasserbauingenieur zu werden. Seine Erfahrungen und Kontakte waren es, die er nutzen konnte. Wassersuche auf den Kanaren war immer noch Goldsuche. Ständig gab es neue Planungen, *galerías* zu eröffnen, andauernd kamen weitere Projekte hinzu. José hatte zum zweiten Mal eine internationale Konferenz in La Laguna organisiert, bei der Erfahrungen im Wasserbauwesen ausgetauscht werden konnten.

Manuel erwartete José auf der überdachten Terrasse des *Reina Isabel*. Zwischen hohen Palmgewächsen standen bequeme Korbmöbel und Glastische, der Blick ging hinunter zum Strand. Auf der Promenade flanierten Einheimische und wenige Touristen. Verkäufer aus afrikanischen Ländern boten Schmuck und Schnitzereien an. Ab und zu radelten Kinder auf Fahrrädern vorbei.

»Wie immer Gin Tonic?« fragte Manuel.

José nickte.

Der Hotelmanager winkte einem Kellner und gab leise die Bestellung auf.

»Und? Habt ihr gewonnen?« Er wandte sich wieder seinem Bruder zu.

»Es war knapp, zwei zu eins, ein sehr spannender Kampf. Sah erst so aus, als würden wir verlieren, aber... ja, ich bin ganz glücklich...«

»Es ist vielleicht nicht der richtige Augenblick, José, aber ich möchte mich bei dir entschuldigen«, unterbrach ihn Manuel, »das ist nicht gut gelaufen mit Andreu. Ich habe die ganze Zeit darüber nachgedacht, seit du weg warst. Es war eine Zwickmühle für mich. Ich habe Andreu immer verstehen können. Beim *abuelo* hatte er kein Recht auf ein eigenes Leben. Und unsere Eltern waren zu schwach, um ihm beizustehen.«

»Vater hatte nie ein richtiges Verhältnis zum *abuelo*«, sagte José, »wahrscheinlich liegt es daran, daß er erst zwei Jahre war, als unser Großvater nach Venezuela ging, und schon neun, als der zurückkam. In den entscheidenden Jahren waren die beiden jedenfalls voneinander getrennt. Und dann der Tod der Mutter...«

Der Kellner brachte die Getränke.

Für einen Augenblick schien die Auseinandersetzung zu Ende zu sein.

»Andreu hat mich gebeten, zu niemandem etwas zu sagen«, begann Manuel von neuem, »anfangs rief er ja auch nur alle paar Monate an. Wollte sich meist schnell erkundigen, ob alle wohlauf sind, und sagte, daß er gut zurechtkomme. Er wolle noch ein paar Erfahrungen in der Welt sammeln, um dann ... Irgendwann war es zu spät, euch alle einzuweihen. Ich habe den richtigen Zeitpunkt verpaßt. Mein Fehler. Tut mir leid.«

Sie tranken schweigend.

»Du hättest dieses Spiel auf keinen Fall mitspielen dürfen, das weißt du genau. Bei allem Verständnis für Andreu.« José suchte den Blick seines Bruders.

Er wich ihm aus.

Wieder schwiegen sie.

»Wo ist Andreu denn jetzt?« fragte José nach einiger Zeit.

Manuel lächelte ein wenig. »Die letzten beiden Male hat er mich aus Madrid angerufen. Er ist gar nicht so weit weg. Er lebt außerhalb der Stadt, in einem Dorf.«

»Gibst du mir seine Telefonnummer?«

»Eine Nummer habe ich nie von ihm gehabt, sonst würde ich sie dir natürlich geben«, antwortete Manuel schnell. Er stockte. »Das mußt du mir glauben. Andreu hat niemals ganz genau gesagt, wo er wohnt, hat immer geheimnisvoll getan. Ich glaube, das hat ihm Spaß gemacht.«

José sah seinen Bruder an. Konnte er ihm diesmal trauen? Er mußte Marisol von diesem Gespräch berichten. Wie würde sie reagieren, wenn sie es erfuhr? Was war mit seinen Eltern? José war klar, daß er dem *abuelo* nichts davon erzählen würde. Das mußte sein Bruder schon selbst übernehmen.

Dann sprachen sie über den abendlichen Kampf, den Gewinn der wertvollen Trophäe und die immer weiter steigenden Prämien bei der *lucha canaria*.

José wäre am liebsten ins Bett gegangen, doch die Brüder sahen sich zu selten, als daß er sich einfach hätte zurückziehen können.

»Ist die Terrasse nicht wunderschön geworden?« fragte ihn Manuel, »das war eine geniale Idee unseres Architekten, die Außenterrasse zum Meer zu überdachen. So ist ein großzügiger Raum entstanden, offen zur Promenade, zusätzlich zur kleinen Strandbar, die wir schon immer hatten.«

Fast zwei Jahre war das *Reina Isabel* renoviert worden, Etage um Etage, auf der Dachterrasse gab es jetzt, außer dem Meerwasserpool, einen Fitneßraum und eine Sauna.

»Seid ihr im Limit der Kostenplanung geblieben?«

»Wir haben acht Prozent überzogen, mehr nicht«, antwortete Manuel, der seinem Bruder gerne das Hotel gezeigt hätte. Aber nun war es zu spät dafür, vielleicht ergab sich morgen vor dem Rückflug noch eine Gelegenheit dazu.

»Die Renovierung mußte sein, sonst hätten wir unseren Standard verloren. Die Einbußen der letzten Jahre haben uns nicht so schwer getroffen, weil wir Stadt und Strand zu bieten haben.«

»Macht dir denn dieses *Timesharing* eigentlich auch zu schaffen?« fragte José.

»Nein, wir haben dadurch keine Probleme. Aber ich kenne einige Besitzer am Playa de Las Américas, die liebäugeln damit, ihr Hotel zumindest teilweise nach diesem Konzept zu vermarkten. Das ist ein glänzendes Geschäft, mein Lieber, die Verkäufe laufen gut.«

»Diese Haie arbeiten mit äußerst rüden und unlauteren Methoden, Manuel. Das schadet doch unserem Tourismus auf jeden Fall.«

»Aber sie sind erfolgreich. Ich weiß, daß die Umsätze der Timesharing-Unternehmen ungeheure Zuwachsraten haben, wie kaum ein anderer Bereich in unserer Branche. Daß den Leuten mehr versprochen wird, als man halten kann, ist leider im *business* üblich geworden.«

Kurz nach Mitternacht trennten sich die beiden Brüder. In seinem Hotelzimmer angekommen, wählte José die Nummer eines Freundes in Madrid.

»Entschuldige die späte Störung, Alessandro, kannst du etwas für mich herausfinden?« José wartete nicht auf eine Antwort, sondern sprach gleich weiter: »Du kannst dich doch bestimmt an meinen Bruder Andreu erinnern. Er ist wieder aufgetaucht. Er soll außerhalb von Madrid wohnen. Ich brauche dringend seine Telefonnummer.«

»Aber um diese Zeit ...«, erwiderte der Freund.

»Ich bin ab morgen mittag wieder in meinem Büro zu erreichen. Dann wäre es schön ...«, lenkte José ein.

»O.k.«, gab Alessandro nach. »Ich versuche, die Nummer herauszufinden, wird aber nicht leicht sein. Ich rufe dich morgen an.«

José legte den Hörer auf, nachdem er sich bedankt hatte. So recht konnte er sich über den Sieg seiner Mannschaft nicht freuen. Manuels Vertrauensbruch kränkte ihn immer noch. Jahrelang hatte sein Bruder geschwiegen, obwohl bei jeder Zusammenkunft des Familienrates die Abwesenheit Andreus Thema gewesen war. Auch wenn die heftigen Auseinandersetzungen zwischen Don Jaime und seinem ältesten Enkel niemals angesprochen werden durften.

José ging auf den Balkon, um die frische Meeresbrise zu genießen. Las Palmas war für ihn ohne diesen Geruch des Ozeans nicht vorstellbar.

Eine Viertelstunde später klingelte das Telefon.

José zögerte, bevor er den Hörer abnahm.

Kurz nach eins.

Vielleicht war es Manuel, dem ihr Zusammentreffen keine Ruhe ließ? Dem Freund in Madrid hatte er doch gar nicht seine Telefonnummer im Hotel gegeben?

Es war Marisol.

Ihre Stimme klang äußerst erregt.

»José, du mußt morgen sofort zur Finca kommen. Der *abuelo* liegt im Sterben.«

»Aber ich habe doch ... heute morgen vor dem Abflug ... er war ganz aufgeräumt ...«

»Es ging ganz plötzlich. Mutter hat mich alarmiert. Deine Frau hat mir die Nummer des Hotels gegeben.«

José wußte, daß er in dieser Nacht keinen Schlaf finden würde. Am liebsten wäre er in die Privatwohnung von Manuel gefahren, um mit ihm zu reden.

Einer von ihnen mußte umgehend Andreu ausfindig machen.

XII

Der Notar

Als Frank Ehrenstein Anfang April im *Aeropuerto Reina Sofía* in *Tenerife Sur* eintraf, hatte er nur eine Reisetasche dabei. Während sich die Urlauber um das Kofferband drängelten, ging er beschwingt zum Ausgang. Leichtes Gepäck, dachte er, warum reist man nicht immer so.

Er hatte den Vorvertrag für den Ankauf der Villa oberhalb von Garachico in Bochum prüfen lassen und die hälftige Anzahlung auf das Konto der *Banco Santander* in Barcelona geleistet. Nun stand ihm nur noch der Termin mit dem Verkäufer und dem Notar bevor. Alles war reibungslos verlaufen. Frank wollte eine sonnige Woche auf Teneriffa verbringen und sooft wie möglich zur Villa fahren. Er hatte sich ein kleines Diktiergerät gekauft, um alles festzuhalten, was für ihren Einzug zu berücksichtigen war.

Er stand in der großen Ankunftshalle und sah sich nach Gunter Hidalgo um. Der Blondschopf war nirgendwo zu entdecken. Vielleicht bin ich ein wenig zu früh, dachte er. Auf der Anzeigetafel sah er, daß die Landung seines Fluges aus Düsseldorf noch nicht vermerkt war.

Mit Eva hatte er besprochen, daß er zunächst alle Formalitäten allein erledigen solle. Er trug eine Vollmacht von ihr in der Tasche, der Text war ins Spanische übersetzt und von einem Notar beglaubigt worden. Im

Grundbuch sollten beide zu gleichen Teilen eingetragen werden.

»Ach, Sie sind ja doch noch da!« sagte die Frau, neben der Frank im Flieger gesessen hatte.

»Ich warte auf meinen Abholer. Er wird sich verspätet haben«, erwiderte Frank Ehrenstein. Noch gestern hatte er mit Gunter Hidalgo telefoniert und ihm Flugnummer und Ankunftszeit mitgeteilt.

»Schönen Urlaub.« Die Frau schob ihren hochbeladenen Trolley zu dem Vertreter eines Reiseunternehmens.

Frank sah auf die große Uhr am Ende der Halle. *Llegado* stand jetzt auf der Anzeigetafel. Gunter hatte sich noch nie verspätet, er war immer pünktlich zu den verabredeten Zeiten erschienen.

Der Notar in Bochum hatte den Ehrensteins das Verfahren des Hauskaufes erklärt. Es sei durchaus üblich, zunächst eine Anzahlung auf ein notariell beaufsichtigtes Konto zu leisten, dann werde der Vertrag ausgefertigt, darin gebe es eine Frist, bis wann die Restsumme zu zahlen sei. Erst danach seien sie die rechtmäßigen Besitzer des Hauses. Er gratulierte den Ehrensteins zu ihrem Entschluß. Eine Villa mit Blick aufs Meer hätte er auch gerne gekauft. Und zu dem Preis ganz gewiß.

Frank entdeckte seinen Nachnamen auf einem Pappschild. Ein kleines Mädchen in einem blaugeblümten Kleid hielt es hoch. Mit schnellen Schritten ging er auf sie zu.

»Señor Ehrenstein, yo tengo una carta para Usted«, sagte das Mädchen und überreichte ihm einen Briefumschlag.

»Gracias«, stotterte Frank, *»multo gracias.«*

Das Mädchen nickte kurz, drehte sich um und lief weg. Sie trug das kleine Pappschild mit seinem Namen unterm Arm.

Frank riß den Umschlag auf.

Lieber Frank,

bitte entschuldigen Sie vielmals, daß ich Sie nicht wie verabredet am Flughafen abholen komme. Ein plötzlicher Trauerfall in meiner Familie ist der Grund. Ich bitte Sie, ins Hotel Jardín Tropical zu fahren, dort habe ich ein Zimmer für Sie reservieren lassen. (Selbstverständlich erstatte ich Ihnen die entstandenen Taxikosten). Ich werde mich sobald wie möglich melden. Den Termin mit dem Notar habe ich schon verschoben.

Ganz herzliche Grüße

Ihr Gunter Hidalgo

Frank drehte den Brief um, als sei auf der Rückseite noch Kleingedrucktes zu lesen.

Das muß ja ein sehr plötzlicher Trauerfall gewesen sein, dachte er.

Er kam sich verloren vor, stand unschlüssig da und war nicht wenig aufgeregt. Das einzig Erfreuliche war, daß Gunter das Hotel für ihn gebucht hatte. »Sie brauchen sich nur um den Flug zu kümmern, den Rest erledigen wir zusammen«, hatte Hidalgo beim vorletzten Telefonat gesagt.

Frank Ehrenstein verließ die Ankunftshalle, sah sich draußen um, immer in der Hoffnung, Gunter würde doch noch erscheinen. Sollte er wirklich ein Taxi nehmen oder nicht lieber gleich ein Auto für die Woche mieten? Erst mal ins Hotel, dachte er.

Ein Taxifahrer sprach ihn auf deutsch an. »Kann ich Ihnen helfen? Suchen Sie jemanden?«

Frank hielt den Brief noch in der Hand und hätte beinahe gesagt, daß er Gunter Hidalgo suche.

»Sie können mich nach Playa de Las Américas, ins *Jardín Tropical* bringen«, sagte er zu dem Taxifahrer, nachdem er sich überzeugt hatte, daß es ein Taxi mit Taxameter war.

Frank legte die Reisetasche auf den Rücksitz.

»Sind Sie das erste Mal auf Teneriffa?« fragte der Taxifahrer, nachdem er den Wagen angelassen hatte.

»Nein, nein«, antwortete Frank, »ich komme, um ein Haus zu kaufen.«

»In Playa de Las Américas?«

»Im Norden, in der Nähe von Garachico ...« Frank stockte, vorsichtshalber wollte er nicht die genaue Lage angeben.

»Ich komme aus Taborno im Anaga-Gebirge. Meine Familie hat da ein Stück Land, aber davon kann man nicht leben«, der Taxifahrer blickte häufig zu seinem Fahrgast hinüber, »harte Arbeit, zu wenig Ertrag.«

»Bei einer Fahrt durchs Anaga-Gebirge habe ich gesehen, wie viele Felder nicht mehr bebaut werden.«

»Tja, viele suchen sich etwas anderes. Ich habe hier im Süden erst als Gärtner gearbeitet, dann als Kellner. Man ist zwar nicht mehr sein eigener Herr, aber verdient wenigstens etwas. Als ich merkte, daß ich eine fremde Sprache können muß, um weiterzukommen, habe ich angefangen, Deutsch zu lernen. Mit dem Taxifahren habe ich erst letzten Winter begonnen.«

»Sie sprechen sehr gut deutsch.«

Der Taxifahrer erzählte, daß sich viele *tinerfeños* als Menschen dritter Klasse empfänden: obenan stehe der Tourist, dann die vom Festland engagierten Arbeitskräfte und zum Schluß kommen die Einheimischen, die nur zum Spülen und Bettenmachen geholt würden. »Und in meinem Dorf werde ich als Auswanderer behandelt, aber um mein Geld beneidet mich jeder.«

An der Rezeption des Hotels wurde Frank Ehrenstein mit Handschlag begrüßt.

»Wie schön, Sie so bald wiederzusehen«, sagte die junge Rezeptionistin in dem blauen Kostüm.

»Meine Frau und ich werden ein Haus im Norden kaufen. Ich bin gekommen, um den Notarvertrag zu unterzeichnen«, erwiderte Frank.

»Herzlichen Glückwunsch, *señor* Ehrenstein. Vielleicht kommen Sie ja gelegentlich auf einen Drink vorbei, wenn Sie nicht mehr bei uns logieren.«

»Ganz gewiß sogar«, Frank lächelte ein wenig, »hier im Hotel hat ja schließlich alles angefangen.«

Er bekam das gleiche Zimmer, das Eva und er in ihrem Weihnachtsurlaub bewohnt hatten. Mit Blick auf das Meer und den tropischen Garten.

Die Vorwahl nach Deutschland kannte er auswendig.

»Gunter ist nicht am Flughafen erschienen, ein Trauerfall«, sagte er, nachdem Eva ans Telefon geholt worden war. »Er hat mir einen kleinen Brief überreichen lassen und den Termin beim Notar verschoben.«

Frank versuchte, seine Aufregung zu verbergen. Mal wieder tauchte die Angst auf, jemand könnte ihnen das Haus noch wegschnappen.

Eva spürte seine Anspannung und versuchte, ihn zu

beruhigen: »Du kennst Gunter, er ist zuverlässig. Das kannst du auch daran sehen, daß er in so einer Situation noch an dich gedacht hat. Er ist ein richtiges Schätzchen, ein Goldstück, wie man es selten findet.« Und dann fragte Eva unvermittelt nach dem Wetter.

»Blauer Himmel, Sonnenschein, 25 Grad ...«

»Hör auf, Frank, mach mich nicht neidisch«, unterbrach Eva ihn.

»Ich bin ja nur eine Woche hier.«

»Genieße sie«, mahnte Eva.

Sie vereinbarten einen Telefontermin für den nächsten Abend.

Frank Ehrenstein saß auf dem Hotelbett. Etwas unentschlossen. Er hatte damit gerechnet, daß Gunter das Programm für die kommenden Tage bestimmte. In seinem Adreßbuch suchte er Gunters Handynummer.

Zögernd wählte er. Er wollte nur kurz kondolieren und sagen, daß er alleine zurechtkomme. Bei dem Notartermin müßte er ihn aber begleiten.

Erst beim zehnten Ruf hörte er Gunters tiefe Stimme.

»Dies ist der automatische Anrufbeantworter. Ein plötzlicher Todesfall in meiner Familie zwingt mich dazu, alle Termine für die nächsten Tage abzusagen. Bitte sprechen Sie Ihre Nachrichten auf Band. Ich werde mich melden, sobald es meine Situation erlaubt. Vielen Dank und einen schönen Tag.«

Frank legte den Hörer auf, als der Piepton erklang. Er fand es nicht passend, sein Beileid auf Gunters Anrufbeantworter zu sprechen.

Den Nachmittag verbrachte er am Pool des Hotels, aß eine vorzügliche *Paella valenciana* und machte ein ausgedehntes Schläfchen. Am nächsten Morgen wollte er sich einen Wagen mieten und zur Villa fahren. Er rechnete nicht damit, daß Gunter sich schon einen Tag nach dem Todesfall melden würde.

Das Frühstücksbufett war ausgezeichnet wie immer. Frank genehmigte sich zwei Gläser Champagner. Sprach mit einem Deutschen vom Nachbartisch darüber, daß seine Frau und er nun bald Hausbesitzer auf der Insel seien und wie unkompliziert der ganze Vorgang bisher verlaufen war. »Wir haben allerdings auch einen wunderbaren Mittler für unser Vorhaben gefunden.«

»Einen Makler?«

»Nein, nein«, wehrte Frank ab, »er ist ein Wanderführer, nein, eigentlich auch nicht richtig, er ist ein wirklich netter Mensch.«

»Nette Menschen sind sehr selten«, sagte der Mann, »man muß sie festhalten, wenn man sie findet.«

Die Fahrt in den Norden der Insel begeisterte Frank aufs neue. Sobald er die Autobahn in Adeje verlassen hatte, den verschandelten Süden, veränderte Teneriffa sein Gesicht. Ganz plötzlich. Als stießen zwei Welten aneinander oder zwei Zeitalter. Beim Abzweig nach Masca nahm er sich vor, an einem der nächsten Tage nochmal in das Bergdorf zu fahren. Die engen Serpentinen, die hinauf zum Erjos-Paß führten, die leichte Bewölkung, die merkliche Veränderung der Vegetation, all das stimmte ihn heiter. Bochum lag auf einem anderen Planeten. Sogar der Teide war zu sehen. Er trug einen Wolkenkranz um den Bauch.

Frank Ehrenstein pfiff eine Melodie, die er häufig auf seiner Posaune spielte. Die letzten Kilometer zur Villa fuhr er ganz langsam, er wollte sich in gebührendem Tempo seinem neuen Zuhause nähern. Die Straße von El Tanque nach Garachico wand sich in langgezogenen Kurven den Berg hinunter, das Lavaband mehrfach durchschneidend.

Die Villa lag in vollem Mittagslicht. Wie ein weißglitzerndes Juwel in schwarzer Fassung.

Frank parkte den Wagen am Straßenrand und ging am Hang entlang zu dem dreistöckigen Haus. Als erstes würde er sich um den Garten kümmern. Ein paar Bäume pflanzen, Avocado, Papaya und auch Nispero, den es nur auf den Kanaren gab und der eine köstliche, gelbe Frucht trug.

Immer wieder blieb er stehen. Genoß den weiten Blick über die Küste. Einmal nach Süden, und dann auf der obersten Terrasse stehend, auch nach Norden. Schade, daß Eva nicht bei ihm war. Er hätte sie jetzt gerne an sich gezogen.

In sein kleines Diktiergerät sprach er ein paar Überlegungen, die den Garten und den Grillplatz betrafen, Ideen für eine Umgestaltung des Hauses. Vielleicht konnte aus den Zimmern der zweiten Etage ein einziger Wohnraum werden. Er würde bei seinem nächsten Besuch einen befreundeten Architekten mitbringen.

»Aquí es privado, señor, por favor!« Die Stimme war keineswegs unfreundlich. Frank drehte sich um. Ein Mann mit einem zerfurchten Gesicht stand ein paar Meter von ihm entfernt.

»Privado, sí sí, wir wollen es kaufen«, erwiderte Frank und rieb den Zeigefinger seiner rechten Hand gegen den Daumen.

»*Privado, no se puede estar aquí, comprende?*«

Frank konnte sich denken, was der Mann mit dem zusammengedrückten Hut auf dem Kopf von ihm wollte. Er hob entschuldigend beide Arme, lächelte den Alten an und verließ die Terrasse der Villa. Noch lange blieb er im Leihwagen sitzen und schaute auf das Haus. Gab es einen paradiesischeren Platz als diesen *locus amoenus*?

Er fuhr nach Icod de los Vinos. Die Stadt hatte ihnen bei ihrem ersten Besuch gut gefallen. Nicht nur der berühmte *Drago milenario*, sondern auch die engen Gassen und die Häuser mit den hölzernen Balkonen. Er parkte in der Nähe der Kirche San Marcos und spazierte durch eine kleine Allee, die von Jakaranda-Bäumen, Indischem Lorbeer, Kanarischen Kiefern und verschiedenen Palmgewächsen gesäumt war.

Eine junge Frau mit hellblonden Locken und großen dunklen Augen sprach ihn an: »Deutsch?«

Frank nickte.

Sie überreichte ihm einen Werbezettel.

»Restaurant Carmen, das ist gleich da hinten, Treppe runter.«

»Heißen Sie Carmen?« wollte Frank wissen.

Die Frau lachte.

»Nein, ich heiße Montse, das kommt von Montserrat.«

Frank bedankte sich für den Tip.

Er verspürte zwar noch keinen Hunger, aber erinnerte sich, daß Gunter ihnen das kanarische Lokal empfohlen hatte, obwohl es neben der größten Touristenattraktion der Insel, dem Drachenbaum, lag. Wenn ich schon mal hier bin, dachte Frank. Er sollte nicht enttäuscht werden.

Bei seiner Rückkehr fand Frank im Hotel eine Nachricht von Gunter Hidalgo vor. Der Besitzer der Villa komme am nächsten Dienstag an, dann könne man sofort zum Notar gehen. »Leider ist es mir nicht möglich, daß wir uns früher sehen, Sie werden verstehen warum. Mit freundlichen Grüßen ...«

Einen Tag vor meinem Rückflug, dachte Frank, das klappt ja gerade noch.

Er würde die Insel auf eigene Faust erkunden müssen. Schade.

Sein erster Weg führte ihn in die *cañadas* hoch. Eine Fahrt durch Kiefernwälder bis in die hochgelegenen Mondlandschaften, graubraune Sandwüsten und grellgelbe Berge. Er nahm die Seilbahn zur Spitze des Teide, von wo er einen wunderbaren Blick auf die anderen Inseln hatte: La Gomera, El Hierro, La Palma. Einen ganzen Tag verbrachte er in Santa Cruz de Tenerife, einer schönen Hafenstadt mit belebten Plätzen und urbanem Treiben. Hier würden sie hinkommen, wenn ihnen nach Stadt zumute war. Am Wochenende fuhr er zweimal zur Villa. Er hätte gerne die Räume ausgemessen, wie Eva es ihm aufgetragen hatte. Zu Hause wollten sie einen Plan zur Gestaltung der Zimmer anfertigen. Montags ging es ins Anaga-Gebirge. Dieses Mal hatte er Glück, kein Nebel verwehrte die Sicht. Die Aussicht vom *Pico del Inglés* war überwältigend, wenngleich die Bilder in seinem Kopf, die Gunters Bericht hervorgerufen hatte, noch beeindruckender waren.

Er genoß das Autowandern, gemächlich im Auto über

das Land zu fahren und die Natur vorbeiziehen zu lassen. In den letzten Jahren hatte Eva ihn zum Wandern animiert, aber nun fuhr er beschwingt die kleinsten Straßen bis nach Taganana und Lomo de las Bodegas.

Jeden Abend sprach er seine Eindrücke auf Band. Er wollte alles abschreiben und Eva daraus ein kleines Büchlein zusammenstellen, damit sie wenigstens auf diese Weise an seiner Reise teilhaben konnte.

Wenn er mit Eva telefonierte, fragte sie ihn jedes Mal, ob er Kontakt zu ihrem »Freund« gehabt habe.

Am Dienstag morgen traf er ihn in der Hotelhalle des *Jardín Tropical.*

»Frank, entschuldigen Sie mich, aber...« Gunter Hidalgo stockte, »es kam wirklich alles sehr plötzlich, damit hatte niemand rechnen können ... ich hoffe, Sie hatten dennoch eine schöne Zeit hier.«

Frank kondolierte, ohne zu wissen, welches Familienmitglied gestorben war, und fügte schnell hinzu: »Ich mag Teneriffa von Tag zu Tag mehr.«

Gunter Hidalgo trug einen weißen Leinenanzug, der gut zu seinem Blondschopf paßte, eine lachsfarbene Krawatte und weißbraune Schuhe. »Wir fahren zum Flughafen und holen Señor Sánchez ab, danach geht es gleich zum Notar. Einverstanden?«

»Gerne. Ich habe die Vollmacht meiner Frau, die Anzahlung ist überwiesen, wir können zum letzten Akt schreiten ... oh, Entschuldigung ...«

»Ist schon gut«, sagte Gunter ein wenig distanziert.

Auf der Fahrt vom Hotel zum Flughafen erzählte er, daß der Besitzer der Villa auf einem Notar seiner Wahl bestanden habe und daß es gar nicht so einfach gewesen sei, einen kurzfristigen Termin bei ihm zu ergattern. Er sei überaus beschäftigt. »Schon diese Verschiebung, die ich verursacht habe, machte äußerste Probleme.«

»Wenn wir Sie nicht hätten, Gunter...«, erwiderte Frank.

In diesem Augenblick überholte sie ein Mercedes mit deutschem Kennzeichen.

»Idiot«, sagte Gunter, »die rasen hier wie auf dem Nürburgring.«

Die Maschine aus Madrid landete pünktlich. Sie freuten sich, daß sie den Termin beim Notar ohne Probleme einhalten konnten. Immerhin mußten sie mit einer Stunde Fahrt bis Puerto de la Cruz rechnen.

»Señor Sánchez trägt einen weißen Hut, daran werden wir ihn schnell erkennen.«

Es dauerte eine Weile, bis die Fluggäste herauskamen.

Niemand trug einen weißen Hut.

Gunter Hidalgo ging Passagieren hinterher, sprach zwei Männer an und fragte am Schalter der *Iberia* nach.

»Ein Señor Sánchez ist auf der Passagierliste nicht verzeichnet.«

»Das kann doch nicht sein. Der Notar hat mir gestern noch bestätigt...«

»Unvorhergesehene Umstände«, rutschte es Frank heraus, der sich für diese Bemerkung sogleich schämte.

Hidalgo nahm sein Handy und wählte die Nummer des Notars. Nach einem kurzen Gespräch sagte er: »*Sin problemas,* alles in Ordnung, wir fahren hin. Sonst werden Sie bei Dr. Quiñonez völlig unglaubwürdig.«

In Puerto de la Cruz parkte er den Wagen in der Avenida de Colón, wo sich das von César Manrique künstlich angelegte Meerwasserschwimmbecken Lago de Martiánez befand.

»Wir kommen kurz vor der Mittagspause«, drängte Gunter, als sie den Aufzug bestiegen.

Das Büro des Notars lag im elften Stock eines Hauses in der Avenida Venezuela. Die Tür stand offen. Niemand war zu sehen.

»Hola« rief Gunter, bevor sie eintraten.

Die Räume waren in warmem Gelb gestrichen, antike Möbel gaben ihnen ein gediegenes Aussehen.

In einem lichten Büro saß Dr. Quiñonez, ein kleiner, untersetzter Mann mit schütterem Haar. Er schaute auf die Uhr und seufzte hörbar. Wie eine Siegesfahne schwenkte er ein Fax. Señor Sánchez habe ihm heute morgen aus den USA gefaxt, daß er leider nicht kommen könne, der Verkauf der Villa gehe aber in Ordnung. Eine beglaubigte Vollmacht von Señor Sánchez liege ihm vor, also stehe der Beurkundung nichts im Wege.

»Lassen Sie mich das Fax bitte sehen«, sagte Gunter und übersetzte Frank den Text.

Dann zeigte er den Auszug aus dem *registro de propiedad*, das Señor Sánchez als Besitzer der Villa auswies.

Gunter Hidalgo übersetzte die Verlesung des Vertrages, auch wenn er manchmal Schwierigkeiten hatte, dem Tempo des Notars zu folgen.

»Mir scheint alles in Ordnung zu sein«, sagte er zu Frank Ehrenstein, »die Restsumme von 140000 DM sollten Sie möglichst im Lauf der nächsten zwei Wochen überweisen, dann erfolgt die Änderung im Grundbuch und dann ...« Er beendete den Satz nicht.

Frank Ehrenstein hatte alles verstanden. Leider sei

sein Spanisch so schlecht, daß er dem Notar nicht persönlich dafür danken könne, daß er sich die Zeit genommen habe. Gunter übersetzte auch das. »Sobald der Eintrag im Grundbuch erfolgt ist, wird Dr. Quiñonez Ihnen die Schlüssel zuschicken.«

Der Notar reichte Frank Ehrenstein die Hand. Für einen Augenblick wurde es ganz feierlich. Dann präsentierte Dr. Quiñonez die vorbereitete Gebührenrechnung für die Beurkundung. Frank beglich sie umgehend mit einem Scheck.

»Hat ja doch noch alles geklappt«, sagte Gunter, als sie im Aufzug nach unten fuhren.

»Ich habe nie daran gezweifelt«, meinte Frank, der die ausgefertigte Urkunde in eine eigens mitgebrachte lederne Mappe gelegt hatte. »Was Sie in die Hand nehmen, kann nicht schiefgehen.«

Auf der Straße überlegte Gunter einen Augenblick. »Ich weiß ein wunderschönes Lokal, in dem wir heute feiern sollten.«

El Mesón Drago in El Socorro bei Tegueste war nicht leicht zu finden, auch wenn manchmal ein kleines braunes Schild am Straßenrand den Weg wies. Im Innenhof des Restaurants, dessen weiße Mauern mit einem Blütenmeer von Bougainvillea überwuchert waren, stand ein Drachenbaum. Eine langgestreckte Veranda bot Platz für zehn Tische, im Inneren befanden sich weitere Speiseräume. »Die Spanier lieben es, im Dunklen zu schlemmen«, erklärte Gunter, »ich habe noch nicht herausgefunden, warum.«

Sie setzten sich in die Glasveranda.

»Das Restaurant gehört zu den besten der Insel. Hier

speist auch die Königliche Familie, *el Rey Juan Carlos* und seine Frau *Sofía*, wenn sie auf Teneriffa sind. Wir haben es uns wahrlich verdient«, sagte Gunter Hidalgo.

Das fünfgängige *Menú gastronómico de Cocina Canaria* war wirklich eine kulinarische Überraschung. Es begann mit einer Wasserkressesuppe, die von frischem Ziegenkäse und *gofio* begleitet wurde, *Potaje de berros con queso fresco de cabra y gofio.*

Gunter ließ es sich nicht nehmen, die Rechnung zu begleichen, als Entschädigung dafür, daß Frank so lange auf ihn hatte warten müssen.

Der Wirt kam an ihren Tisch und schenkte Frank eine Speisekarte mit Widmung sowie Postkarten von allen Gerichten, die sie gegessen hatten. Auf der Rückseite standen sogar die Rezepte.

»Eigentlich möchte ich gleich hierbleiben«, sagte Frank, »aber lange wird es ja nicht mehr dauern. In den Sommerferien werden Eva und ich das Haus beziehen. Nochmals herzlichen Dank für Ihre Mühe. Eva hat sich schon etwas ganz Besonderes für Sie ausgedacht, aber das darf ich auf keinen Fall verraten.«

Ein paar Stunden später telefonierte er mit seiner Frau.

»Alles unter Dach und Fach. Ich darf Ihnen gratulieren, *señora* Ehrenstein, Sie sind Mitbesitzerin einer Villa auf *Tenerife*, wunderbar, nicht wahr?«

Eva jubelte.

XIII

Der 85. Geburtstag

»Ich bin nicht zum Diamantensucher geworden, weil ich das Risiko liebte. Nein, es war die schiere Not. Wir waren fünf Männer, einer von Gomera, die anderen kamen hier aus der Gegend. Wir haben uns zusammengetan, weil wir keine andere Möglichkeit zum Überleben sahen. Für die paar *bolívares* lohnte sich die ganze Schufterei nicht, weder auf dem Bau noch in der Landwirtschaft oder den Ölfeldern. Sechs Jahre harte Schufterei. Und je mehr von uns herüberkamen, desto schneller sanken die Löhne.«

Don Jaime thronte in einem mit Blumen und Girlanden geschmückten Lehnstuhl, der von Sträußen in silbernen Kübeln umgeben war. Er redete in die Kamera von *Dragovisión,* als habe er schon häufiger solche Interviews gegeben. Während er über die Gründe seiner Auswanderung sprach, in den ersten Jahren der Franco-Diktatur hatten Tausende illegal die Inseln verlassen, war er sehr ernst gewesen. Zu mächtig waren die Erinnerungen an jene Zeiten.

»Wir wollten zum Río Orinoco, aber unser *bongo* war nicht besonders wasserfest. Immer wieder mußten wir das Kanu leerschaufeln. Irgendwann kamen wir an den Curutú. César erkannte einen Landsmann, der war dort *comandante* und gab Schürfkonzessionen aus. Jeder von uns erhielt dreißig Quadratmeter zugeteilt, dafür mußten wir fünf Prozent des Gewinns abgeben. Oberstes Gesetz: Wer einen anderen bestahl, bekam eine Kugel in den Kopf.«

Don Jaime hatte dem Fernsehteam bedeutet, daß er nur eine Viertelstunde Zeit habe, um ihre Fragen zu beantworten. Aber die Bilder aus jenen Jahren in Venezuela nahmen ihn derart gefangen, daß der Reporter Daniel Rojas ihm gar keine Fragen mehr zu stellen brauchte. Schon seit vierzig Minuten erzählte der Jubilar.

»Es gab strenge Regeln im Lager: kein Alkohol, keine Huren, keinen Streit. Wer dagegen verstieß, mußte ganz schnell abhauen, wenn ihm sein Leben lieb war. Wir fünf arbeiteten immer zusammen. Zwei gruben mit Spitzhacken die Erde auf, zwei trugen in Eimern den Boden zum Fluß, und einer siebte den Schlamm. Das war eine mörderische Arbeit, von Sonnenaufgang bis Sonnenuntergang im Wasser stehen. Wir haben tagelang geschuftet, ohne auch nur ein Körnchen zu finden. In glühender Hitze haben wir im Schlamm gewühlt, erschöpft und besessen.«

Don Jaime machte eine Pause. Er spürte, wie seine Erzählung die Aufmerksamkeit des Fernsehteams erregte. Wann hatten diese jungen Kerle je solche Abenteuer bestritten?

»Alle waren verrückt. Die Diamanten machten uns süchtig. Es gab entflohene Häftlinge aus den französischen Lagern von Cayenne, Mörder, die entkommen waren, Ungarn, Schweden, Hochstapler, Hitzköpfe, die alle nur einen Traum hatten: mit einem Schlag reich zu werden. *Soñaba en hacerme rico, millionario en Vene-*

zuela. Nicht wenige sind durchgedreht. Ich hab' mit eigenen Augen einen Mann gesehen, der schnitt sich die Pulsadern auf und sprang kopfüber ins Wasser. Tausende von Piranhas haben ihn in ein paar Minuten bis aufs Skelett abgenagt.«

Inés öffnete leise die Tür zur Bibliothek, sie wollte ihren Schwiegervater unterbrechen. Draußen warteten die Gäste mit den Geschenken und den *coplas.* Es gelang ihr nicht, ins Blickfeld von Don Jaime zu gelangen, weil ihr der Kameramann mit dem Zeigefinger an den Lippen ein Zeichen machte, daß sie das Interview jetzt nicht stören dürfe.

»Wir hatten ungeheures Glück. Am Sonntag durfte nicht gearbeitet werden. Dafür sorgte der *comandante,* damit die Männer, die am liebsten jeden Tag geschürft hätten, nicht zu erschöpft waren. Die anderen gingen sich amüsieren, aber wir hatten ja nicht mal dafür Geld. Wir sind flußaufwärts gezogen, aus dem abgesteckten Gebiet hinaus. Wir wollten eigentlich nur in Ruhe baden. César tauchte gerne. Er hatte in Gomera Tintenfische aus großer Tiefe geholt, und plötzlich kam er nach oben und brachte zwei Steinchen mit, von der Größe einer Erbse. Es waren Diamanten, keine besonders großen, das sahen wir sofort, aber ein paar tausend *bolívares* brachten sie ein. Natürlich mußten wir den Fund geheimhalten. Das Glück hätte nicht lange angedauert. Meistens schlichen wir in der Dunkelheit dorthin, um die Steine hochzuholen. Unter Wasser konnte man sowieso nichts sehen. Auch nicht am hellichten Tag.«

»Aber sagten Sie nicht, es gab dort Piranhas im Fluß?« fragte Daniel Rojas.

Don Jaime liebte es gar nicht, beim Erzählen unterbrochen zu werden.

»Piranhas fallen nur die Menschen an, die eine offene Wunde haben, junger Mann. *El que quiere lapas se moja el culo.* Wer Muscheln will, muß sich den Hintern naßmachen. Wir sind auf eine Ader gestoßen, am Grunde des Flusses, sechs Meter tief. Ein Stein war so dick wie ein Taubenei, er schimmerte bläulich. Bestimmt dreißig Karat. Es gelang uns, fünf Tage lang unbemerkt unsere Stelle auszubeuten. Aber irgendeiner aus dem Lager schöpfte Verdacht. Wir mußten sofort fliehen. Wir hatten gegen die Regeln verstoßen, weil wir dem *comandante* nichts von unserem Fund gesagt hatten. Die anderen *mineros* hätten uns die Steine abgejagt. Wir sind nachts losmarschiert. Mitten hinein in die grüne Hölle, keiner wußte den Weg. Ein mörderisches Klima. Hunderte von Kilometern vom nächsten Dorf entfernt. Wir waren ohne Orientierung. Nach zwei Wochen lebten nur noch César und ich. Die anderen waren gestorben. Hunger, Hitze, Schlangenbisse. Wir waren am ganzen Körper zerkratzt, hatten Ausschlag, offene Wunden, waren vollkommen zerstochen, als wir endlich ein kleines Dorf erreichten. Dort hat man uns beide gesundgepflegt.«

Don Jaime wischte sich den Schweiß von der Stirn. Nun hatte ihn die Erzählung doch sehr angestrengt.

»Wir haben unsere Steine in Caracas verkauft. Zu einem akzeptablen Preis. Weil wir nur durch zwei teilen mußten, hatte jeder einen Batzen Geld in der Tasche. Ich bin mit dem nächsten Schiff nach Hause gefahren. Der aus Gomera hat in Caracas sein ganzes Geld versoffen. Er ist schon lange unter der Erde. So, meine Herren, jetzt will ich mich aber feiern lassen.«

»Don Jaime, Sie müssen uns doch noch erzählen, wie Sie zum guten Geist von El Tanque geworden sind«, sagte Daniel Rojas. »Wie wurden Sie nach Ihrer Rückkehr Bürgermeister? Wie kamen Sie mit den Franco-Anhängern aus?«

Doch auch weiteres Drängen nutzte nichts. Don Jaime komplimentierte die Leute von *Dragovisión* mit den Worten hinaus, die Familie wolle an so einem Tag nicht gestört werden. Vielleicht würde er ein anderes Mal mehr erzählen.

»Aber dürfen wir wenigstens noch ein paar Bilder von der Feier machen?« bat der Journalist, »die brauchen wir unbedingt für den Film.«

Inés schaltete sich ein, wenn sich auch nur einer der Gäste belästigt fühle, müßten sie gehen. Die Fernsehleute akzeptierten diese Bedingung. Pedro führte die Schar der Freunde und Bekannten in die Bibliothek und begrüßte alle herzlich. Es dauerte eine Weile, bis er sich Gehör verschafft hatte. Sein Vater erlebe seinen 85. Geburtstag bei guter Gesundheit, das sei leider in den letzten Monaten nicht immer so gewesen. Don Jaime unterbrach ihn: »Heute wird gefeiert! Ich wünsche uns allen ein schönes Fest.«

Die Gäste applaudierten.

Sophie riß sich von der Hand ihres Vaters los und drängelte sich durch die Reihen, bis sie vor dem festlich geschmückten Sessel stand und zu Don Jaime hinaufsah.

Ich möchte heut' die erste sein
mit meinem Gruß zum Feste
und klingt mein Stimmchen noch so klein
ist doch mein Wunsch der beste.
Er kommt allein nicht aus dem Mund
er kommt aus tiefstem Herzensgrund
und schallt dir froh entgegen:
Lieber Opa, lang sollst du leben!

Die Gäste sahen sich verwundert an. Der Vers klang feierlich, auch in der fremden Sprache. Als Sophie geendet hatte, bekam sie Beifall. Sie kletterte auf den Schoß von Don Jaime, überreichte einen kleinen Blumenstrauß und gab ihm auf beide Wangen ein Küßchen.

»Wann kommt Andreu endlich?« fragte José leise seinen Bruder. Sie hielten sich am Rande der Gästeschar auf. Immer wieder blickte José über die dicht gedrängte Menge hinweg.

»Er hat mir versprochen, pünktlich zu sein«, erwiderte Manuel, der ebenfalls das Publikum absuchte.

Josés Bemühungen, in den letzten Wochen Andreu ausfindig zu machen, waren vergeblich gewesen.

El cartero trat vor und überreichte dem Jubilar eine lange Rolle mit Glückwunschkarten, die er aneinander geklebt hatte. »Nicht einer fehlt, Jaime, alle Bewohner meines Zustellbezirks haben eine Karte an dich geschrieben.«

Und dann trug der Briefträger eine *copla* vor, die er zu Ehren des Geburtstagskindes auswendig gelernt hatte.

El día que me embarque
me despediste en silencio
sin lágrimas en los ojos
porque llorabas por dentro

Lejos de mi tierra amada
nunca la puedo olvidar
llevo un timplillo en el alma
que no deja de sonar

Tres años en Venezuela
como si fuera un destierro
que me faltaba mi madre y
su potajito de berros.

Am Tag meiner Abreise
ließest schweigend du mich ziehn
nicht eine Träne im Auge
obwohl du tief drinnen weintest

Fern von der geliebten Erde
die ich nie vergessen kann
trug ich eine Timple in der Seele
die zu jeder Zeit erklang

Drei Jahre in Venezuela
hab' wie in Verbannung ich gelebt
stets fehlte mir die Mutter
und ihre Kressesuppe.

Mit zitternden Lippen, beinahe tonlos, sprach Don Jaime den vertrauten Text mit. Er zählte die Glückwunschkarten, als müsse er überprüfen, ob der *cartero* auch nicht gemogelt hatte. Auf manchen Karten war nur ein Daumenabdruck zu sehen.

Robert schenkte Don Jaime ein Porträt, das er nach einem von Marisol geschossenen Foto gemalt hatte. Ein mildes Lächeln, die wachen Augen, die silberne Mähne in Wellen gelegt. Er trug auf dem Bild einen dunkelblauen Anzug mit Weste, dazu die roséfarbene Krawatte und das Einstecktuch. Ein Ölgemälde, ganz im klassischen Stil. »Zu einer Finca gehört eine Galerie ihrer Besitzer. Und da Sie, Don Jaime, der erste Besitzer dieser Finca sind, möge mein Bild den Reigen eröffnen.«

Lange Zeit betrachtete Don Jaime abwechselnd das Bild und seinen Maler. Dann sagte er: »Danke. Ich weiß das Geschenk zu schätzen.«

Marisol hatte die aktuelle Ausgabe von *El Día* mitgebracht. Darin war ein Gedicht von ihr abgedruckt.

Eine Enkelin schreibt an ihren Großvater.
Du hast meine Augen sehen gelehrt, *abuelo,*
und meine Seele lieben.
Gewidmet Don Jaime.

Fast zwei Stunden dauerte der Vortrag von *coplas,* selbstverfaßten Gedichten und Liedern. Die Musikanten aus dem Hafen von San Marcos sangen ihre harmonischen, manchmal schwermütigen Weisen, *malageñas,* und die geschwinden *folías*, lustige Gesänge im schnellen Dreivierteltakt. Sie wurden begleitet von

Akkordeon und Gitarre, der *bandurria*, einer kleinen Laute, und der *timple*, einem fünfsaitigen Zupfinstrument.

Don Jaime bedankte sich und sang selbst eine *copla* mit fester Stimme.

Dos cosas tiene el isleño
que no se pueden comprar
orgullo de ser Canario
y amor a la libertad.

Mis islas son siete rosas
que florecen en el mar
y las olas caprichosas
las vienen a acariciar.

Zwei Dinge besitzen wir auf den Inseln
die man mit Geld nicht kaufen kann
den Stolz Kanarier zu sein
und die Liebe zur Freiheit.

Meine Inseln sind sieben Rosen
die erblühen auf dem Meer
und die wundersam launischen Wellen
kommen sie zu streicheln.

»*La fiesta puede empezar.* Das Fest kann beginnen«, rief Don Jaime. Inés scheuchte die Gäste aus der stickigen Bibliothek ins Freie. Der Jubilar hakte sich bei Marisol ein, gemeinsam gingen sie nach draußen.

Eine Tanzgruppe aus Garachico machte sich schon im

Patio bereit, als ein Mann in weißem Anzug und mit einem zerbeulten Strohhut auftauchte. Sein Gesicht war sonnenverbrannt. Er blieb im Schatten einer Bananenstaude stehen.

Pedro erkannte ihn sofort.

»Was machen wir mit ihm?« fragte Pedro seine Söhne. Er war ziemlich aufgebracht.

»Hat Jaime ihn überhaupt schon entdeckt?« wollte José wissen.

»Ich glaube, er sieht nicht mehr so gut«, antwortete Pedro.

Immer wieder gingen ihre Blicke hinüber zu dem Mann, der mit niemandem sprach.

Schon vor zehn Jahren war dieser Fremde bei der Geburtstagsfeier in der Finca aufgetaucht und hatte behauptet, ein Sohn von Don Jaime zu sein. Seine Mutter sei vor einigen Jahren in Venezuela gestorben, sie hätte ihm oft von dem erfolgreichen Diamantensucher erzählt und ihm ein Bild von seinem leiblichen Vater gegeben. Auf dem zerknickten Foto war kaum etwas zu erkennen gewesen. Der Mann darauf konnte Don Jaime, aber auch jeder andere sein. Ein lustiges Pärchen in Kostümen aus dem Wilden Westen. Aufgenommen in einem Fotostudio in Caracas. Der *abuelo* hatte es damals vehement abgelehnt, auch nur ein Wort mit diesem Mann zu wechseln. Nach dem Fest war er wieder verschwunden, als hätte es ihn nie gegeben.

»Der Verwalter soll ihn in die Küche bringen«, sagte Pedro, »bevor Vater ihn sieht. Schnell.«

Die beiden Söhne gingen zu dem Fremden und baten ihn mitzukommen.

»Andreu wird heute nicht erscheinen können«, der Fremde sprach mit belegter Stimme, ohne die beiden Männer anzusehen. »Er ist krank.«

»Wo ist er?« fragten José und Manuel beinah gleichzeitig.

»In Venezuela.«

»Und was hat er?«

»Wie geht es ihm?«

»Ist es schlimm?«

Der Mann mit dem zerbeulten Strohhut sagte, Andreu habe ihn beauftragt, zu dieser Geburtstagsfeier zu erscheinen.

»Was will er jetzt in Venezuela? Verdammt, er wird hier gebraucht!«

Manuel faßte den Fremden fest an der Schulter. Sein knochiges Gesicht zeigte kaum eine Regung.

»Wann hast du zuletzt mit ihm gesprochen?« wollte José wissen.

»Vor ein paar Tagen«, erwiderte der Mann, »Andreu bat mich, hierherzukommen und es Don Jaime persönlich mitzuteilen. Er wäre gerne dabeigewesen, aber nun ...«

»Was ist passiert?«

»Andreu hat mich in Caracas besucht. Er hat sich an mich erinnert. Andreu war der einzige, der damals überhaupt mit mir gesprochen hat. Er kannte noch meine Adresse. Auf den Spuren von Don Jaime wollte er unbedingt die Stelle finden, an der mein Vater nach Diamanten geschürft hat. Ich habe ihm abgeraten. Aber er war sehr starrköpfig. Wir sind zusammen zum Río Curutú gefahren. Und plötzlich ist Andreu krank geworden.

Ein heftiges Fieber hat ihn ergriffen, er konnte sich vor Schmerzen kaum bewegen. Er hat mir sein Flugticket gegeben, damit ich an seiner Stelle herkommen kann ...«

»Was will der Mann von uns?« ertönte Don Jaimes Stimme.

Erschreckt fuhren die Brüder herum.

Der Fremde machte eine tiefe Verbeugung, ohne allerdings den Hut vom Kopf zu nehmen. Er gratulierte mit einer *copla* und wiederholte dann, was Andreu ihm aufgetragen hatte. »Sie müssen es mir glauben, er wäre gerne heute bei Ihnen.«

Don Jaime rannen Tränen übers Gesicht. Er ging auf den Fremden zu und umarmte ihn.

»Ganz gleich, ob du ein Sohn von mir bist oder nicht«, sagte er mit zittriger Stimme, »du hast mir das schönste aller Geschenke gebracht. Danke. Und sage Andreu, daß er bald gesund werden soll und ich ihn mit offenen Armen erwarte.«

»Sobald er transportfähig ist und ins nächste Krankenhaus gebracht werden kann, wird er Sie anrufen.«

Bis tief in die Nacht gingen die Gesänge. Don Jaime kannte alle Strophen der Lieder, die an jedem Festtag wieder und wieder gesungen wurden. Kurz vor Mitternacht sagte Don Jaime: »Ich denke, es ist Zeit.«

Manuel erhob sich leicht schwankend. José sah zu seinem Vater hinüber.

»Muß das jetzt sein?« fragte er ihn. Er mußte immer noch an Andreu denken. Es waren diese starren Rituale, dieses Verharren auf dem Althergebrachten, was seinen Bruder aus der Finca getrieben hatte.

»Es muß sein!« antwortete Pedro.

Hintereinander gingen sie in die Bibliothek. Pedro schloß leise die Tür. Jeder nahm auf seinem angestammten Stuhl Platz. »Nicht mal an so einem Tag kann er darauf verzichten«, flüsterte José zu Manuel hinüber.

Nach einer Weile erhob sich der Jubilar, stützte sich mit beiden Händen auf dem Holztisch ab.

Seine Stimme war fest und ungebrochen.

»Wie es aussieht«, begann Don Jaime, »wird Andreu bald wieder hier sein und die Geschäfte der Plantage übernehmen. Ich werde mich von diesem Tag an zurückziehen und ihm keinerlei Schwierigkeiten bereiten. Ich werde viel Zeit mit meinen Freunden verbringen und Andreu alles alleine entscheiden lassen.«

José sah zu Manuel hinüber, der genauso wie sein Vater nicht glauben konnte, was er zu hören bekam.

»Außerdem habe ich schon mit Marisol gesprochen. Der Hochzeit mit dem deutschen Maler steht nichts im Wege. Ich habe sie gebeten, möglichst bald einen Termin anzusetzen, damit ich das Fest auch noch erlebe. Pedro, bringe mich bitte in mein Zimmer. Die Gäste sollen nicht merken, daß ich schon etwas müde geworden bin.«

XIV

Der Einzug

Frank und Eva Ehrenstein gingen Anfang Juli in Santa Cruz de Tenerife an Land. Die Überfahrt von Cádiz war stürmisch, vierzig Stunden Schaukelei, dazu eine enge Kabine, in der man sich kaum umdrehen konnte. Eva war nach kurzer Zeit seekrank geworden, hatte jede Essensaufnahme verweigert. Frank saß an Deck und spielte Posaune. Welche Melodien wurden noch zum Untergang der Titanic gespielt?

Sie hatten den Ford Transit mit einigen Möbelstücken beladen, Bücherkisten, Noten, ein paar Teppiche, einer Stereoanlage, Fernseher mit Satellitenschüssel, Geschirrspüler. Alles andere wollten sie auf Teneriffa kaufen. Im letzten Moment hatte Frank seinen Heimwerkerkasten unter den Fahrersitz geschoben.

Obwohl ihnen von der Überfahrt noch schummrig war, fuhren sie vom Hafen auf direktem Weg nach La Laguna.

Als sie Puerto de la Cruz passierten, schlug Frank vor: »Laß uns heute abend ins *Mi vaca y yo* gehen und feiern, da gibt es wunderbares *cabrito en adobo.*«

»Klingt gut. Bis dahin kann ich bestimmt wieder essen«, sagte Eva. »Ich hätte doch deinen Rat befolgen sollen, gar nicht erst aufs Schiff zu steigen. Wenn man weiß, daß man schnell seekrank wird, sollte man sich von Wasserfahrzeugen fernhalten.«

Fünfzig Minuten später sahen sie das Halbrund von Garachico. Die Stadt lag in sanftem Vormittagslicht, auf der Uferstraße herrschte nur wenig Verkehr. Auch das Meer schien Pause zu haben, kaum Wellenbewegung, keine Gischt.

Kurz bevor die Straße nach El Tanque abzweigte, hielt Frank an: »Noch zehn Minuten, dann sind wir zu Hause.«

Eva beugte sich zu ihm hinüber und küßte ihn auf den Mund. »Wenn Engel reisen, landen sie im Paradies.«

Hinter San Pedro de Daute stieg die Straße an, und Frank fuhr *andante con moto*. Er liebte diese Tempobezeichnung ganz besonders, nicht erst, seitdem der Arzt ihm dazu geraten hatte.

»Unsere Villa«, rief Eva, als sie das Haus am Hang erblickte. Es wirkte noch majestätischer als in ihrer Erinnerung. »Schade, daß Gunter nicht bei unserem Einzug dabeisein kann.«

Der letzte Anruf von Gunter Hidalgo war drei Wochen her. Er hatte ihnen mitgeteilt, daß er nach Argentinien fahren müsse, familiäre Verpflichtungen, nach dem Todesfall sei einiges zu regeln. »Leider kann ich bis Juli nicht zurück sein«, hatte er am Telefon gesagt, »aber ich werde mich melden, sobald ich wieder in Teneriffa bin. Alles Gute beim *housewarming.*« Eva hatte ihm ein Festessen versprochen. Ihre Ruhrgebietsküche sei nicht zu verachten. Gunter hatte die Einladung gerne akzeptiert.

»Hast du die Wohnungsschlüssel, Frank?«

»Schon parat.« Er zog den Schlüsselbund aus der Jackentasche und klingelte wie mit einem Tischglöckchen.

Den Wagen fuhr er so nah wie möglich an die Villa heran.

Sie stiegen aus.

»Traumland«, sagte Eva, »von diesem Augenblick habe ich immer geträumt, wenn ich das Bild von Robert Kettmann betrachtet habe. Und ich habe es jeden Tag betrachtet.«

Eine ganze Weile standen beide versonnen auf der Terrasse, sie konnten sich nicht sattsehen an dem Ausblick, der sich ihnen bot.

Frank machte sich am Schloß der Terrassentür zu schaffen. Probierte ein halbes Dutzend Schlüssel. Keiner paßte.

»Ich geh' zum Eingang auf die andere Seite und öffne dann von innen die Tür. Das Schloß klemmt.«

Eva lachte. »Keine Sorge, ich lauf' nicht weg.«

Nach einer Weile kam Frank zurück.

»Die Schlüssel passen nicht. An keiner Tür.«

»Das kann doch nicht sein.«

»Ich habe es überall probiert. Ich kann mir das nur so erklären, daß der Notar uns aus Versehen die falschen Schlüssel geschickt hat.«

Eva sah zu Frank hinüber.

»Hast du auch wirklich alle Schlüssel versucht?«

»Du kannst es ja selbst mal probieren.«

Frank hielt ihr den Schlüsselbund hin.

Eva verglich Schloß und Schlüssel und nahm dann einen mit kurzem Bart. Er paßte nicht in die Haustür. Die anderen paßten auch nicht.

»Seltsam«, sagte Eva, »warum sollte der Notar denn die Schlüssel verwechselt haben?«

»Am besten fahren wir gleich zu seinem Büro und holen uns die richtigen.«

Auf der Rückfahrt nach Puerto de la Cruz machten sie Pläne für die nächsten Tage. Jeden Morgen eine Stunde putzen, bis das ganze Haus einmal gründlich gereinigt war, jeden zweiten Tag eine kleine Wanderung, ein bißchen Strand, viel lesen. Frank wollte unbedingt täglich Posaune spielen. Er hatte sich ein paar Musikcassetten von Konzerten mitgebracht, in denen der Solopart seines Instrumentes ausgespart war. »Und ich spiele ganz laut«, betonte er.

»Ich sitze in der ersten Reihe und werde applaudieren.«

Sie verließen die ausgebaute Schnellstraße, um hinunter nach Puerto zu gelangen.

Das Bürohochhaus, in dem der Notar seine Anwaltspraxis hatte, fand Frank schnell wieder.

»Am besten bleibst du im Wagen, Eva... die Sachen...«

»Geh nur und hol die Schlüssel zu unserem Traumhaus.«

Frank Ehrenstein nahm den Aufzug und fuhr in den obersten Stock.

Die Tür war verschlossen.

Er klingelte. Keine Reaktion. Er drückte länger auf die Klingel.

Eine junge Frau öffnete. Sie hatte ihre Haare zu einem Knoten aufgesteckt.

»Que desea Usted?«

»Sprechen Sie deutsch?«

»Sí, sí, ein wenig.«

Frank Ehrenstein erkannte das Büro wieder. Das würdige Gelb der Tapete hatte ihn schon beim ersten Besuch fasziniert.

»Ich möchte gerne Dr. Quiñonez sprechen.«

»*Quién?*«

»Dr. Quiñonez.«

»Wer ist das?«

»Der Notar!«

»Kein Notar hier, kein Notar. Hier Autoverleihen, *señor.* Wollen Sie Auto mieten?«

»Nein, ich will mit Dr. Quiñonez sprechen. Er hat unseren Hausschlüssel.«

Wie zum Beweis hielt Frank Ehrenstein den Schlüsselbund hoch.

»*No comprendo.* Kein Notar hier, nur Autoverleihen.«

Frank Ehrenstein stellte plötzlich fest, daß die antiken Möbel durch neues Mobiliar ersetzt worden waren. Ein gelinder Schreck durchfuhr ihn.

Er zögerte einen Augenblick, dann fragte er: »Und wo ist Dr. Quiñonez jetzt?«

»*Quién?*«

»Büro, Büro! Wo ist das Büro von Dr. Quiñonez?«

»Ich kenne nicht Quiñonez!«

»Aber Sie müssen doch wissen ...«

Frank Ehrenstein unterbrach sich. So hatte es keinen Zweck. Entweder kannte die Frau den Notar wirklich nicht oder sie konnte ihn nicht verstehen. Für ihn bestand kein Zweifel, daß er an der richtigen Tür geklingelt hatte.

Im Aufzug nach unten überlegte er, wie er Eva beibringen sollte, daß er die richtigen Schlüssel noch nicht hatte.

»Der Notar wird umgezogen sein, und die dumme Pute hat keine Ahnung wohin. Gab's denn da keinen Chef? Der muß doch wissen, wohin der Vormieter gezogen ist. Geh nochmal rauf und frag nach ... und bleib freundlich.«

Frank Ehrenstein machte sich auf den Weg. Er spürte, daß an seinen Schläfen Schweiß ausbrach.

Die junge Frau sagte, sie sei momentan alleine im Büro.

»Aber Sie müssen doch wissen, wohin Dr. Quiñonez gezogen ist. Ich war im April hier, in diesem Büro.«

»Yo voy a preguntar.«

Sie nahm ein Handy vom gläsernen Schreibtisch und wählte eine Nummer. Während sie mit jemandem sprach, ließ sie sich Franks Namen und den des Notars auf ein Stück Papier schreiben. Frank benutzte Großbuchstaben. Die junge Frau schüttelte den Kopf.

Sie verabschiedete sich von dem Anrufer und legte das Handy zurück.

»Mitte Mai, wir hier in diesem Büro. Davor hier Makler, kein Notar, leider kein Name des Maklers. Chef will fragen. Kommen Sie morgen nachmittag wieder, bitte.«

Frank Ehrenstein merkte, daß die Frau ihm gerne behilflich gewesen wäre. Es hätte sicher keinen Zweck, ihr den ganzen Vorgang zu schildern. Statt dessen sagte er: »Ich komme morgen wieder. *Gracias. Muchas gracias.*«

Als Frank bei Eva am Wagen stand, hatte sie sich ein Eis gekauft. »Willst du auch eins?«

»Danach ist mir überhaupt nicht. Irgendwas ist hier faul, aber ich weiß nicht was.«

Er schilderte ihr, was er in Erfahrung gebracht hatte.

»Aber die können sich doch täuschen. Und du bist ganz sicher, daß das Büro in diesem Haus war?«

»Hundert Prozent sicher, Eva. Jeder Zweifel ausgeschlossen.«

Eva sah ihn an.

»Das wird sich alles klären. Wir fahren zur Polizei. Die können uns bestimmt sofort sagen, wohin der Notar gezogen ist.«

Das Polizeirevier lag in einer Seitenstraße, gegenüber dem *Estadio El Peñón.* Sie stiegen beide aus. In der Nähe des Reviers würde wohl kaum jemand versuchen, den Wagen aufzubrechen.

Die Ehrensteins wurden in einen kleinen Warteraum geführt. Blauschwarze Stühle aus Plastik, ein Kaffeeautomat. *Oficina de denuncias.* »Anzeigenaufnahme«, sagte Eva und lachte. Frank konnte nicht mitlachen.

An der rechten Wand hing ein großes, weißrotes Plakat. Fahndung nach ETA-Terroristen, einige Fotos mit dicken Balken durchgestrichen, bei einer Frau waren die Augen grün ausgemalt.

Auf der anderen Seite befand sich eine gerahmte Bekanntmachung in englisch, französisch, deutsch und finnisch:

»Wir möchten Ihnen gerne helffen aber leider verstehen wir sie nicht. Deswegen sollten Sie an ihren Reiseler anmelden und ein Übersetzer verlangen. VIELEN DANK.«

»Das ist ja sehr ermutigend«, sagte Frank.

Eva amüsierte sich über das fehlerhafte Deutsch. »Hoffentlich wissen die Leute, was ein Reiseler ist.« Zu gerne entdeckte sie mißlungene Übersetzungen. Ihren schönsten Fund hatte sie an einer Trattoria in Rom gemacht: »Hier äsen nur Touristen.«

Ein Ehepaar kam herein. Sie hatte rote Flecken im Gesicht, er trug eine Kappe mit grüner Sonnenblende.

»Sie haben uns letzte Nacht das Auto aufgebrochen und das nagelneue Radio rausgerissen. Auf einem Hotelparkplatz, können Sie sich so was vorstellen? Der sollte doch wohl bewacht sein«, die Frau im leichten Sommerkleid war kaum zu bremsen, »wenn die nicht mal in der Lage sind, ihren eigenen Parkplatz zu bewachen, also ich bitte Sie ...«

Eva wies auf das Schild an der Wand.

»Da haben wir vorgesorgt. Ich hab' mir das gleich an der Rezeption des Hotels in spanisch aufschreiben lassen. Hier. Aber trotzdem geht ein halber Ferientag dabei drauf. Man hat uns bei der Autofirma gesagt, daß wir auf jeden Fall Anzeige erstatten müßten, sonst ...«

»Quiero denunciar un robo en un coche. Han robado un radio casete y forzado una puerta – lado izquierdo.«

Eva las den Zettel halblaut vor. »Da haben Sie ja noch Glück gehabt«, sagte sie, »bei uns ...«

In diesem Augenblick ging die Tür zum Büro des Wachhabenden auf.

»Entren, por favor.«

Frank ließ Eva den Vortritt. Ihr Spanisch war besser geworden, weil sie in den letzten Monaten bei einer Kollegin Unterricht genommen hatte. Sie versuchte, dem Polizisten verständlich zu machen, was geschehen war. Sie zeigte die Schlüssel, die nicht in die Türschlösser der Villa paßten, und nannte die Straße, in der das Bürohochhaus lag. Elfter Stock. Dr. Quiñonez. Der diensthabende Beamte, dessen Mütze ein wenig schief auf dem Kopf saß, besprach die Sache mit einem Kollegen. Dann antwortete er. Ganz langsam, mit deutlicher Aussprache. Eva bemühte sich, seine Worte zu verstehen.

»Er sagt, in dem Haus gebe es einen Notar, wenn auch mit anderem Namen. Er will mal nachfragen.«

»Meinst du, er würde uns dorthin begleiten? Dann könnten wir das alles schneller klären.«

Eva mußte den Namen des Notars aufschreiben.

Dr. Quiñonez.

Im Telefonbuch von Puerto de la Cruz fand sich kein Eintrag unter diesem Namen.

Frank ging zum Wagen und holte aus seiner Aktentasche die Vertragsurkunde.

Die beiden Polizisten sahen sich das fünfseitige Papier an.

»Er sagt, der Vertrag sei in Ordnung, soweit er das sehen könne. Aber einen Dr. Quiñonez ...«

Eva bat, daß ein Polizist mit ihnen zu dem Bürohochhaus in der Avenida Venezuela fahre, vielleicht wüßte der Notar im Hause, wo Dr. Quiñonez sei. Die beiden Polizisten überlegten eine Weile, telefonierten, dann war einer von ihnen bereit mitzugehen. Sie zwängten sich zu dritt auf die Vorderbank des Ford Transit. Unterwegs sprachen sie kein Wort.

Frank Ehrenstein war so aufgeregt, daß er kaum das

Steuer halten konnte. Noch nie hatte er einen Polizisten als Beifahrer gehabt.

Als sie eine Parklücke in der Calle Avenida de Colón gefunden hatten, forderte der Uniformierte einen Kollegen an. Der Wagen sollte nicht ohne Bewachung dort stehenbleiben. Er entschuldigte sich umständlich, daß in Puerto de la Cruz so viele Autodiebstähle vorkommen würden.

Im Aufzug fragte der Polizist, ob ihnen Teneriffa gefalle.

Eva sagte: *»Una isla fortunada!«*

Frank nickte nur.

An der Tür der Autoverleihfirma im elften Stock mußten sie warten. Der Polizist zeigte auf das Schild, als sei damit alles erklärt. Frank hatte es vorher gar nicht wahrgenommen.

Die Sekretärin mit dem hochgesteckten Haar ließ den Uniformierten mit ihrem Chef telefonieren, der nannte ihm den Besitzer des Büros, mit dem er seit Mai einen Mietvertrag habe.

»Gleich werden wir wissen, wer damals dieses Büro gemietet hat.« Eva versuchte, ihren Mann zu beruhigen, der sich immer wieder mit dem Taschentuch den Schweiß aus dem Gesicht wischte.

Der Eigentümer war nicht zu erreichen.

»Hora de comer«, sagte der Polizist und forderte die beiden Deutschen auf, mit ihm den Notar im fünften Stock des Hauses aufzusuchen. Der wisse bestimmt Bescheid.

»Kannst du dir das erklären?« flüsterte Frank erregt, als er neben Eva im Aufzug stand.

»Keine Ahnung, was das zu bedeuten hat. Gut, daß wir den notariell beglaubigten Vertrag dabeihaben, sonst könnten wir gar nichts ausrichten.«

Der Uniformierte betätigte sein Walkie-Talkie.

»Er läßt den Namen Dr. Quiñonez durch den Computer des Meldeamtes laufen«, soviel hatte Eva verstanden.

Der junge Notar bat sie freundlich in sein Büro, nachdem der Polizist ihn kurz über den Vorfall informiert hatte. Er verneinte die Frage, ob ein Kollege namens Dr. Quiñonez seine Kanzlei in diesem Haus gehabt habe. Den Namen habe er noch nie gehört.

Frank Ehrenstein zog schweigend die Vertragsurkunde aus der ledernen Mappe und gab sie dem Notar.

»Völlig in Ordnung, sagt er«, übersetzte Eva ihrem Mann, »nichts auszusetzen, das übliche Formular, mit Siegel und allem ...«

Sie strahlte Frank an. »Mach dir keine Sorgen, das wird sich alles aufklären.«

Der Notar erklärte, im Trakt B des Gebäudes gebe es einen Rechtsanwalt, den würde er gerne hinzuziehen. Vielleicht wisse der etwas. Das Bürohaus bestehe aus zwei Trakten, dies sei der Trakt A.

Eva sah Frank an.

»Ich habe mich bestimmt nicht geirrt, Eva. Es war dieses Büro, auch wenn die Möbel ...«

»Und wenn alle Büros solche gelben Tapeten haben?«

Sie bat den jungen Mann, seinen Kollegen anzurufen.

Der Polizist bedauerte, er habe nicht soviel Zeit. Sie sollten sich bitte nachher auf der Wache einfinden. Sollte ein Betrug vorliegen, müßten sie ja sowieso Anzeige erstatten. Eva versuchte, Frank die Worte des Polizisten zu übersetzen. Bei dem Wort »Betrug« zögerte sie.

Der Notar schenkte Kaffee aus einer Thermoskanne ein. Immer wieder nahm er den Vertrag zur Hand. »Alles in Ordnung, *como dicen los alemanes.*«

Es dauerte eine ganze Weile, bis der Rechtsanwalt aus dem Nebenhaus herüberkam.

Die beiden Kollegen begrüßten sich.

»Mi nombre es Pedro Abulí«, stellte der Ältere sich vor.

»Do you speak English?« fragte Eva und begann, als dieser nickte, dem Hinzugekommenen ihre Situation zu erklären. Im Englischen fühlte sie sich fast so zu Hause wie im Deutschen.

»Einen Dr. Quiñonez kennt er auch nicht«, sagte Eva, »er hat den Namen nie gehört.«

Pedro Abulí ließ sich den Vertrag zeigen. Er las ihn sorgfältig durch. Nickte, sah zu seinem Kollegen.

»No problem, señora, this contract is perfect. I don't know Dr. Quiñonez, but the contract is valid, no problem.«

Frank mußte sich hinsetzen, so sehr nahm ihn diese Sache mit. Der junge Notar bot ihm einen Brandy an. Frank akzeptierte dankbar. Es werde sich bestimmt alles erklären lassen, sagte der Rechtsanwalt. Sie sollten sich nach so einer langen Reise erstmal erholen und das Auto ausladen. Am besten sei es doch, sie würden einen Schlüsseldienst bestellen und sich das Haus aufschließen lassen. *»I can call them for you, señora, if you want.«*

Eva besprach sich mit ihrem Mann, dann stimmte sie zu.

»Where is your house located?« fragte Pedro Abulí, der sich einen Zettel geben ließ, um die Adresse zu notieren.

»Unser Haus liegt oberhalb von Garachico. Am Berghang«, antwortete Eva auf Englisch, »an der alten Straße nach El Tanque, direkt in der Nähe des großen Hotels.«

Pedro Abulí stutzte.

»What kind of house is it?« Er sah zu seinem Kollegen hinüber und hob die Schultern.

»Ein dreistöckiges Haus, unten ist eine *bodega,* darüber zwei Stockwerke ...«

»May I see the contract again, señora?« Das Englisch des kanarischen Anwalts klang wie das harte Anschlagen einer tiefen Gitarrensaite.

Plötzlich hielt er inne. Er zeigte auf die Adresse.

»No es posible, no es posible.«

»Was ist los?« fragte Frank.

Eva schüttelte den Kopf.

»Keine Ahnung«, sagte sie.

Der Rechtsanwalt ging mit dem Vertrag um den Schreibtisch seines Kollegen herum und zeigte auf eine Stelle im Text, als habe er plötzlich einen juristischen Formfehler entdeckt.

Die beiden Kollegen unterhielten sich aufgeregt.

Dann sagte Pedro Abulí zu Eva: *»This is the house of my oldest son Andreu, señora, this is not possible.«*

Er besprach sich kurz mit seinem Kollegen, dann wiederholte er, dieses Haus sei im Besitz seiner Familie, es gehöre seinem ältesten Sohn Andreu.

Von einem Verkauf in letzter Zeit wisse er jedoch nichts.

XV
Die Fahndung

»Und wie sah dieser Gunter Hidalgo aus?« fragte der *capitán*, der sich seit fast einer Stunde bemühte, ein Protokoll aufzunehmen. Er konnte ein wenig Deutsch, verstand aber die Deutschen nicht, wenn sie vor Aufregung schnell sprachen. Ein enormer Schnurrbart verdeckte seine Lippen, in seinem braungebrannten Gesicht stach eine kräftige Hakennase hervor.

»Der hat bestimmt nichts damit zu tun!« wehrte Eva Ehrenstein ab.

Sie sah zu Pedro Abulí hinüber, der sich trotz eines Termins am Nachmittag erboten hatte, sie zur Polizei zu begleiten. *»I need to know what's going on here!«*

Frank hatte bisher die gesamte Konversation seiner Frau überlassen. Er war viel zu durcheinander, um irgend etwas zur Aufklärung beitragen zu können. In seinem Kopf rauschten die Bilder vorbei: wie es ihm nicht gelang, die Terrassentür der Villa aufzuschließen, wie seltsam das Büro im Hochhaus verändert war und dann das erschrockene Gesicht des Rechtsanwaltes, der ihnen so hilfreich zur Seite stand.

»Wir werden den Betrüger finden, aber dazu müssen wir wissen, wie er aussieht«, sagte der *capitán.*

Pedro Abulí übersetzte die Bitte des Polizisten.

Eva forderte ihren Mann auf, eine Beschreibung abzugeben.

Frank mußte sich vor den Bildschirm eines Computers setzen, ein Beamter führte seine Anweisungen aus. Er brauchte nur *sí* oder *no* zu sagen. Auf diese Weise wurde ein *identity kid* hergestellt, bei dem Haaransatz, Augenpartie, Nase, Mundpartie, Bartwuchs so lange ausgetauscht werden konnten, bis eine Ähnlichkeit mit dem Täter erzielt war.

»So sieht also Gunter Hidalgo aus?« fragte Pedro Abulí, um sich zu vergewissern.

»Nein«, antwortete Frank Ehrenstein, »so sah der Notar Dr. Quiñonez aus.«

Er mußte die Prozedur wiederholen, um auch ein Phantombild von Gunter herstellen zu lassen. Immer wieder ergriff Eva Partei für Hidalgo, er sei so überaus zuvorkommend gewesen, so freundlich und hilfsbereit. Sie habe sich schon auf ein Wiedersehen mit ihm gefreut.

»Ich glaube nicht, daß Sie diesen Mann jemals wiedersehen, außer in einem Gerichtssaal – hoffe ich.«

Dieser Deutsche sei es doch gewesen, der ihnen das Haus seines Sohnes gezeigt habe, sagte Pedro Abulí, nicht der Notar. Die beiden hätten sicherlich zusammengearbeitet. Er gehe inzwischen davon aus, daß Dr. Quiñonez gar kein Kollege gewesen sei.

Nun brauchte auch Eva einen Schnaps, einen Brandy, ganz gleich, irgend etwas mit hochprozentigem Alkohol. Im Büro des *capitán* fand sich eine Flasche Urujo, aus der er bereitwillig ausschenkte.

Frank hielt sich zurück. Er müsse noch fahren, wenn er auch nicht genau wisse, wohin.

Die Adresse auf der Urkunde sei ihm zunächst gar

nicht aufgefallen, sagte Pedro, weil er niemals daran gedacht habe, daß Andreus Haus damit gemeint sein könne. Eins hätte sie aber skeptisch machen müssen: der Preis! So eine Villa koste mindestens 50 bis 60 Millionen Peseten, also zwischen 600 000 und 750 000 Mark. Sie hätten ja nicht einmal die Hälfte davon bezahlt.

»Uns kam der Preis auch niedrig vor, deswegen war der Kauf ja so verlockend«, entschuldigte sich Eva.

Frank blickte geradeaus, kaum zu einer Äußerung zu bewegen. Am liebsten wäre er in den Ford Transit gestiegen und zum Hafen in Santa Cruz zurückgefahren. Auf dem schnellsten Weg nach Hause. Diese Blamage, es war diese ungeheure Blamage, einem Betrüger aufgesessen zu sein, die ihm am meisten zu schaffen machte. Auch wenn keiner der Polizisten ihn mit Vorwürfen überzog. Selbst der Rechtsanwalt blieb eher gelassen.

»Wir werden die beiden Männer sofort zur Fahndung ausschreiben. Es ist nur eine Frage der Zeit, bis wir sie haben«, sagte der *capitán.*

Als das Protokoll aufgesetzt war, machte Pedro Abulí den beiden Deutschen einen Vorschlag.

»Fahren Sie zu dem Haus hinauf. Sie kennen ja den Weg. Ich hole die Schlüssel und treffe Sie dann dort. Sie dürfen in den nächsten Tagen im Haus meines Sohnes wohnen ... auch wenn es Ihnen nicht gehört.«

»Das können wir nicht annehmen«, sagte Eva schnell.

Frank lehnte ebenfalls ab. »Auf keinen Fall.« Sie könnten genausogut in ein Hotel gehen, um von dort aus ...

»Nein, nein. Das Haus steht sowieso im Moment leer.

Ich denke, das ist die beste Lösung.«

»Aber dann zahlen wir wenigstens Miete«, erwiderte Frank.

Der Rechtsanwalt wiegte den Kopf.

Vor dem Polizeirevier trennten sie sich.

Als die Ehrensteins zum ersten Mal seit Stunden allein waren, brach die ganze Enttäuschung hervor.

Frank kämpfte mit den Tränen und überließ Eva das Steuer, obwohl sie einiges getrunken hatte.

»Was haben wir übersehen?« wiederholte sie immer wieder und schlug mit der rechten Hand aufs Lenkrad. »Wir hätten es doch merken müssen.«

Die Fahrt aus dem Stadtzentrum zur Schnellstraße hinauf verlief zügig. Eva nahm die Mülltonnen wahr, Abfallberge am Straßenrand und eine Bauruine verschandelten die Landschaft.

»Ich hätte stutzig werden müssen«, fing Frank an, »als Gunter am Flughafen nicht auftauchte. Die ganze Geschichte mit dem Todesfall in der Familie ... wahrscheinlich alles erfunden. Du wärst bestimmt sofort mißtrauisch geworden.«

Eva wollte nicht antworten. Ihr Blick war verschleiert. Sie griff zu Franks Taschentuch.

»Wir haben uns blenden lassen. Ein Ringeltäubchen, daß ich nicht lache«, rief Frank.

»Mir ist nicht zum Lachen zumute«, sagte Eva.

Sie fuhren durch die Tunnel am Meer, vorbei an San Juan de la Rambla. Jedesmal hatten sie im Vorbeifahren gesagt, daß sie das Städtchen einmal besuchen wollten. Heute kam keiner von beiden auf die Idee.

»Gunter hatte doch einen Schlüssel zu der Villa. Er

hat ihn irgendwo geholt. Als wir das erste Mal dort waren. Ich erinnere mich jetzt. Plötzlich kam er an und hatte den Schlüssel in der Hand. Wo hatte er ihn her?« Frank schaute zu Eva hinüber, die sich auf die Lippen biß.

An der Uferpromenade in Garachico herrschte Hochbetrieb. Auf dem Bürgersteig war kein Durchkommen, Autos parkten in Zweierreihen. Vor den Geschäften und Restaurants standen Buden, in denen Andenken und Würstchen verkauft wurden.

Irgendwann stockte der Verkehr. Eva hupte. Sie konnte die Straße schon sehen, von der sie abbiegen mußte, kaum zweihundert Meter entfernt.

»Der Rechtsanwalt wird auch nicht schneller dort sein«, versuchte Frank sie zu beruhigen.

Kaum waren sie in die schmale Bergstraße eingebogen, war der Trubel vorbei.

Als Eva die Villa am Hang entdeckte, trat sie scharf auf die Bremse.

»Aus der Traum!« sagte sie lakonisch. Sie schauten hinüber zu dem Adlerhorst und schwiegen.

Nach einer Weile legte Eva den ersten Gang ein und fuhr weiter. Am Tor blieben sie stehen, um auf den Rechtsanwalt zu warten. Es dauerte eine Weile, bis er erschien.

»Follow me, please!« Pedro Abulí schloß die Eingangstür auf und öffnete sogleich die Fensterläden, genau wie es Gunter Hidalgo getan hatte.

»Gehen Sie mal nach draußen. Ist das nicht eine einzigartige Aussicht?«

Die Ehrensteins standen nebeneinander. Auf der obersten Terrasse der Villa, die ihnen nicht gehörte, auch wenn sie sie gekauft hatten.

Seine Frau Inés habe vorgeschlagen, daß sie beide am Abend zum Essen kommen sollten, sagte der Rechtsanwalt, dann könne man alles in Ruhe besprechen. Er wolle die Zeit bis dahin nutzen, um weitere Erkundigungen einzuziehen.

»Es ist ganz einfach, unser Haus zu finden. Sehen Sie da unten, die gelbe Finca mitten in der Bananenplantage. Gegen zwanzig Uhr erwarte ich Sie.«

Pedro Abulí überreichte ihnen den Schlüssel zum Haus.

Frank sagte, dieser Gunter Hidalgo hätte auch Schlüssel zu der Villa gehabt und ihnen die Räume gezeigt.

Der Rechtsanwalt stutzte.

»Ach, dann kennen Sie das alles ja.«

Er wollte wissen, wieso dieser Deutsche im Besitz eines Schlüssels war. Eva erinnerte sich an das Berghotel. »Wir standen doch da und haben geklopft, aber da war niemand. Später ist Gunter, also Herr Hidalgo, nochmal losgegangen und kam mit einem Schlüsselbund zurück.«

»Niemand außer unserer Familie hat Schlüssel zu diesem Haus.« Der Rechtsanwalt machte eine Pause. »Und mein Sohn Andreu natürlich.«

Drei Stunden später fuhren Eva und Frank Ehrenstein in den gepflasterten Hof der Finca. Ein Hund kläffte.

Pedro Abulí begrüßte sie, stellte die beiden seiner Frau vor und führte sie ins Haus.

Don Jaime, der ein Nickerchen gemacht hatte, erhob sich schwerfällig aus dem Ohrensessel und kam langsamen Schrittes auf sie zu. Er begrüßte die Gäste mit vollendeter Höflichkeit. Pedro mußte ins Englische übersetzen.

»Seien Sie herzlich willkommen in meinem Haus. Ich habe von Ihrem Mißgeschick gehört und hoffe, daß Sie sich ein wenig erholt haben. Die Entscheidung meines Sohnes Pedro, Sie vorübergehend in Andreus Haus wohnen zu lassen, findet meine volle Zustimmung.«

Eva versuchte, sich auf Spanisch zu bedanken, aber irgendwann gingen ihr die Vokabeln aus. Sie schaute verlegen zu dem Rechtsanwalt hinüber, der sofort bereit war, ihre Worte zu übersetzen.

Don Jaime führte sie durch die Wohnräume des Hauses, als sei es ein Museum. Auch die Bibliothek, das Prachtstück der Finca, bekamen sie zu sehen. Frank entdeckte in einem Zimmer eine Posaune. Er fragte, ob er das Instrument in die Hand nehmen dürfe.

»Ach, Sie können darauf spielen?« fragte der Rechtsanwalt.

Frank lächelte. Eva erklärte, daß ihr Mann Professor an der Musikhochschule gewesen sei, er habe Posaune unterrichtet.

»Dann werden wir ja mal zusammen spielen.«

Das Instrument war ein spanisches Fabrikat, mindestens achtzig Jahre alt, wie Frank an dem eingestanzten Markenzeichen erkennen konnte.

Don Jaime forderte seine Gäste auf, sich zum Essen zu begeben. Im *comedor* standen zwei Kerzenleuchter auf dem Tisch, was dem Raum eine warme Atmosphäre verlieh.

Während des Essens sprachen sie über das unterschiedliche Wetter in Deutschland und auf Teneriffa und über die Schönheiten der Insel, die es zu bewahren gelte. Es dauerte nicht allzu lange, bis sie wieder auf den Vorfall zu sprechen kamen, der sie zusammengeführt hatte. Zu sehr drängte es die Ehrensteins, über ihre Situation zu reden. Frank war eingefallen, daß ihm Dr. Quiñonez ein Fax gezeigt habe, auf dem der Besitzer der Villa eine Vollmacht für den Verkauf erteilt habe.

Pedro erklärte, daß eine solche Vollmacht nicht gültig sei. Er habe am späten Nachmittag nochmal mit der Polizei telefoniert, aber es gebe leider keine neuen Erkenntnisse. Allerdings kenne man nun den Namen des Maklers, der das Büro an der Avenida Venezuela gemietet hatte, bevor die Autoverleihfirma dort einzog. Ein Deutscher namens Josef Meyer. Wahrscheinlich sei der Name falsch. Der Besitzer des Apartments werde am nächsten Morgen von der Polizei vernommen.

Dann mußte Frank Ehrenstein zum zweiten Mal an diesem Tag den Mann beschreiben, dem Eva und er so sehr vertraut hatten.

Don Jaime schaltete sich ein. Er könne sich an einen Blondschopf mit Schnäuzer erinnern, ja. Von der Sonne gebräunt, helle Augen. Ein Herumtreiber, der in seiner Bar mit Julia geschäkert habe. Wie lange das her war? Vielleicht ein halbes Jahr, so genau wisse er das nicht mehr. Dieser Mann habe ihn an seinen Enkel Andreu erinnert.

Mit einem Mal gingen die Stimmen hin und her. Eva

und Frank verstanden nichts von dem, was die kanarische Familie erregte. Alle sprachen heftig aufeinander ein. Immer wieder fiel der Name Andreu. Don Jaime echauffierte sich derart, daß seine Schwiegertochter ihm Luft zufächelte. Pedro versuchte, ihn zu beruhigen. Aber der alte Mann war außer sich. Seine Stimme überschlug sich. Irgendwann stand er auf, warf seine Serviette auf den gefüllten Teller und verließ grußlos die Tafel.

Inés ging hinter ihm her. Bevor sie das Zimmer verließ, drehte sie sich achselzuckend zu den Gästen um.

Pedro nahm einen Schluck Wein, dann entschuldigte er sich bei den Ehrensteins.

Sein Vater glaube, sagte er mit gedämpfter Stimme, daß Andreu vielleicht doch sein Haus verkauft habe. Sein Sohn lebe im Ausland, er habe sich seit zwei Jahren nicht blicken lassen. Nun sei Don Jaime der Meinung, er habe über diesen *señor* Hidalgo das Haus tatsächlich verkauft.

»And you know what that means.«

Eva und Frank konnten dem Rechtsanwalt nicht folgen. Was denn Gunter mit seinem Sohn Andreu zu tun habe.

»In den letzten vier Wochen haben wir vergeblich auf einen Anruf von ihm aus Venezuela gewartet«, erklärte Pedro Abulí, »Andreu hatte uns ausrichten lassen, daß er krank sei, sich aber so bald wie möglich melden werde.«

Es könne doch sein, fuhr er fort, daß Andreu hinter dem Rücken der Familie das Haus verkauft habe, weil er überhaupt nicht mehr nach Teneriffa zurückkehren wolle. Das sei es, was Don Jaime so aufgeregt habe. Er traue seinem ältesten Enkel sogar eine solche Handlung zu.

»In dem Vertrag stand aber doch als Besitzer ein gewisser Sánchez«, wandte Frank Ehrenstein ein.

»Das ist unser zweiter Familienname«, erwiderte der Rechtsanwalt, »aber auch der Name kann gefälscht sein, eindeutig ist nur das Verkaufsobjekt.«

Eva war der Appetit vergangen.

»Glauben Sie denn, daß es tatsächlich so gewesen sein kann?« fragte sie zögernd.

»Eigentlich nicht. Aber möglich ist alles.«

Der Rechtsanwalt entschuldigte sich nochmals für die Aufregung, aber die beiden müßten verstehen, was nun auf dem Spiel stehe. Wenn sein Sohn tatsächlich nicht zurückkehre, sehe Don Jaime sein Lebenswerk gefährdet. Es gehe immerhin darum, wer sich in Zukunft um die Bananenplantagen kümmere. Seinem Vater werde das seit langem zuviel.

Inés brachte den Kaffee und lud Eva ein, mit ihr in die Küche zu kommen. Die beiden fast gleichaltrigen Frauen setzten sich an den Küchentisch. Inés fragte, ob Eva Kinder habe. Nein, leider nicht, bedauerte Eva, Frank und sie hätten keine bekommen. Inés berichtete stolz von ihren vier Kindern. Manuel sei Hotelmanager in Gran Canaria, José Wasserbauingenieur in La Laguna und Marisol Fotografin in Santa Cruz. Nur Andreu, der älteste, sei aus der Reihe geschlagen. Pedro und sie hätten ihn so verwöhnt, aber er habe sich nicht mit Don Jaime verstanden. Die beiden Männer seien wie Kampfhähne aufeinander losgegangen.

Währenddessen radebrechten die beiden Männer im Speiseraum in Englisch miteinander. Franks Sprachbegabung war wenig entwickelt. Eva beherrschte fremde Sprachen zu gut. Er wollte sich nicht blamieren und ließ deshalb im Ausland lieber seine Frau die Konversation führen. Pedro Abulí bat seinen Gast, etwas auf der Posaune zu spielen. Frank überlegte nicht lange. Er intonierte die Melodie eines deutschen Liedes. »Der Mond ist aufgegangen ...«

Auf der Rückfahrt zur Villa sagte Eva: »Wir haben verdammtes Glück gehabt. Diese Familie ist wirklich großzügig zu uns. Ich weiß nicht, wie wir das wieder gutmachen können.«

»Die haben ihre eigenen Probleme. Obwohl ich nicht daran glaube, daß der alte Herr recht hat«, erwiderte Frank, »Gunter hat uns reingelegt. Jetzt hilft nur noch die Polizei.«

Lange konnten sie nicht einschlafen in dieser Nacht. Lagen nebeneinander wach, faßten sich an der Hand, kamen immer wieder auf Details zu sprechen, die ihnen plötzlich einfielen. Wie Gunter abfällig über die deutsche Kolonie gesprochen hatte, daß er sich unter keinen Umständen die Ausstellung der Fotos in Santa Cruz anschauen wollte, wie er sie geschickt mit der Gegend um die Villa vertraut gemacht hatte, er hatte ein Netz gesponnen, das sich immer enger um sie gelegt hatte.

Kurz bevor es hell wurde, schliefen beide völlig erschöpft ein.

Am nächsten Mittag starteten sie in den Süden. Sie wollten mit jemandem sprechen, der Gunter kannte. Zunächst mit Miguel, dem Barmann des *Jardín Tropical.*

Frank hatte diesen Einfall in der Nacht gehabt. Sofort war er aufgestanden und hatte eine Liste geschrieben, wo sie überall zusammen mit Gunter gewesen waren. Punta Hidalgo, Playa San Marcos, Mesón El Drago in Socorro. Irgendwo mußte sich jemand an ihn erinnern.

Der Manager des Hotels *Jardín Tropical* bat die Ehrensteins in sein Büro und fragte, wie er ihnen behilflich sein könne.

»Wir sind auf der Suche nach Gunter Hidalgo. Miguel von der Lobby-Bar kannte ihn, sie haben lange miteinander geredet.«

»Miguel hatte gestern Nachtschicht«, sagte der Manager, »aber ich kann ihn kommen lassen, wenn Sie möchten.«

Frank und Eva erzählten die ganze Geschichte mit allen Details, als müßten sie sich davon überzeugen, daß sie nicht träumten. Der Manager sagte, daß ihm außerordentlich leid tue, was ihnen geschehen sei. Nicht zum ersten Mal würde versucht, Touristen zu schädigen. Für das Renommee der Insel sei dies ganz schlimm. Es gebe genug Beispiele, wie schnell die Zahlen im Tourismusgewerbe zurückgehen würden. Sie sollten nur mal an die Attentate auf Urlauber in der Türkei oder Ägypten denken. Da sei der Tourismus fast völlig zum Erliegen gekommen.

Frank und Eva waren froh, als Miguel auftauchte. Der kubanische Barmann begrüßte die beiden herzlich. Er konnte sich gut an Silvester erinnern und an die Abende, die Frank vor zwei Monaten bei ihm an der Bar verbracht hatte.

»Seit wann kennen Sie Gunter Hidalgo?« fragte Eva.

»Wen?«

»Gunter Hidalgo.«

Der Kubaner schüttelte den Kopf.

Eva beschrieb ihn so gut sie konnte. »Wir haben diesen Mann hier im Hotel am Abend des 1. Januar kennengelernt. Wir saßen zusammen in der Lobby-Bar, er hat mit mir getanzt. Erinnern Sie sich, bitte? Dann haben Sie uns die Trauben geschenkt, die wir ...«

»No conoco ete tipo, lo siento mucho«, Miguel verfiel in seine kubanische Aussprache, die fast ganz ohne S-Laute auskam.

»Aber das kann doch nicht sein«, wandte Frank ein, »Sie beide haben lange miteinander gesprochen. Ich war doch dabei.«

Der Hotelmanager bat Miguel eindringlich, ob er sich nicht doch an diesen Mann erinnern könne. Aber er blieb bei seiner Antwort. Täglich kämen so viele neue Gesichter hinzu ...

»Gunter machte diesen Scherz, zwei Brandy 103 sind 206, drei Brandy 103 ergeben 309 undsoweiter«, versuchte Frank dem Erinnerungsvermögen Miguels nachzuhelfen.

»Das habe ich immer gesagt«, erwiderte der Barmann, »das hat er von mir.«

Der Hotelmanager wandte ein: »Wenn er kein regelmäßiger Gast in unserem Hause war, wird es schwer werden, daß sich jemand an ihn erinnert.«

»Er behauptete, ein Wanderführer zu sein«, versuchte es Eva, »und er sagte uns, er würde auch in diesem Hotel Touren anbieten.«

»Dann müßte ich ihn kennen. Tut mir leid.«

Der Manager lud sie auf einen Kaffee ein.

Erst jetzt fiel den Ehrensteins auf, daß sie noch nicht einmal gefrühstückt hatten.

Als sie zur Villa zurückkehrten, wurden sie bereits erwartet.

Eva erkannte den Maler sofort wieder.

»Ich habe jeden Tag auf Ihr Bild geschaut, Herr Kettmann. Es hängt in unserem Sprachinstitut in Bochum.«

Auch an Marisol konnten sich die Ehrensteins erinnern.

»Wohnt Ihr jetzt hier? Dann kommen wir Euch mal besuchen«, sagte Sophie, die hinter Marisol auftauchte.

»Leider nicht für immer«, antwortete Frank.

Die Fotografin stellte einen Kollegen vor, einen Journalisten von *El Día*. Er sei mitgekommen, um für einen Artikel zu recherchieren.

»Wir haben von ihrem Vater erfahren, was Ihnen passiert ist«, Robert wies auf Marisol, »meine Verlobte ist die Schwester des Hausbesitzers. Wären Sie bereit, die ganze Geschichte zu erzählen? Ich würde für Sie übersetzen.«

Frank war es gar nicht recht, daß zu diesem Zeitpunkt die Presse informiert wurde. »Wir wissen doch noch gar nichts Genaues«, sagte er leise zu Eva. Jetzt sollte die Blamage auch noch veröffentlicht werden.

»Die Polizei hat die beiden Fotos schon weitergegeben. In der morgigen Ausgabe werden die Bilder abgedruckt«, sagte Robert.

Eva wandte sich an die Gäste. »Ich glaube, eine Veröffentlichung des Vorfalls könnte ganz nützlich sein. Bitte kommen Sie herein. Leider können wir Ihnen nichts anbieten.«

»Spielst du mir was vor?« fragte Sophie, als sie die Posaune erblickte.

»Später«, antwortete Frank, »jetzt bin ich nicht in der Stimmung dazu.«

Diesmal erzählte Eva die ganze Geschichte alleine, während Frank nur wenig ergänzte.

»Der *abuelo* behauptet, er habe diesen Gunter Hidalgo gesehen. Also muß er doch in dieser Gegend zu Hause gewesen sein. Können Sie dazu etwas sagen?« Robert erklärte, wer der *abuelo* sei, nachdem er die Frage Marisols übersetzt hatte.

»Uns hat er gesagt, er wohne im Süden, im höchsten Dorf der Insel«, antwortete Eva.

Der Journalist fragte, ob sie eine Telefonnummer von diesem Hidalgo hätten.

»Eine Handynummer«, antwortete Eva, »die hat die Polizei gestern schon probiert, kein Anschluß.«

Man könne dennoch den Besitzer ausfindig machen, sagte der Journalist. Eva diktierte ihm die Nummer. Sie kannte sie auswendig.

Eine Stunde später traf Pedro Abulí ein. Ein Telefonat mit dem Grundbuchamt habe eine weitere Gewißheit gebracht: im *registro de propiedad* fand sich keinerlei Veränderung des Eintrages. Besitzer der Villa: Andreu Abulí.

»Sehen Sie, im rechtlichen Sinne hat gar kein Verkauf stattgefunden.«

Die zweite Nachricht, die er mitbrachte, wollte er ihnen nicht im Beisein des Journalisten mitteilen. Er ging mit ihnen auf die Terrasse und schob die Tür hinter sich zu. Pedro Abulí sprach mit leiser Stimme.

»Meine Kanzlei hat über private Kanäle prüfen lassen, wem das Konto gehört, auf das Sie die Verkaufssumme für das Haus überwiesen haben. Bankgeheimnis, verstehen Sie, das geht nicht so einfach, aber wir haben es geschafft. Ich hatte vorhin ein Gespräch mit dem Direktor der *Banco Santander* in Barcelona. Er hat sich das Konto auf dem Computer darstellen lassen. Den Namen des Inhabers wollte er mir nicht mitteilen. Aber er sagte mir, bis auf ein paar tausend Peseten sei das Konto in den letzten Wochen leergeräumt worden. Ich habe diese Information sofort an die Polizei weitergeleitet, vertraulich. Jetzt ist sicher, daß Sie Opfer eines Betrugsmanövers geworden sind. Eine andere Möglichkeit der Erklärung sehe ich nicht mehr. An Ihrer Stelle würde ich vorsichtig sein, was Sie der Presse gegenüber erwähnen.«

Eva wandte sich ab.

Sie blickte hinüber zur Aschenbahn des Vulkans, der das blühende Garachico zerstört hatte.

›Opfer‹, ›Betrugsmanöver‹. Nun hatten sie Gewißheit.

Frank bat den Rechtsanwalt, dem Journalisten und seiner Tochter zu sagen, daß sie einen Tag Bedenkzeit haben wollten, ob ein Interview mit ihnen in *El Día* erscheinen konnte.

»No problem, señor, we try to help you wherever we can.«

XVI

Das Training

Gernot Haubrich sah in die Runde. Zwei *winner,* vier *loser.* Keine schlechte Quote. Er war ganz sicher, daß er recht behalten würde.

An diesem Morgen war ihm mitgeteilt worden, daß er zum vierten Mal hintereinander den monatlichen Wettbewerb der *closer* gewonnen hatte. Das bedeutete höhere Prämien, Zuwachs an Ansehen und sichere Punkte, denn nun durfte er das Training der jungen Verkäufer übernehmen.

»Timesharing ist ein Glücksversprechen. Das ist unser erster Grundsatz. Wir verkaufen einen Traum, der so attraktiv ist, daß jeder ihn träumen will. Aber nur die Klugen greifen zu.«

Der Schulungsraum im obersten Geschoß der Anlage war betont luxuriös ausgestattet. Auf den hellen Holztischen standen Glaskaraffen mit Wasser, Kristallgläser, frische Blumen. Den zukünftigen Verkäufern, denen ein steuerfreies Jahreseinkommen zwischen 60 000 DM und 150 000 DM versprochen wurde, brachte man schon im Training den gehobenen Lebensstandard nahe.

»Wir in *Mar de Oro* sind eine große Familie, für die Negativität ein Fremdwort ist. *Think positive,* dieser wohl erfolgreichste Wahlspruch aller Verkäufer, ist ab heute auch euer Motto. Wenn ihr erfolgreich seid, habt ihr einen sicheren Arbeitsplatz. Weltweit gibt es über

2000 Timesharing-Anlagen, Tendenz steigend, gute Verkäufer werden überall gesucht.«

Vier Jahre zuvor hatte Gernot Haubrich in der Anlage *Mar de Oro* bei Puerto Rico auf Gran Canaria als Schlepper angefangen. Jeden Tag warb er in *Playa del Inglés* zwölf Stunden potentielle Kunden an. Er lockte mit dem Hauptgewinn: ein kostenloser Flug nach Bali für zwei Personen. Dazu mußte ein Paar bereit sein, sich mindestens neunzig Minuten die Apartmentanlage anzusehen. Nur fünf Monate später wurde er zum Verkäufer ernannt. Eine steile Karriere.

»Eure erste Frage: Wer sind die perfekten Kunden? Meine Antwort: Alle, die ins *Mar de Oro* kommen. Seht ihr, das ist es, was ich mit positivem Denken meine. Es gibt keine schlechten Kunden, nur schlechte Verkäufer. Euer Motto: Ich möchte auf jeden Fall heute besser sein als gestern und morgen besser als heute.«

Haubrich registrierte, daß eine der beiden Frauen in einen kleinen Spiegel sah und sich die Lippen nachzog. Ausgesprochen attraktiv diese Geste, dachte er. Er hatte sie vorhin zu den beiden Siegern gerechnet.

»Es gibt drei Arten von Verkäufern: die Reiseführer, das sind die Clowns im Geschäft, immer negativ, beschweren sich über alles, wollen das System verändern, anstatt sich dem System anzupassen – die setzen wir bald auf die Straße; die typischen Verkäufer, die reden, prahlen, versuchen, den Leuten etwas einzureden, anstatt ihnen den Traum zu offerieren. Sie halten sich für die Besten, aber wirklichen Erfolg haben sie nicht; und die *closer,* die wahren Meister der Branche, stets an der Spitze, ganz oben, immer durchtrainiert und fit im

Kopf. Und was ist ihr Geheimnis? Sie äußern niemals negative Gedanken, egal, was um sie herum auch geschehen mag. Der Meistercloser läßt sich nicht von der Spitze verdrängen.«

Gernot Haubrich ging an den Overhead-Projektor und legte die erste Folie auf.

DER VERKAUF FINDET IM KOPF DES VERKÄUFERS STATT

Dann machte er eine Pause, genoß das inszenierte Unverständnis bei seinen Zuhörern und nahm einen Schluck Wasser aus dem geschliffenen Kristallglas.

»Kunden dürfen nie nach ihrem Aussehen beurteilt werden: Dicke Leute kaufen immer. Leute mit Hüten kaufen immer. Kleine Leute kaufen immer. Polizisten kaufen immer. Verleger, Reporter und Hoteliers kaufen immer. Leute aus Mischehen kaufen immer. Häßliche Leute kaufen immer. Leute mit Tätowierungen kaufen immer. Unser Erfolg als Timesharing-Verkäufer hängt einzig und allein davon ab, wie stark wir daran glauben, daß unsere Kunden kaufen. Wir wissen, wer kauft. Und ihr werdet es auch bald wissen.«

Haubrich wechselte die Folie und sagte: »Das sind die vier Trainingsblöcke, sie entsprechen den einzelnen Verkaufsphasen. Ich gebe heute einen ersten Überblick, die Feinheiten trainieren wir später.«

1. ÖFFNEN (FREUNDE MACHEN)

2. DEMONSTRIEREN (EIN BILD GEBEN)

3. CLOSEN (ANLAGE PRÄSENTIEREN)

4. PIGGY BACK (VON DER THEORIE ZUR PRAXIS)

Einer der Teilnehmer meldete sich: »Wie soll ich denn

reagieren, wenn die Kunden mich beschimpfen, Timesharing sei unsaubere Geschäftemacherei?«

Haubrich unterbrach den Fragesteller sofort. »Hörst du nicht zu? Du beschäftigst dich doch bloß mit negativen Gedanken.« Einer von den Verlierern, dachte er, nicht anders zu erwarten.

»Sorgt dafür, daß die Kunden Gran Canaria lieben lernen. Dann wollen sie auch hier wohnen. Erzählt kleine interessante Geschichten über diese Insel. Die sind immer beliebt. Zum Beispiel: Woher kommt eigentlich der Name der Inselgruppe? Die einen sagen, römische Krieger hätten von hier riesige Hunde mitgebracht, Hund heißt im Lateinischen *canis*, danach seien die Kanaren benannt worden. Andere behaupten, er komme von lateinisch *canar* gleich singen. Wir sagen unseren Kunden: die Inseln der singenden Hunde. Und schon haben wir sie zum Lachen gebracht.«

Gernot Haubrich sah, daß sich alle Teilnehmer diesen Gedanken aufschrieben. Er ließ ihnen Zeit. Schaute kurz auf die Uhr. Das Training von Neulingen brachte ihm zwar Punkte ein, die ihn im Wettkampf mit den anderen *closern* voranbrachten, doch machte ihm das Verkaufen mehr Spaß. Von seinen eigenen Unternehmungen ganz zu schweigen.

»Freunde machen, erste Phase. Wenn die Interessenten zu euch in die Anlage gebracht werden, sind sie unsicher, ihr seid es nicht. Ihr übernehmt sofort die Kontrolle, begrüßt sie herzlich, lächelt freundlich und stellt ihnen ganz interessiert immer neue Fragen. Zu 85 Prozent sollen die Kunden reden, nur zu 15 Prozent ihr. Verkaufen heißt zuhören können. Beachtet, daß ihr niemals hinter den Kunden oder vor ihnen geht, immer neben ihnen. Mit Blickkontakt. Ihr dürft in dieser Phase niemals über das Produkt reden, kein Wort über die Apartments, auf keinen Fall über die Preise. Ihr sprecht nur über Urlaubsgewohnheiten, Familie, Hobbies, Beruf. Bringt die Kunden zum Lachen, macht ihnen Komplimente, findet Gemeinsamkeiten heraus. Fangt niemals eine Diskussion an: Wer diskutiert, hat verloren! Weckt positive Gefühle. Verwickelt immer beide Partner in ein Gespräch. Ihr müßt Freunde werden. Ihr müßt ein Mitglied ihrer Familie werden. Unser Motto: Ihr müßt eure Kunden heiraten!«

Haubrich hatte bewußt das Tempo angezogen, um zu prüfen, wer ihm folgen konnte. Er wußte, daß alle nur aus einem einzigen Grund hier saßen: in möglichst kurzer Zeit möglichst viel Geld zu verdienen. Darin fühlte er sich mit ihnen verbunden.

»Die erste Phase – das Öffnen – ist die wichtigste, die Grundlage für euren Erfolg. Sie muß mindestens eine Stunde dauern. Oder hat einer von euch schon einmal in zwanzig Minuten einen Freund gewonnen, dem er blind vertraut? Erst, wenn ihr sicher seid, daß die Kunden bereits beschlossen haben, euch zu mögen, könnt ihr zur nächsten Phase übergehen.«

Gernot Haubrich hatte sich in Feuer geredet, sprühte vor Initiative, fixierte seine sechs Zuhörer. Vielleicht konnte er doch noch aus einem *loser* einen *winner* machen. Das würde weitere Punkte auf seinem Konto bedeuten.

»In der zweiten Phase geht es vor allem darum, den Kunden ein Bild von der genialen Idee des Timesharing zu geben. Wer möchte nicht gerne luxuriös Urlaub machen und dabei Geld sparen? Ihr müßt den Besitzerstolz wecken. Unser Motto: Eigentümer sein ohne lästige Pflichten. Die Kunden müssen beschließen, das Produkt zu mögen. Sie sollen das Gefühl haben, wirkliche Leistung für ihr Geld zu bekommen. Ihr müßt kreativ sein. Der erfolgreiche *closer* kreiert Kaufwünsche, die vorher nicht vorhanden waren. Er verkauft Träume, die jeder bezahlen kann.«

Einen Augenblick hielt Gernot Haubrich inne. »Ein Ringeltäubchen«, hatte Frank Ehrenstein das Traumhaus in Teneriffa genannt. Schade, daß er die attraktive Rothaarige aus Bochum nicht wiedersehen konnte. Aber die Blonde mit dem Lippenstift, die links vor ihm saß, war auch nicht zu verachten.

»Verkaufen heißt, viele kleine Jas zu erhalten, die euch am Ende das entscheidende Ja bringen. Ein äußerst wichtiges Verkaufsargument ist der Tausch von Apartments, weltweit gibt es über 2000 Anlagen in mehr als 74 Ländern. Ihr fragt die Kunden: Wo möchten Sie ihren nächsten Urlaub verbringen? In Gran Canaria, Mexiko, USA, Thailand? Ist das nicht fantastisch, so auswählen zu können?«

Gernot Haubrich sah, daß einige der Teilnehmer ausgesprochen verwirrt waren. Gut so, dachte er, sie müssen jetzt glauben, mit Timesharing ist alles möglich, sogar in der ganzen Welt kostenlos Urlaub zu machen. Wenn sie jetzt selbst irritiert sind, dann irritieren sie später auch ihre Kunden.

»Wir kommen zur dritten Phase, dem *close.* Der hohen Schule des Abschlusses. Ihr müßt stets daran denken: Der ganze Verkaufsprozeß ist ein einziger großer *close.* Unsere Präsentation ist mit einem langen Korridor zu vergleichen, dessen offene Türen ihr schließen müßt. Schließen heißt auf englisch *to close.* Auf der letzten Tür steht: *deal.* Unser Motto: Alle Türen schließen, dann gibt es nur diesen einen Ausgang: den Verkauf!«

Keiner der sechs Teilnehmer hatte bisher Erfahrungen als Timesharing-Verkäufer gemacht. Das war Voraussetzung für die Aufnahme in den Trainingskurs gewesen. Frische Kräfte, dynamisch, aufstrebende Anfänger, Ehrgeiz, Siegerwillen.

»Verkaufen ist der älteste Beruf der Welt. Um in unserer Branche Erfolg zu haben, müßt ihr Schauspieler werden und ständig Begeisterung zeigen. Ihr müßt einem Vulkan gleich werden, bei dem man nie vorhersagen kann, wann er ausbricht. Ihr müßt ständig für eine Überraschung gut sein. Vulkanisch gut. Wenn eure Kunden nicht kaufen, liegt es an euch, dann habt ihr euch nicht genug angestrengt.«

»Aber die Kunden bringen doch ständig Einwände, warum sie nicht gleich kaufen wollen.«

»Das ist das zweite Mal, daß du dich hier negativ äußerst, noch einmal und dann ...« Gernot Haubrich vollendete den Satz nicht. Er schaute in die Runde. Machte eine kurze Pause. Bei seinem ersten Training zum Verkäufer war damals auch ein Teilnehmer vom Schulungsleiter gemaßregelt worden. Danach hatten alle anderen gekuscht.

»Es gibt tausend Ausflüchte bei den Kunden, nicht sofort kaufen zu wollen, aber ihr müßt tausendundeine Variante kennen, sie zu entkräften. Die Beseitigung von

Einwänden ist unser Job. Ich gebe euch jetzt ein Beispiel. Ich nenne diese Variante den *bridge close.* Also aufgepaßt: Die Frau würde gerne kaufen, aber der Mann will nicht mitziehen. Ich sage: Herr Müller, erinnern Sie sich noch an ihren Hochzeitstag? Das war ein schöner Tag, oder? Natürlich sagt er ja, seine Frau sitzt schließlich neben ihm. Erinnern Sie sich an den Augenblick, als der Pfarrer sagte: Nun erkläre ich Sie beide zu Mann und Frau. Sie haben Ihre Frau geküßt. Die Orgel hat gespielt. Sie gingen mit Ihrer Frau ganz verliebt nach draußen. War doch so, oder? Wenn Ihre Frau in diesem Augenblick einen Wunsch gehabt hätte, dann hätten Sie ihn doch ganz bestimmt erfüllt. Richtig? Der Herr Müller stimmt zu, weil seine Frau neben ihm sitzt. Wieder ein Ja. Also: Ihre Frau möchte heute gerne Eigentümerin werden. Sie lieben sie doch noch so wie am Hochzeitstag, oder? Kurz warten. Er stimmt wiederum zu. Also: Dann füllen wir doch einfach den Bearbeitungsbogen aus. Ich möchte Ihnen herzlich gratulieren. Händeschütteln. Willkommen im Club *Mar de Oro.*«

Gernot Haubrich fuhr sich über das stoppelkurze, graue Haar.

»Was PIGGY BACK ist, erfahrt ihr beim nächsten Mal. Ein bißchen Spannung muß bleiben.«

Er überreichte jedem ein teuer gebundenes Exemplar des Handbuches für Verkäufer.

»Das ist eure Bibel – jedes Wort davon müßt ihr auswendig lernen!«

Haubrich verabschiedete sich von jedem mit Handschlag. Den Siegertypen schaute er länger in die Augen. Kein Zweifel, die beiden würden es gewiß schaffen.

Er verließ den Schulungsraum und ging in die weitläufige Verkaufsetage, die sich im obersten Stock der Anlage befand. Überall hektisches Treiben an den besetzten Tischen. Die Verkäufer saßen den Ehepaaren gegenüber. Als wollten alle auf einmal das Aufgebot bestellen.

Haubrich liebte diese prickelnde Atmosphäre, in der Zahlenkolonnen bewegt, schnelle Geschäfte getätigt und Träume verkauft wurden.

Plötzlich ertönte eine helle Glocke. Ein *closer* erhob sich und rief: »Wir beglückwünschen Herrn und Frau Meinerzhagen. Sie haben das Apartment 41 für zwei Wochen im Dezember gekauft.«

Das Ehepaar sah sich irritiert um, dann beglückwünschten sich die beiden gegenseitig.

Überall wurden die Glockenstränge gezogen. Als sei die Zeit des allgemeinen Ja-Wortes gekommen.

Der *closer* klatschte in die Hände. Auch die anderen Verkäufer erhoben sich nun und applaudierten dem verdutzten Käuferpaar.

Gernot Haubrich hob die Hände weit vor seinem Oberkörper und klatschte mit großen Bewegungen. Er strahlte seine Kollegen an. Alles Feinde, dachte er, aber bald werde ich an euch vorbeigezogen sein.

Er ging zu seinem Verkaufsdesk, um zu sehen, ob es irgendwelche Anfragen gab. Jeden Abend kontrollierte der Chef die Schreibtische, unerledigte Anfragen gaben Minuspunkte. Keiner der Zettel, die auf einem Stapel lagen, war mit einem EILT-Vermerk versehen, also konnte Haubrich an diesem Tag ausspannen und sich um seine eigenen Unternehmungen kümmern. Er wollte den Nachmittag in Las Palmas verbringen und mit seinem

Partner Kontakt aufnehmen. Es war höchste Zeit zu erfahren, ob die Transaktionen vonstatten gegangen waren.

Haubrich verließ die Verkaufsetage, in der die Abschlüsse im Schnellverfahren getätigt wurden und nahm den Aufzug nach unten.

Im Erdgeschoß traten ihm drei Männer in Shorts entgegen, einer trug ein Schild: »Verkaufe ab sofort zwei Juli-Wochen im *Mar de Oro* !«

»Gut, daß ich Sie endlich treffe, Herr Haubrich. Sie haben mir beim Abschluß versprochen, daß ich einen Teil der gekauften acht Wochen auch schnell wieder loswerden könne. Aber bis heute ist es mir nicht gelungen, und von Ihrer Seite hat mich niemand dabei unterstützt!«

Die beiden anderen Männer nickten.

»Sie wollten Ihr Geld doch gewinnbringend anlegen, als sichere Geldanlage für die Zukunft, oder irre ich mich? Warum warten Sie dann nicht, bis sich der Preis für die gekauften Wochen verdoppelt hat?«

»Ich muß zwei Wochen sofort verkaufen!«

»Das ist nicht meine Aufgabe.« Haubrich versuchte, an dem renitenten Eigentümer vorbeizukommen. Aber der versperrte ihm mit seinem Schild den Weg.

»Ich habe damals die acht Wochen nur gekauft, weil Sie mich so bedrängt haben, Ihr Argument war...«

»Ich kenne meine Argumente. Für den Wiederverkauf bin ich nicht zuständig. Einen schönen Tag noch, meine Herren.«

Haubrich schob entschlossen das Schild zur Seite und setzte sich in Trab.

»Sie werden noch von mir hören!« rief der Mann wütend hinter ihm her.

Gernot Haubrich wußte, daß seine Tage im *Mar de Oro* gezählt waren. Immer heftigere Beschwerden der Kunden waren der Grund, warum die Verkäufer nach einigen Jahren in derselben Timesharing-Anlage ausgetauscht wurden.

Als er im Firmenwagen saß und den Pin-Code in sein privates Handy eingab, konnte er sehen, daß Paco sich schon dreimal gemeldet hatte und um dringenden Rückruf bat.

Haubrich ließ den Wagen an und fuhr in Richtung Puerto Rico. Er wollte bei dem Telefonat mit Paco nicht beobachtet werden. Bis jetzt hatte niemand Verdacht geschöpft, aber das konnte sich schnell ändern. Auf einem Parkplatz an der *Playa de Tauro* hielt er an und wählte die Nummer in Barcelona.

Es dauerte eine Weile, bis die Verbindung zustandekam.

»Gut, daß du endlich anrufst. Wann soll ich mich in Bewegung setzen? Ich kann nicht dauernd auf Abruf sitzen und von einem Tag auf den anderen starten.«

Haubrich verspürte wenig Lust, sich Pacos Lamento anzuhören. Als Verkäufer wäre er sicher eine Niete gewesen. Zu wenig Biß. Ein städtischer Angestellter eben. Allerdings konnte man ihm ein schauspielerisches Talent keineswegs absprechen. Der Familie Schütz aus Lübeck hatte er in Lanzarote eine perfekte Show geboten. Er hatte seine Rolle noch besser gespielt, als bei Frank Ehrenstein in Puerto de la Cruz. Ute Schütz hatte ihn sogar gefragt, ob er auch zukünftig ihr juristischer Berater sein könne. Sie würden bestimmt weitere Hilfe dieser Art gebrauchen können. So ein zuvorkommender und hilfsbereiter Notar.

»Was machen die Transfers?« fragte Haubrich.

»Sind beide hier eingetroffen. Lanzarote und Teneriffa, beide Zahlungen ...«

»Teneriffa auch schon?« unterbrach ihn Haubrich. Das läuft ja wie geschmiert, dachte er.

»Wie ich sage. Beide Zahlungen habe ich persönlich transferiert. Kommst du in Gran Canaria voran?«

»Es läßt sich gut an. Unser Projekt geht in die entscheidende Phase. Du mußt blitzschnell reagieren. Wir sehen uns dann in Madrid.«

»Mir würde es schon reichen.«

»Werde jetzt nicht bescheiden, Paco. Ich melde mich wieder.«

Gernot Haubrich klappte sein Handy zu.

So schnell hatte er nicht mit guten Nachrichten gerechnet.

Er mußte sich überlegen, was er nach Beendigung seiner Unternehmungen mit Paco anfangen wollte. Dessen gelegentliche Launen stellten durchaus ein Risiko dar.

XVII

Plaza Santa Catalina

Auf der Fahrt nach Las Palmas fuhr Gernot Haubrich den Firmenwagen auf Hochtouren. Vielleicht noch ein, zwei große Verkäufe, dachte er, dann kann ich die Koffer packen.

Kurz nach 14 Uhr kam er in seinem Lieblingslokal *El novillo precoz* in der Calle Portugal an. Ein südamerikanisches Steakrestaurant, Küche aus Uruguay und Argentinien. Der kleine, verräucherte Gastraum, dessen Wände mit alten Fotos, gelbgewordenen Zeitungsausschnitten, prahlerischen Widmungen und Karikaturen verziert waren, bot keinen freien Tisch.

»Darf ich mich zu Ihnen setzen, meine Herren«, fragte Haubrich, ganz sicher, daß es sich um deutsche Touristen handelte.

»Aber immer«, sagte der eine.

»Aber gerne«, der andere.

Die beiden aßen eine *parrillada gaucho*, saftige, marinierte Schweine- und Rindfleischstücke, dazu scharf gewürzte Würste, die auf einem kleinen Grill serviert wurden.

»Gute Idee, den Gästen so ein Holzkohlenöfchen auf den Tisch zu stellen. Was meinst du, Ebi?«

»Würde bestimmt gegen die feuerpolizeilichen Bestimmungen verstoßen, wenn wir sowas in unserem Bistro einführen wollten.«

»Ach, Sie haben ein Bistro?« mischte Gernot sich ein, »und wo, wenn ich fragen darf?«

»In Tübingen. Das erste Bistro am Platze. *Nonchalance* heißt es. Haben wir lange für geschafft, aber nun wirft unser Laden gut Geld ab.«

»Das schöne Tübingen am Neckar, da habe ich auch ein Semester studiert. Aber leider dann abgebrochen.«

Der Oberkellner begrüßte Haubrich mit Handschlag. Er ließ sich die Spezialitäten des Tages nennen und entschied sich schnell für ein *Lomo de cordero con papas asadas*, Lamm mit frittierten Kartoffeln, und dazu einen *Undurraga*, einen chilenischen Rotwein.

Eberhard Pfuderer und Kurt Lemberger aus Tübingen, so stellten sich die beiden Männer vor.

»Zum ersten Mal auf der Insel?« fragte Gernot Haubrich, nachdem er seinen Namen genannt hatte.

»Wir sind regelmäßige Kanarienvögel«, antwortete Eberhard, »wir waren schon in Gomera, Fuerteventura, Lanzarote. Auf Gran Canaria sind wir allerdings zum ersten Mal. Schöne Insel, gefällt uns bisher ausgezeichnet hier.«

»Wir wohnen im Süden, in Arge«, ergänzte Kurt.

»Wo?«

»Gleich neben Pata.«

»Ach, in Arguineguín, ein wunderbarer Fischerort. Ich kenne alle Kanarischen Inseln. Gran Canaria ist mit Abstand die schönste von allen.«

Gernot Haubrich probierte den Rotwein und sagte zum Oberkellner: *»De acuerdo, muy fino este vinito.«*

Er wandte sich wieder den beiden Männern zu. »Ist es nicht schwer, so ein Bistro zu führen?«

»Schon«, antwortete Eberhard, »aber nicht, wenn Sie gute Ideen haben und jemanden wie Kurt, er ist die Seele des Ganzen. Er kann auf die Leute zugehen und erinnert sich noch an jeden, der mal vor Jahren bei uns gegessen hat. Kurt hat ein Personengedächtnis, das reicht von hier bis New York.«

»Übertreib nicht so schamlos, Ebi«, wehrte Kurt ab. Er errötete ein wenig. »Dafür hast du uns eine Akustik ausgetüftelt, daß hundertzwanzig Leute dahocken können, und trotzdem hört man kaum, was an den Nebentischen gesprochen wird.«

Eberhard und Kurt hatten fünfzehn Jahre gebraucht, um aus dem urschwäbischen Lokal in der Haaggasse ein renommiertes Bistro zu machen. Kurt war als Bauzeichner lange arbeitslos gewesen und hatte als Kellner in dem Lokal gejobbt. Der Besitzer, schon über Siebzig, hatte es aufgeben wollen, doch Kurt und Eberhard drängten darauf, es zu übernehmen. Eberhard hatte noch eine Zeitlang seine Stellung als Bürokaufmann behalten, bevor er kündigte.

Es dauerte kaum eine halbe Stunde, bis Gernot Haubrich die gesamte Geschichte des *Nonchalance* erfragt hatte. Die beiden Tübinger erzählten ausgesprochen gerne.

»Das meiste regelt sich über den Preis«, meinte Eberhard, »wir haben nur zwei Gerichte auf der Karte, die über zwanzig Mark liegen. Jeden Monat gibt es eine neue Speisekarte. Im Wechsel liegt die Attraktion. Das finden auch unsere Stammkunden.«

Gernot Haubrich spürte, daß er schnell Kontakt zu den beiden Männern bekam.

»Und Sie sammeln überall Ideen für Ihr Bistro, richtig?« fragte er.

»Aber immer«, sagte Eberhard. »Wir gehen im Urlaub gerne essen und schauen uns dabei genau um. In Miami hing in einem Steakhaus die aktuelle erste Seite des *Miami Herald* hinter Glas. Und zwar auf der Toilette, so konnte man beim Pinkeln lesen. Haben wir gleich kopiert. Da kennet mir nix. Eine ganz tolle Idee ist von Kurt. Bei uns im Bistro liegt ein Buch aus: ›Tips von Gästen für Gäste‹. Das ist ein echter Renner. Das Lokal hier haben wir auch aus diesem Buch, ein Gast hat es empfohlen.«

»Es wäre natürlich noch effektiver, wenn die Tips nach Ländern geordnet wären«, unterbrach ihn Kurt, »so muß ich immer alle Seiten durchlesen, um ein paar Hinweise auf unser neues Urlaubsland zu finden. Das macht ganz schön hungrig, weil die Gäste ja nicht nur schreiben, wie die Lokale heißen und wo sie zu finden sind, sondern auch, was sie dort Gutes gespeist haben.«

Gernot Haubrich schätzte die beiden Männer auf Mitte Vierzig, eigentlich ein bißchen zu jung für seine bevorzugte Klientel.

»Nur in den Semesterferien wird es ruhiger. Dann können wir einem unserer Angestellten für einen Monat die Leitung übertragen. Sie wissen ja, Personal ist nicht zu trauen. Hat auch lange gedauert, bis wir den richtigen Mann gefunden haben. Aber seit einigen Jahren können wir getrost wegfahren. Und dann stürzen wir uns selbst ins Vergnügen.« Eberhard prostete den beiden zu, »hier kammer's gut aushalte.«

Gernot fragte, ob sie in Arguineguín ein Apartment gemietet hätten.

»Nein, wir leisten uns einen teuren Schuppen. Fünf Sterne müssen es für Eberhard schon sein, sonst kommt bei ihm keine Erholung auf«, sagte Kurt. Er war ein schmächtiger Mann, mehr als einen Kopf kleiner als der breitschultrige Eberhard, der einen Vollbart trug.

Fast zwei Stunden saßen die drei in dem Restaurant, in das immer wieder neue Gäste kamen. In der Luft die feinen Gerüche von gegrilltem Fleisch, die Würze der scharfen Marinaden und das Aroma von kubanischen Zigarren.

»Nach dem Essen sollst du ruhn oder tausend Schritte tun«, sagte Gernot, »haben Sie Lust auf einen kleinen Gang ans Meer?«

Er schickte sich an, einen neuen Fischzug zu beginnen. Manchmal kam eben der Zufall zu Hilfe.

»Aber immer«, sagte Eberhard.

»Aber gerne«, kam es von Kurt.

Sie gingen zum *Paseo de las Canteras,* der Promenade am belebten Stadtstrand. Mit Geldern der Europäischen Union war eine der schönsten Flaniermeilen am Meer entstanden, von keinem Autoverkehr gestört. Lauschige Plätzchen zum Verweilen, Brunnen mit Wasserkaskaden und Statuen, die Guanchen beim Palo oder Speerwurf zeigten. Auf den Bänken saßen alte Männer, Frauen schlenderten untergehakt in Dreier- und Verergrüppchen vorbei, einige Touristen saßen unter Sonnenschirmen in den vielen Strandrestaurants und Cafés, Kinder bauten Sandburgen, Fischerboote schimmerten in allen Farben des Regenbogens. Eine sanfte Brandung rollte auf den kilometerlangen, hellgelben Strand.

»Das muß einem einer doch sagen«, meinte Eberhard, »bei uns in Arge heißt es immer, im Norden von Gran Canaria gibt es keine Sandstrände, und man könne da überhaupt nicht baden.«

»Eine Promenade für Flaneure. – Was meinst du, Ebi, sollen wir hier nicht noch ein Bistro aufmachen?«

Eine Zeitlang diskutierten die beiden Tübinger diesen Gedanken, und er schien ihnen durchaus Spaß zu machen. Aber sie kamen zu dem Schluß, daß sie dann auch noch im Urlaub Streß hätten.

»Wenn Sie schon in Las Palmas sind, müssen Sie heute abend unbedingt mal auf die *Plaza Santa Catalina* gehen. Das ist ein Erlebnis ganz besonderer Art.« Gernot Haubrich schwärmte geradezu. »Wenn ich schon in Pension wäre, würde ich da jeden Abend sitzen.«

»Bis heute abend«, sagte Kurt, »ist es noch lange hin.«

»Ich habe einen Vorschlag, aber nur, wenn Sie wollen. Ich könnte Ihnen ein Städtchen in den Bergen zeigen, Teror, das sollten Sie gesehen haben.«

Kurt war gleich begeistert, denn er hatte schon über Teror gelesen. Eberhard meinte, ein Schläfchen sei ihm lieber, um am Abend wieder fit zu sein. Auf Drängen von Kurt gab er jedoch nach.

Gernot führte die beiden zu seinem Auto, holte die Inselkarte hervor und zeigte auf die Landstraße, die nach Teror führte. »So weit ist es gar nicht.«

Die Tübinger stiegen ein. Ihr Wagen stand in einem Parkhaus am Stadtrand. Sie fuhren dort vorbei, um die Kamera herauszuholen.

»Er läßt nämlich immer die Kamera im Auto liegen«, sagte Kurt, »so lange, bis sie weg ist!« Eberhard schwieg zu der Stichelei.

Haubrich wußte, daß er die richtigen Urlauber gewählt hatte. Das mußte ein *top closer* eben im Gefühl haben.

Teror im Nordosten der Insel war ein kleines Städtchen in altkanarischem Baustil mit Adelspalästen, Häusern mit reich geschnitzten Balkonen und Wappen. Die *Basilica de Nuestra Señora del Pino* war mit ihrer Marienstatue das religiöse Zentrum der Insel.

Gernot erzählte, daß der Überlieferung nach am 8. September 1481 die heilige Jungfrau in einer über vierzig Meter hohen Pinie erschienen sein soll, genau an der Stelle, an der später die Basilika errichtet wurde.

»Die heidnischen Hirten, die sie entdeckt haben, machten sich sofort auf den Weg nach Las Palmas, um sich taufen zu lassen. Der von Rom eingesetzte Bischof der Insel, Don Juan Frías, weihte den Ort und verkündete, in Teror sei ein Wunder geschehen ...«

»Ein Don Juan als Bischof«, unterbrach ihn Eberhard, »auch keine schlechte Vorstellung.«

»Böse Zungen behaupteten später, das Ganze sei ein abgekartetes Spiel gewesen, damit kurz nach der Eroberung der Kanarischen Inseln durch die Spanier die katholische Missionierung der Einwohner beschleunigt werden konnte. Teror war also lange vor Lourdes und Fátima ein Wallfahrtsort, vielleicht ist es sogar das entscheidende Modell für die beiden Wunderdörfer in Frankreich und Portugal gewesen. Jedes Jahr am 8. September pilgern viele Gläubige zum größten religiösen Fest der Insel hierher.«

Haubrich hielt den Tübingern das holzgeschnitzte Portal auf. Sie gingen zum Hauptaltar, über dem hellerleuchtet in einem Glasschrein die mit Schmuck behängte Jungfrau stand. Sie hielt ein Jesuskind auf dem Arm.

»Die *Señora del Pino* ist nicht nur die Schutzpatronin der Insel, sondern auch des Militärs. Ende der zwanziger Jahre dieses Jahrhunderts hat die Statue den Rang eines *Capitán General* verliehen bekommen.«

Dann stieg Gernot mit seinen Begleitern die hinter dem Altar gelegene Treppe hinauf, um ihnen die beiden Gesichter der Statue aus der Nähe zu zeigen. Die eine Gesichtshälfte zeigte ein mildes Lächeln, die andere drückte eher Schmerz aus.

Sie besichtigten den Juwelenschatz, den reiche Gläubige zum Dank der Jungfrau geschenkt hatten. Kostbare Schmuckstücke, edle Gewänder und Stickereien. Die Ärmeren spendeten Nachbildungen der geheilten Körperteile aus Wachs. Eberhard und Kurt atmeten auf, als sie die dunkle Kirche verließen.

Am gegenüberliegenden Ende der *Plaza Pio XII.* befand sich ein kleines Atelier.

»Da malt und lebt Georg Hedrich«, sagte Gernot, »es gibt noch mehr Menschen auf der Welt, die die gleichen Initialen wie ich haben. Gehen wir ihn besuchen, er freut sich immer, wenn Gäste vorbeikommen.«

Der Maler im farbenbesprenkelten Kittel trug einen geschwungenen Lederhut, er hieß die drei freundlich willkommen. Vor fast vierzig Jahren war er als Lehrer am *colegio alemán* nach Las Palmas gekommen und hatte sich in die Insel verliebt. Er zeichnete und publizierte die ersten Landkarten der großen Kanaren-Inseln, seit vielen Jahren hatte er ein offenes Atelier. Er war überall bekannt als der Maler von Teror.

Kurt und Eberhard gefielen seine Bilder, sie schauten sich nach einem Original für ihr Bistro um und erwarben eine Zeichnung von einem Drachenbaum, der seine Wurzeln in den Fels geschlagen hatte. In schwindelerregender Hanglage.

»Mal sehen, ob ich das Foto von Ihnen finde«, sagte Hedrich zu Gernot Haubrich und blätterte in seinem Bildertagebuch. Er lichtete stets seine Besucher ab und bat sie, ihre Adresse und eine Widmung in sein Buch zu schreiben. »Ich hab' schon 29 solcher Bände. Hier, das ist Ihr Foto vom letzten Besuch.«

Gernot Haubrich erschrak ein wenig. Ihm war es nicht recht, daß im Album des Malers ein Bild von ihm existierte. Auch wenn die Chancen nicht besonders groß waren, daß dieses Bild für ein Fahndungsfoto verwendet werden würde.

Kurt und Eberhard ließen sich gerne fotografieren. Der Maler klebte die Karte ihres Bistros in sein Bildertagebuch und ließ sie einen schwäbischen Spruch dazu schreiben. *No nix narrets.* Haubrich lehnte ein neuerliches Foto mit der Begründung ab, er sei ja schon mal im Tagebuch vertreten.

Sie luden Hedrich zu einem *Café cortado* in die gegenüberliegende Bar ein und unterhielten sich über die Freuden und Tücken der freiberuflichen Tätigkeit. Kurt gefiel, wie der Maler unbeirrt von Kunstströmungen und Kunstmarkt seinen Weg ging und wie er selbst für seine Vermarktung sorgte. Ab und zu organisierte er Ausstellungen seiner Bilder in Deutschland und lud dann alle Besucher seines Ateliers, die in der Nähe des Ausstellungsortes wohnten, schriftlich ein.

»Dazu brauchen Sie also die Adressen«, sagte Eberhard.

»Ich würde auch kommen, wenn Sie eine Ausstellung in unserer Gegend haben«, meinte Kurt und lächelte den Maler an, »schon deswegen, um Sie mal wiederzusehen.«

Gernot drängte zum Aufbruch. »Ich denke, wir müssen jetzt los.«

Der Maler sagte, beim nächsten Mal müsse er mehr Zeit mitbringen. Gernot versprach es ihm, obwohl er wußte, daß er so schnell nicht wieder nach Teror kommen würde. Das Risiko wäre zu hoch.

Gernot richtete es so ein, daß sie gegen neun Uhr abends zur *Plaza Santa Catalina* gelangten. Um die beiden Tübinger zu angeln, brauchte er genügend Zeit. Er mußte sie noch besser kennenlernen. Unterwegs hatte er schon einen Plan entwickelt.

Auf der *Plaza* standen unter den hohen Bäumen Tische, an denen junge und alte Männer beim Spiel saßen. Ein Karussell mit golden lackierten Pferdchen drehte sich in der Mitte. Kinder standen davor und bettelten so lange, bis ihre Eltern eine Fahrt spendierten.

Einige der Schachspieler begrüßten Haubrich und fragten, ob er in eine Partie einsteigen wolle. Eberhard und Kurt interessierten sich mehr für Domino. Die Spieler knallten die Steine auf den Plastiktisch.

»Das spielen die wie bei uns«, sagte Kurt, nachdem er eine Weile zugeschaut hatte.

»Nur sind wir etwas gefühlvoller bei der Sache«, erwiderte Eberhard.

Sie gesellten sich wieder zu Haubrich. Gernot wies auf einzelne Spieler, erzählte ihre Geschichten: der Graf, der beim Nachdenken stets das Kinn auf seinen verzierten Spazierstock stützte; der Dentist, der jede Schachpartie verlor und am Schluß anstatt Geld sein Gebiß einsetzte; der Radfahrer, der immer eine Zeitlang die Spielerschar umkreiste und dann an sein Fahrrad gelehnt die Schachfiguren bewegte.

Kurt und Eberhard waren fasziniert. Die *Plaza Santa Catalina* war ein Treffpunkt der Einheimischen und Touristen, die überdachten Straßencafés boten eine gute Gelegenheit, den abendlichen Flaneuren zuzuschauen.

»Ich bin so oft hier, wie ich kann«, sagte Gernot.

Sie setzten sich an einen der Tische vor dem Lokal *El Nuevo Río* und bestellten Bier.

Ein Junge bot Salzmandeln an, hundert Peseten für eine Handvoll Nüsse, wortgewandte *ambulantes* zeigten Goldkettchen und gefälschte Uhren.

Ein einarmiger Fotograf tauchte auf. Kurt und Eberhard setzten sich in Positur, bezahlten einen horrenden Preis für ein Foto, das ihnen nach Tübingen geschickt werden sollte.

Gernot beobachtete die beiden, die ihre Augen nicht von der Kundschaft des Lokals lassen konnten, auch den geschwinden Kellner musterten sie ganz genau. Wie geschmeidig er hin und her tänzelte. Ab und zu nickten sie sich zu, gaben einander verstohlene Zeichen.

»Und was machst du so?« fragte Eberhard, nachdem sie beim dritten Bier zum Du übergegangen waren.

»Ich bin ein Quotenopfer«, antwortete Gernot.

»Wieso? Hat dir eine Frau den Job weggeschnappt?«

»Ich war beim Fernsehen«, sagte Gernot Haubrich gelassen. Er wußte, daß diese Antwort umgehend Aufmerksamkeit erheischte.

»Und was hast du da gemacht?« wollte Kurt wissen, »ich hab' dich nie in der Glotze gesehen.«

Gernot ließ eine kleine Weile verstreichen, um das Interesse noch weiter zu steigern.

»Ihr werdet lachen. Mein Job war, das Publikum anzutörnen. Vor der Talkshow müssen die Zuschauer in Fahrt gebracht werden. Keine leichte Aufgabe, weil die ja immer nur auf den schönen Harry warteten. Aber ich hatte die im Griff, nach wenigen Minuten hörten alle auf mein Kommando. Ich konnte zwanzig Minuten Witze erzählen, dann war das *warm-up* beendet. War ein gut bezahlter Job, manchmal haben wir am Tag vier Shows hintereinander aufgezeichnet.«

Gernot Haubrich wußte, daß ihm die beiden Tübinger nicht mehr von der Angel gingen. Sie nickten bei jedem seiner Sätze.

»Aber dann stimmte die Quote nicht, wir kamen nie auf den geforderten Marktanteil, und die Harry-Show wurde abgesetzt. Aus. Ende. Von einer Woche zur anderen. Harry ist zu einem anderen Privatsender, aber mich hat er nicht mitgenommen. Ich war ziemlich niedergeschlagen damals.«

»Und dann?« Eberhard konnte seine Neugier nicht verbergen. »Wie ging es weiter mit dir?«

»Eines Tages las ich die Anzeige: ›Wollen Sie arbeiten, wo andere Urlaub machen?‹ Da hab' ich mich gemeldet und gesagt, ich könnte morgen anfangen. Ich mußte nur den Flug nach Gran Canaria und die Unterkunft für einen Monat bezahlen. Vier Wochen Schulung, und dann ging es los. Heute verkaufe ich Wohnungen. Timesharing, schon mal was davon gehört?«

»So siehst du aber gar nicht aus«, empörte sich Kurt, »hätte eher gedacht, du bist ein Boutiquenbesitzer aus Detmold.«

Er lachte meckernd. Die silbernen Reifen an seinem rechten Arm schaukelten im Takt.

»Letztes Jahr hat uns in Lanzarote so ein Typ von einem Timesharing-Unternehmen angemacht«, sagte Eberhard, »wir hatten gerade erst die Koffer in Puerto del Carmen abgestellt, wollten zum Strand und wurden direkt vor einer Kneipe mit diesem Rubbelspiel abgefangen ...«

»Ausgerechnet ein Rubbelspiel«, unterbrach ihn Kurt.

»Wir sollten als Hauptgewinner unseren Preis abholen. Zack, zack, saßen wir im Taxi und fuhren runter zum Papageienstrand. Selber schuld, könnte man sagen. Hat drei Stunden gedauert, bis wir wenigstens das Taxigeld für die Rückfahrt wiederbekamen. Die Frau, die uns rumgeführt hat, ließ nicht locker. Die war ziemlich aggressiv. Mafiamäßig, das Ganze.«

Gernot Haubrich hörte sich ruhig an, was Eberhard vorbrachte. Er kannte diese Anschuldigungen. Sie waren inzwischen schon auf den Leserbriefseiten der deutschsprachigen Inselzeitungen zu lesen. Nur Beleidigte, Düpierte, Negative kamen dort zu Wort, niemals diejenigen, die mit Timesharing ihren Traum verwirklicht hatten.

Nach einer Pause sagte er: »Schwarze Schafe gibt es überall. Auch bei euch im Gaststättengewerbe. Ist es nicht so?«

Kurt verzog sein Gesicht. Er schien ein wenig enttäuscht zu sein.

Eberhard kicherte. »Vor dem Abflug hat man uns sogar ein Flugblatt in die Hand gedrückt, das uns vor Leuten wie dir warnt. Hab' ich noch im Hotelzimmer liegen. So übel bist du aber gar nicht.«

Gernot wußte, nun hatte er sie zu Freunden gemacht, auch wenn er die beiden deswegen nicht gleich heiraten wollte.

»Vergeßt alles, was ihr über Timesharing wißt. Das ist pure Medienmasche. Die sind sauer auf unseren großartigen Erfolg. Unser Konzept, Apartments wochenweise zu verkaufen, hat eingeschlagen wie eine Bombe. Ich mach' euch einen Vorschlag: Ihr kommt in den nächsten Tagen mal ins *Mar de Oro* bei Puerto Rico, wo ich arbeite. Laßt euch die ganze wunderbare Anlage zeigen und danach verlangt ihr, mich zu sprechen. Ich wette, dann denkt ihr anders darüber. Oder wollt ihr die Vorurteile von ein paar Neidhammeln übernehmen?«

Die beiden Männer verneinten.

»Ihr habt doch selbst etwas gewagt und dabei gewonnen«, setzte Gernot nach.

Es dauerte nicht lange, bis er erfahren hatte, in welchem Hotel die beiden abgestiegen waren.

Diesmal wollte er die Sache von der sportlichen Seite

angehen. Mal sehen, ob ich es schaffe, diesen beiden gewitzten Schwaben etwas zu verkaufen, dachte er. Nur an den selbst gestellten Aufgaben wächst man.

Gernot Haubrich räusperte sich: »Das ist ganz unverbindlich. Ich verkaufe euch nichts, wenn ihr nicht wollt. Ehrenwort. Und bei mir gibt es auch keinen Hauptgewinn abzuholen. Ich arbeite ganz reell. Mein Motto: Durch Luxus zum Erfolg.«

»Aber immer«, sagte Eberhard.

»Aber gerne«, sagte Kurt.

XVIII

Der Abschluß

»Ich kann euch versprechen, daß ihr euch heute unsterblich in die Insel verlieben werdet«, sagte Gernot Haubrich, der an diesem frühen Morgen mit Kurt und Eberhard zu einer großen Rundreise aufgebrochen war.

Die Tübinger hatten ihn versetzt, waren nicht wie versprochen zur Besichtigung in die Anlage gekommen. Nach einer Woche hatte sich Gernot auf den Weg gemacht. Dazu hatte er schon zuviel in die beiden investiert. Er wollte sich beweisen, daß er auch jüngere Interessenten, die besonders skeptisch waren, für den Traum vom preiswerten Ferieneigentum gewinnen konnte. Eberhard und Kurt hatten sich entschuldigt, daß sie nicht in der Anlage *Mar de Oro* vorbeigekommen seien, aber die Sonne habe so schön geschienen, das Wasser so sehr zum Baden gelockt und die Nächte würden immer länger. Schon einige Abende hätten sie auf der *Plaza Santa Catalina* verbracht.

Sie fuhren über die Autobahn Richtung Las Palmas und nahmen in Telde den Abzweiger nach Santa Brigida.

»Wir steigen gleich in einen Krater, damit ihr spürt, was es heißt, auf einer vulkanischen Insel zu sein.« Gernot kam immer gerne auf sein Lieblingsthema zu sprechen. Die Erwähnung der brodelnden, im verborgenen aktiven Vulkane ließ jeden seiner Kunden erschaudern.

»Ich komme manchmal nachts in die Berge, wenn alles still ist. Nur die Millionen Sterne über mir und die vulkanische Kraft unter meinen Füßen. Das müßt ihr mal erleben.«

Kurt stimmte sofort ein: »Wär' mal was anderes als immer in die Disco, Ebi.«

»Ich muß nachts abhotten, Kurt, das gehört für mich dazu.«

Auf dem Parkplatz am *Pico de Bandama*, dem fast 600 Meter hohen Vulkankegel, ließ Gernot sie aussteigen. Von hier oben konnten sie den Nordosten der Insel überblicken: die Weinberge und Gärten rings um die alten, prunkvollen Villen, die Stadt Telde und im Hintergrund Las Palmas und das Meer.

»Wir könnten auch den Pico erklimmen«, sagte Gernot, »aber ich ziehe den Krater vor.«

Er fuhr die neue Straße zurück bis zur Bushaltestelle am Kraterrand.

Der riesige Kessel der *Caldera de Bandama* hatte einen Durchmesser von mehr als sechshundert Metern, der Kesselgrund lag zweihundert Meter tief. Saftig grüne Flächen im strahlenden Sonnenlicht, das dunkle Braun der Erde und schwarz glänzende Lavafelder boten ein imposantes Farbenspiel.

»Van Damme hieß der Besitzer der umliegenden Ländereien, ein Holländer, daraus wurde die Bezeichnung Bandama. Er hat hier Malvasía-Wein angebaut. Dieser Krater muß erwandert werden. Erst hinunter oder erst drum herum?« fragte Gernot, der wußte, daß sich alle Kunden zunächst für den Weg um den Kraterrand entschieden.

»Hinunter ins Vergnügen«, sagte Kurt übermütig.

»Meinetwegen«, stimmte Eberhard zu.

Diesmal hatte Gernot sich getäuscht.

Beim Abstieg in den Krater erzählte er, daß dort unten lange Jahre ein Bauer mit seinen Kühen und Ziegen gelebt habe. Juan habe er geheißen. Es dauerte kaum eine halbe Stunde, bis sie den tiefsten Punkt des Kraters erreicht hatten. Ein Hund bellte. Das kleine Bauernhaus in der Kratersohle war zerfallen, die Äcker ringsumher nicht bearbeitet. Alles schien verlassen, nur der Wachhund war zurückgelassen worden.

»Die größte Hundehütte, die ich kenne«, spöttelte Eberhard.

»Alleine würde ich mich hier fürchten«, erwiderte Kurt.

Ehrfürchtig blieben alle drei eine Zeitlang stehen, sahen die Kraterwände hinauf, genossen die Vorstellung, daß hier eine ungeheure Eruption stattgefunden hatte. Vor einigen Millionen Jahren.

Der Aufstieg war etwas anstrengender, zumal schon die Mittagssonne brannte. Eberhard hätte es vorgezogen, im nächsten Dorf ein Bier zu trinken.

Aber die Wanderung auf dem Rand des Kraters, der an der schmalsten Stelle kaum einen halben Meter breit war, zwischen den zu beiden Seiten steil abfallenden Picón-Hängen entschädigte ihn für die Mühe.

»Ich muß mir die Insel immer wieder neu erlaufen. Nur wenn man zu Fuß geht, hat man die richtige Geschwindigkeit für die Betrachtung einer Landschaft. Auf diese Weise kann ich sie im eigenen Rhythmus erleben«, sagte Gernot.

»Unser kleiner Philosoph«, neckte Eberhard, »du könntest in Tübingen glatt einen Lehrstuhl erklimmen.«

»Da drüben wurde am Ende des letzten Jahrhunderts der erste Golfplatz auf den Kanaren eingeweiht.«

»Die *brits* mal wieder«, warf Kurt ein, »wo die hinkommen, muß Golf gespielt werden.«

»Im Spiel der Briten ging es um viel mehr. Sie dominierten bis in die dreißiger Jahre dieses Jahrhunderts die Wirtschaft der Insel. Um ihre Vorherrschaft zu unterstreichen, war auf den Bergen von La Isleta eine riesige Tafel mit der Aufschrift *Canary Islands* angebracht. Im *British Club* hatten Kanarier keinen Zutritt.«

»Ich will dich nicht unterbrechen«, sagte Kurt, »aber können wir die Geschichtsstunde nicht im Sitzen zu Ende bringen?«

»Und bei Speis' und Trank«, warf Eberhard ein.

Im Bistro *Monte* in Monte Lentiscal aßen sie zu Mittag. Der Speiseraum, unter dessen Glasdach grüne Schlingpflanzen hingen, diente auch als Weinkeller. Die besten Jahrgänge der besten Weine Spaniens nahmen eine ganze Wand ein.

Gernot Haubrich bestellte einen *Conde de Valdemar*, Jahrgang 1986, einen vorzüglichen Rioja.

»Das geht aber auf unsere Rechnung«, sagte Eberhard sofort. Kurt bestand ebenfalls darauf.

Als Vorspeisen gab es *Morcilla*, spanische Blutwurst, *Pimientos de Padrón,* die grünen Paprikaschoten, *Navajas,* gegrillte Schwertmuscheln in Petersilie und Knoblauch.

Haubrich überlegte, ob es schwieriger war, Eberhard

für sein Vorhaben zu gewinnen oder Kurt. Der breitschultrige Pfuderer war im Grunde gutmütig, wenn er auch über eine spitze Zunge verfügte. Der schmächtige Lemberger schien nur die zweite Geige zu spielen, war aber bestimmt der bessere Rechner.

Er schlug ihnen verschiedene Hauptgerichte vor. Obwohl sie schon einige Male auf den Kanaren waren, kannten sie viele Spezialitäten nicht. Sie entschieden sich für *Conejo en salmorejo* und *Merluza a la vasca*, Kaninchen und Fisch auf baskische Art, beides hatten die Tübinger noch nie probiert.

Wie immer ließ Gernot seinen Kunden die Wahl. Nur sehr behutsam dirigierte er ihre Wünsche. Es war wichtig, daß sie alle Entscheidungen aus eigenem Antrieb trafen. Auf diese Weise konnte er sie an das letzte ›Ja‹ heranführen.

Mitten im Essen tauschten die beiden Männer, ohne sich vorher abgesprochen zu haben, die Teller.

»Das machen wir immer so«, sagte Kurt.

»Doppelter Genuß«, erwiderte Eberhard.

Gernot fragte, ob sie denn noch Interesse an der Anlage *Mar de Oro* hätten.

»Anschauen können wir sie auf jeden Fall«, meinte Kurt, eher etwas distanziert. Eberhard überlegte eine Weile, dann sagte er: »Hätte ja durchaus Vorteile für uns: Wir wissen genau, wann wir Ferien machen können, immer im März und im September, und in einem Apartment ist bestimmt mehr Platz als in einem Hotelzimmer. Jetzt kostet uns die Nacht über dreihundert Mark.«

Nach dem Essen kaufte Eberhard fünf Flaschen *Conde de Valdemar*, die *gran reserva* aus dem Jahre

1986, für den eigenen Verbrauch, sagte er, und übernahm die gesamte Rechnung. »Das ist deine Provision, Gernot, wenn wir dich später im Preis drücken.«

Haubrich wußte, daß er seinem Ziel ein Stück näher gerückt war. Aber noch war der Fisch nicht im Netz.

Über Santa Brigida und San Mateo fuhren sie hinauf zum Cruz de Tejeda, von wo sie den Teide auf Teneriffa erblicken konnten.

»Ein seltenes Schauspiel, meist verbirgt sich der höchste Berg Spaniens in der Passatwolke.«

An den drei Andenkenbuden am Rande der Straße war kaum etwas los, der Eseltreiber pries seine Dienste an und döste bald wieder vor sich hin, als er merkte, daß kein Geschäft zu machen war. Das staatliche Hotel war wegen Renovierung geschlossen.

Dann ging es auf Serpentinenstraßen durch Kiefernwälder hinunter in eine bizarre Gebirgslandschaft. Immer wieder sahen sie die Felsen, die sich wie Finger aus dem Gebirgsmassiv erhoben. Den Felsendom des *Roque Bentaiga* und den *Roque Nublo*.

»Einen versteinerten Sturm nannte der spanische Schriftsteller Miguel de Unamuno diese Felsnadeln«, sagte Gernot.

Eine halbe Stunde später standen sie am *mirador* in Artenara, dem höchsten Dorf der Insel. Von hier hatten sie einen weiten Ausblick auf die ausgeglühten Vulkanruinen, auf gähnende Schluchten und schwarzschattige Schlackefelder.

Gernot Haubrich steckte die beiden Männer mit seiner Begeisterung an. Es gelang ihm mühelos. Wie immer.

Gran Canaria könnte ohne Zweifel als *continente en miniatura* bezeichnet werden, denn keine der Kanarischen Inseln böte eine solche Vielfalt, solche Kontraste: vom weiten Dünenstrand in Maspalomas, über karge Steppen im Süden zu tropischen Terrassenfeldern, Bananenplantagen und fruchtbaren Tälern, in denen Avocados, Mangos und Papayas wuchsen, bis hinauf in das zentrale Gebirgsmassiv mit seinen fast 2000 Meter hohen Bergen.

In einer kleinen Bar neben der Kirche hatte ein junger Wirt altes Handwerkszeug ausgestellt, Dreschflegel, Weinkrüge, eine angerostete Schreibmaschine stand auf der Theke, ausgelatschte Turnschuhe hingen an der Wand.

»Schöne Idee«, sagte Kurt. Gernot übersetzte seinen beiden Kunden, daß der Wirt immer wieder die Innenausstattung seiner Bar verändere. »Im Wechsel liegt die Attraktion«, beendete Gernot seine Übersetzung.

Kurt war verblüfft: »Genauso wie bei uns mit der Speisekarte.«

Gernot hatte sich dieses Motto der Tübinger von ihrem ersten Zusammentreffen gemerkt.

Unterwegs fragte er Kurt und Eberhard, auf welche Insel sie in ihrem nächsten Urlaub reisen wollten.

»Gran Canaria«, sagten beide fast simultan.

»Das wird meine Insel, das spüre ich jetzt schon ganz sicher«, fügte Kurt an. Eberhard stimmte zu. »Und das, was du uns heute gezeigt hast, war bestimmt erst der Anfang.«

»Ganz bestimmt sogar«, erwiderte Gernot, »ich kenne auf Gran Canaria jeden Stein.«

Er fuhr den Firmenwagen am oberen Limit, was den Tübingern großen Spaß bereitete, besonders wenn es in die steilen Serpentinen ging. Er hupte vor jeder Kurve.

Durch enge Schluchten gelangten sie auf die Straße nach San Bartolomé de Tirajana. Im Barranco de Fataga fuhren sie talabwärts Richtung Südküste.

Als sie sich am Hotel in Arguineguín verabschiedeten, bedankten sich die beiden Tübinger überschwenglich.

»Ich bin schon ganz verliebt«, sagte Kurt und sah Gernot lächelnd an, »in Gran Canaria.«

»Bis morgen«, warf Eberhard ein, »diesmal kommen wir bestimmt.«

»Ich rechne mit Ihnen, hat Harry immer am Ende seiner Talkshow gesagt«, erwiderte Haubrich. Natürlich wäre es ihm lieber gewesen, er hätte die beiden jetzt ins *Mar de Oro* mitnehmen können. Die geweckte Begeisterung mußte genutzt werden. Aber müde Kunden waren schlechte Kunden, sie hätten auf keinen Fall sofort unterschrieben.

»Nach der Besichtigung müßt ihr nach mir fragen«, betonte er.

»Und warum zeigst du uns nicht selbst die Apartments?« wollte Kurt wissen.

»Die Vorführung wird morgen ein anderer übernehmen. Außerdem, ist es nicht besser, wenn ihr ganz unvoreingenommen die Anlage kennenlernt?«

»Da hat er recht«, antwortete Eberhard.

Pünktlich um neun Uhr am nächsten Morgen standen die beiden vor der Anlage *Mar de Oro.* Sie blickten auf die terrassenförmig angelegten Apartments. Kurt zählte bis 54, das wollte er schon genau wissen.

»Wir möchten nur mal kurz die Anlage besichtigen«, hatte Kurt gesagt, als sie das Verkaufsbüro betraten. Lieber hätten sie nach dem gestrigen anstrengenden Tagesausflug einen faulen Strandtag gemacht.

Ein junger Mann mit Pferdeschwanz, der in einem zu großen Leinenanzug steckte, nahm sie in Empfang. Er war irritiert, daß die Kunden nicht auf ein Werbegeschenk spekulierten. Der Verkäufer traktierte sie mit immer neuen Fragen. Was gingen ihn ihre Hobbies an? Sie waren wortkarg geblieben.

Fast eine Stunde saßen sie diesem Schwätzer gegenüber. Wenn ihr Freund Gernot nicht wäre ...

»Welche Länder bevorzugen Sie denn, um Urlaub zu machen?« fragte der junge Mann mit heiserer Stimme, ein wenig zu leise.

»Hier ist es schon ganz richtig«, sagte Eberhard bestimmt, »wir kommen seit Jahren auf die Kanaren.«

»Und wir wollen sonst nirgendwo hin. Höchstens nach Thailand.« Kurt zwinkerte seinem Freund zu.

»Thailand«, schwärmte der Verkäufer, »Thailand, ja da war ich auch drei-, viermal. Wenn Sie da eine Adresse brauchen, ich habe da sehr gute Freunde. Und sonst? Andere Urlaubsländer?«

Kurt und Eberhard sahen sich an.

»Wir haben viel zu tun mit unserem Bistro, wenn wir wegfahren, wollen wir erstmal nur total entspannen können.«

»Kuba würde ich gerne mal kennenlernen, soll ja ganz toll dort sein«, sagte Kurt trotzig.

»Kuba, ja Kuba. Ich war schon einige Male dort, kenne die ganze Insel. Ein Freund von mir ist Lehrer in Havanna, wenn Sie den mal besuchen wollen? Die Adresse gebe ich gerne weiter.«

Der Verkäufer zeigte ihnen einen Katalog mit Fotos der schönsten Anlagen, die in dem internationalen Tauschring zusammengeschlossen waren. »Sobald Sie bei uns Eigentümer sind, steht Ihnen die ganze Welt offen. Über 2000 Anlagen, 4–5 Sterne, in 74 Ländern. Wo immer Sie Urlaub machen wollen, gegen eine geringe Gebühr können Sie tauschen ...«

»Ist das hier ein Reisebüro?« fragte Eberhard unwirsch. »Ich will jetzt endlich die Apartments sehen.«

»Sofort«, sagte der Verkäufer, »sofort.«

Es dauerte noch einige Zeit, bis sich die drei in Bewegung setzten. Der junge Mann zeigte ihnen eine Wohnung der teuersten Kategorie.

»Und was kostet uns der Spaß pro Woche?« wollte Eberhard wissen, dem gleich das erste Apartment gut gefiel. Ein geräumiges Wohnzimmer, zwei Schlafzimmer, Einbauküche und Bad. Die Innenausstattung war gediegen, klare Farben, die Möbel sehr exquisit, eine Terrasse, die von keiner der beiden Nachbarwohnungen einzusehen war. Das Apartment stand ihrem Hotelzimmer in nichts nach. Sogar die Küche war perfekt ausgestattet.

»Das ist alles inklusive hier«, antwortete der Verkäufer.

»Aber einen Preis wird es doch haben«, insistierte Eberhard.

So sehr er auch fragte, der junge Mann mit dem Pferdeschwanz drückte sich nicht ungeschickt vor einer Antwort nach dem Preis.

Irgendwann gab Eberhard auf. Der Verkäufer ging ihm auf die Nerven. Im Laufe des Vormittags hatte er damit geprahlt, Theologie, Geschichte, Philosophie und Chemie studiert zu haben, lange Jahre Pfarrer gewesen zu sein, aber auch Sportlehrer, technischer Zeichner, Bauingenieur. Und selbstverständlich hatte er mal ein gutgehendes Bistro geführt. In Wanne-Eickel.

Das Restaurant der Anlage war sonnendurchflutet, der große Swimmingpool bot ausreichend Platz, selbst wenn die Anlage voll belegt war, die Liegewiese wurde von tropischen Pflanzen und Büschen unterteilt.

»*Mar de Oro* ist eine 5-Sterne-Anlage, oberste Kategorie, und wir scheuen keine Mühe, diesen Standard auch zu bewahren«, sagte der Verkäufer.

Nach der Besichtigung bestanden die Tübinger darauf, zu Gernot Haubrich gebracht zu werden. Der junge Mann war etwas ungehalten, aber schließlich fügte er sich dem Wunsch.

In der Verkaufsetage im obersten Geschoß begrüßte Gernot sie per Handschlag. Als der junge Verkäufer sie verlassen hatte, schimpfte Eberhard sofort los: »Eine Zumutung, dieser Kerl. Vor dem kann man nur weglaufen.«

»Ein typischer *loser*, hab ich immer gesagt.« Gernot lachte. Nach einer kurzen Pause sagte er: »Hab' ich euch zuviel versprochen? Euch gefällt diese Anlage!«

»Aber immer«, sagte Eberhard.

Kurt blieb etwas reserviert.

»Also, was kostet uns die Woche?«

Gernot Haubrich holte eine Liste hervor. »Wie viele Wochen wollt ihr denn kaufen?«

»Kommt auf den Preis an. Wie du weißt, machen wir jedes Jahr acht Wochen Urlaub.«

»Da gibt es eine Staffel. Je mehr Wochen ihr kauft, desto mehr sinkt der Preis.«

»Gernot, mir kommet aussem Schwabenländle, da zählt nix als die Endsumme!«

In einem Top-Apartment sollte eine Woche Wohnrecht 23 000 DM kosten. Das war der Preis für die besonders gefragten Wochen: Weihnachten, Ostern, Sommer- und Herbstferien. Der Preis verringerte sich geringfügig für die anderen Zeiten. Nun begann die Feilscherei. Immer wieder versuchte Kurt, seinen Partner zu bremsen. Zwar hatte ihr Bistro in den letzten Jahren einiges an Gewinn abgeworfen, aber es wäre sicher nicht von Vorteil, die Rücklagen in ein Ferienapartment zu stecken.

Am Ende hatte Gernot die beiden Schwaben dazu gebracht, zwölf Wochen zu kaufen, die Woche zu 14 500 DM. Ganze vier Wochen mehr als sie beabsichtigt hatten. Die könnten sie später gewinnbringend weiterverkaufen.

»Das ist mein persönlicher Rabatt, weil wir uns so gut verstehen. Jetzt gehört das Apartment drei Monate im Jahr euch.«

Eberhard war begeistert. »Und das in dieser Spitzenlage, ein echtes Schnäppchen!« Kurt fand das übertrieben.

Sie leisteten per Scheck eine Anzahlung von 25 000 DM und unterzeichneten eine zwölf Punkte umfassende Vereinbarung. Es ging um Nebenkosten, um Mitgliedschaft im weltweiten Tauschring. Die fand Kurt besonders wichtig, aber auch dafür mußten Gebühren bezahlt werden. Erst drei Jahre nach Vertragsabschluß gab es eine Möglichkeit zum Wiederverkauf. Jeden einzelnen Punkt mußten sie paraphieren.

Gernot zog die Tischglocke, stand auf und rief in den Verkaufsraum: »Kurt Lemberger und Eberhard Pfuderer aus Tübingen haben soeben zwölf Wochen im Apartment 13 gekauft.«

Von überall her kam der Applaus. Eberhard stand auf und verbeugte sich, als hätte er soeben ein Violinkonzert gegeben. Kurt blieb sitzen. Ein wenig erstaunt.

Die beiden Tübinger hatten beim Unterschreiben nicht bemerkt, daß die Bankverbindung und die Kontonummer auf ihrem Vertragsexemplar für die Überweisung der restlichen 149 000 DM anders lauteten als auf dem Exemplar des Timesharing-Unternehmens. *Banco Santander* in Barcelona.

Als Gernot seine neuen Freunde am Auto verabschiedete, sagte er: »Was es doch für Zufälle gibt. Da treffen wir uns in Las Palmas beim Essen, und ich verhelfe euch zu einem Ferientraum. Mein Motto: Träume den Traum jetzt!«

»Das ist auch mein Motto«, sagte Eberhard.

»Schönen Dank für alles«, fügte Kurt an, »du bist ein richtiger Kumpel. Schade eigentlich, daß du nicht schwul bist.«

XIX

Die Hochzeit

Als Andreu an der Seite von Don Jaime den *Club Náutico* in San Marcos betrat, verstummten für einen Augenblick alle Gespräche. Der nach vier Jahren Abwesenheit zurückgekehrte Enkel zog die Blicke der Festgäste auf sich, die schon seit zwei Stunden auf die Ankunft des Brautpaares warteten.

Einige tuschelten, andere gaben lautstark ihrer Verwunderung Ausdruck, wieder andere flüsterten. Zwar hatte sich die Rückkehr Andreus überall herumgesprochen, aber gesehen hatten ihn nur wenige.

Er trug einen kräftigen Schnauzbart. Sein schwarzes, volles Haar war eingeölt und nach hinten gelegt. Der elegante Frack und die glänzenden Lackschuhe gaben ihm das Aussehen eines welterfahrenen Diplomaten.

»Ist er noch ledig?« fragte eine weibliche Stimme, die an sein Ohr drang.

Don Jaime schritt neben ihm, als wolle er seinen Enkel in die Gesellschaft einführen. Beide hatten fast die gleiche Körpergröße und Gangart. Die silbrige Mähne des *abuelo* leuchtete.

»Es heißt, sie haben sich ausgesöhnt«, flüsterte jemand, »aber nur, weil beide nachgegeben hätten.«

Andreu führte den Großvater an den Platz am Kopfende des langen Tisches und wartete, bis er sich niedergelassen hatte. Eine Zeitlang blieb er neben ihm stehen.

Er ließ sich einen Cocktail bringen und rauchte eine Zigarette. Ab und zu beugte er sich zu Don Jaime hinunter und sprach mit ihm. Sein Großvater hatte sich einen *gofio*-Trunk zubereiten lassen. Andreu genoß sichtlich die ihm entgegengebrachte Aufmerksamkeit.

»Wenn das Brautpaar nicht bald kommt«, sagte ein junges Mädchen aus Icod de los Vinos zu ihrer Freundin, »sterbe ich entweder vor Hunger... oder vor Sehnsucht nach diesem Mann.«

Als Andreu aus Venezuela zurückgekommen war, hatte Don Jaime ihn sehr reserviert empfangen. Die Krankheit sei doch nur eine Ausrede gewesen, um nicht bei seinem Geburtstag erscheinen zu müssen. Es sei eine scheußliche Infektion gewesen, die ihn mitten im Dschungel befallen habe, hatte Andreu heftig entgegnet. Tagelang habe er im Dämmerschlaf gelegen und viele Wochen in einer Klinik in Caracas verbringen müssen, bevor er wieder bei Kräften gewesen sei.

Der Videofilm, den er auf der achten Insel gedreht hatte, konnte Don Jaime ein wenig milder stimmen. Interessiert hatte er sich die Bilder angeschaut, die Andreu vom Río Orinoko und Río Urutú mitgebracht hatte, aus dem undurchdringlichen Urwald und dem kleinen Dorf, in dem der *abuelo* vor mehr als fünfzig Jahren gesundgepflegt worden war.

Dennoch blieben die beiden Männer auf Distanz.

Inés hatte ihren Sohn in die Arme genommen und gesagt, sie habe täglich an ihn gedacht und für ihn gebetet. Kein Wort der Anklage war über ihre Lippen gekommen, so sehr sie sich auch um ihn gesorgt hatte.

Pedro hatte seinen Vater an das Versprechen erinnert,

Andreu die Leitung der Finca zu übertragen, wenn er zurückkehre. Aber Don Jaime wollte sich nicht daran erinnern lassen.

Marisol lag sehr daran, daß sich die beiden vor ihrem Hochzeitstag versöhnten. Bei einem Abendessen in der Finca war sie aufgestanden und hatte, ganz bestimmt wie ihr Großvater, gesagt: »Ich denke, es wird Zeit, daß ihr euch aussprecht.« Unterstützt von ihrer Mutter gelang es ihr, daß sich beide Männer gegenseitig um Verzeihung baten.

Während die Festgäste im großzügigen *Club Náutico* sich die Zeit mit Getränken und Gerüchten vertrieben, standen Marisol und Robert vor der Kamera des Hochzeitsfotografen. Es war ein Kollege, der nach Marisols Weggang die Stelle im Fotostudio angetreten hatte.

»Die Fotos müssen sein, Roberto«, sagte die frisch Vermählte besänftigend, »du kannst dir nicht vorstellen, wie oft der *abuelo* und meine Eltern sie anschauen und herumzeigen werden.«

Nach der kirchlichen Trauung in der Pfarrkirche Santa Ana in Garachico wurde das erste Bild auf den Treppenstufen vor dem Portal aufgenommen. Sophie drängelte sich nach vorne. »Das war eine wunderbare Vorstellung, Papa. Du hast dich prima gehalten. Wie ihr euch vor diesem Priester auf den Mund geküßt habt, und dabei tat er so, als merkte er gar nichts.« Der Fotograf scheuchte Sophie aus dem Bild.

Während sich die Hochzeitsgäste gleich nach San Marcos begaben, mußte es sich Robert gefallen lassen, auf dem Platz in Garachico, vor der Finca der Familie Sánchez Abulí, in Icod vor dem Drachenbaum, vor der

Kulisse des Städtchens San Juan de la Rambla, vor einem blaublühenden Jakarandabaum, auf einem großen Stein am schwarzen Strand und vor der Meeresbrandung fotografiert zu werden. »Wenn ich doch wenigstens diesen Frack ausziehen dürfte«, sagte Robert, »er wird von Bild zu Bild enger.«

Aber Marisol duldete keine Widerworte. Hochzeitsbilder seien kanarische Familientradition, nicht einer der üblichen Schauplätze dürfe ausgelassen werden. So habe sie drei Jahre lang ihr Geld verdient.

Erst kurz vor neun betraten die Brautleute den *Club Náutico.*

Ein Aufatmen ging durch den Saal. Alle erhoben sich. Die Musikkapelle spielte den Hochzeitsmarsch.

Sophie tanzte vor ihrem Vater hin und her. »Wir haben geheiratet«, rief sie immer wieder.

Auch Frank und Eva Ehrenstein waren unter den Gästen. Pedro hatte Frank, der nach Evas Rückreise alleine in der Villa wohnte, eingeladen. Die beiden Männer hatten sich angefreundet und häufig miteinander musiziert. Für Marisols Hochzeit hatten sie sich eine Überraschung ausgedacht. Obwohl Frank sich in der Villa etwas unbehaglich fühlte, war er dort geblieben. Nicht zuletzt, um der Polizei zur Verfügung zu stehen.

Noch am gleichen Abend, als José ihm die Einladung überbrachte, hatte Frank mit Eva in Bochum telefoniert. »Kannst du dir für die Hochzeit frei nehmen? Ich fände es schön, wenn du dabei wärst.« Eva antwortete, es sei ein teures Vergnügen, aber sie freue sich darauf, alle wiederzusehen. Erst am Ende des Gespräches hatte Frank die Rückkehr Andreus erwähnt. »Ich habe jeden Tag damit gerechnet«, war Evas erste Reaktion gewesen, »wir sollten sofort nach der Hochzeit die Villa räumen.« Als er sie am Flughafen abgeholt hatte, sagte sie mit leiser Stimme den Tränen nahe: »Nicht jeder Traum kann in Erfüllung gehen.«

Frank hatte eine Schiffspassage nach Cádiz bestellt. Er würde den beladenen Ford Transit nach Hause fahren, während Eva mit dem Flugzeug nach Hause fliegen wollte. Die letzte Überfahrt hatte sie noch in sehr schlechter Erinnerung.

Die deutschen Freunde von Robert, die zur Hochzeit nach Teneriffa gereist waren, fielen unter den Gästen besonders auf. Keiner von ihnen trug einen Frack oder Smoking, nur wenige einen Anzug. Fünf von ihnen erschienen in Malerkitteln.

Als sich alle zum Essen niedergelassen hatten, erhob sich Don Jaime.

Er hielt ein Weinglas in der Hand und zitierte eine *copla* aus dem Orotava-Tal, die seit Jahren bei Hochzeiten aufgesagt wurde.

Locura es el mal de amor;
locura que cura un cura
y es locura que se cura
con la locura mayor.

Der Liebesschmerz ist eine Narrheit
die der Pfaffe uns kuriert
doch diese unsre Liebesnarrheit
hat zur größten Dummheit meist geführt.

»Ich trinke auf euch beide«, sagte Don Jaime, »auch wenn ich ein wenig traurig bin, daß meine Marisol nun einen anderen Mann mehr liebt als mich.«

Die Festgäste lachten und prosteten dem Großvater und dem Brautpaar zu.

Zwischen den Gängen kam Pedro zu Frank.

»Können wir?«

Frank nickte. Sie holten ihre Instrumente und gingen auf die Bühne.

Mit einer jazzigen Improvisation auf zwei Posaunen heizten sie die Stimmung im Saal an. *In the mood* von Glenn Miller und *Summertime* aus Gershwins Oper »Porgy and Bess« waren herauszuhören.

Der Beifall im Saal wollte nicht enden.

»Otra, otra.«

»Zugabe, Zugabe.«

Die Männer verließen die Bühne und stellten sich vor dem Brautpaar auf.

Zweistimmig spielten sie Beethovens »Freude schöner Götterfunken, Tochter aus Elysium«.

Am Schluß sangen alle im Saal mit, die einen in deutsch, die anderen in spanisch.

Vor dem Nachtisch wurde es plötzlich laut im Saal.

Die fünf Deutschen im Malerkittel stürmten herein. Sie zogen polternd Stühle hinter sich her und diskutierten laut. Ein Professor mit blonder Perücke ermahnte sie zur Ruhe. Sie setzten sich im Kreis um einen leeren Stuhl und hielten ihre Zeichenblöcke in der Hand. »Wo ist das Modell?« riefen sie immer wieder. »Kein Modell heute?« Der Professor ging hinaus und kam nach kurzer Zeit zurück. Vorsichtig trug er etwas mit einem schwarzen Tuch verhüllt in den Festsaal. »Aha«, riefen die Studenten, »da ist sie ja, die schöne Marisol.« Unter dem Tuch waren die runden Formen deutlich zu erkennen. Begleitet von einem lauten Knall entfernte der Professor das Tuch und auf dem Stuhl stand eine Skulptur. Auf einer großen Wassermelone saß als Kopf eine Papaya, die Brüste waren Orangen, die Beine Bananen.

Die Gäste applaudierten.

Dann mußte Robert für seine Freunde übersetzen.

»Wir waren zusammen mit dem Bräutigam auf der Hochschule für Künste in Stuttgart und wollen ihm als Geschenk etwas malen. In seiner neuen Wohnung braucht er ja auch Bilder. Sie, verehrtes Publikum, rufen uns zu, was Sie dem Brautpaar wünschen. Und wir werden es zeichnen.«

Es dauerte eine Weile, bis der erste Zuruf kam.

»Ein Huhn, das goldene Eier legt.« Sofort begann der erste mit der Anfertigung einer Zeichnung.

»Ein Honigmond für viele Jahre.«

Sophie stellte sich neben die Künstler und sah ihnen zu, als müsse sie prüfen, ob sie sich auch an die Vorgaben hielten.

»Ein Stall voller Kinder.«

Gelächter im Saal. Marisol stand auf und bedankte sich für diesen guten Wunsch.

»Eine Gondelfahrt in Venedig.«

Robert fuhr zusammen. »Das ist nicht fair«, sagte er, »es sollte doch eine Überraschung für meine Braut sein.«

»Ein Bett auf *gofio*«, rief eine weibliche Stimme.

»Wo liegt das?« fragte einer der Maler. Robert erklärte ihm, was damit gemeint sein könne. Eine ziemlich staubige Sache, aber zugleich ein Symbol dafür, daß man niemals Hunger leiden möge.

»*Uvas* für immer, wir haben die Trauben vergessen.«

Sophie rief: »Mein Papa wünscht sich am meisten, daß mal ein Bild von ihm in Amerika ausgestellt wird. Nicht wahr?«

Die Musikkapelle betrat wieder die Bühne und spielte ein Lied von den Beatles. *Picture yourself in a boat on a river...*

Nach dem Essen wurde Robert von Marisol auf die Tanzfläche geführt.

»Stillhalten«, sagte Marisol, »du mußt stillhalten.« Sie stellte sich auf einen Stuhl hinter Robert und hielt ihm die Augen zu.

Manuel nahm die weiße Krawatte des Malers in die linke Hand und schnitt sie blitzschnell mit einer Schere in lauter kleine Streifen. José sammelte die Schnipsel in einem Tischtuch.

»So, jetzt kannst du die Augen wieder aufmachen, Roberto.« Marisol beugte sich nach vorne und küßte ihren Mann.

»Was habt ihr mit mir gemacht?« fragte der Maler.

»Jetzt bist du endlich den blöden Schlips los, Papa«, sagte Sophie, »den konntest du doch sowieso nicht leiden.«

José ging durch die Reihen der Gäste. Jeder, der sich einen Schnipsel von der Krawatte des Bräutigams nahm, legte Pesetenscheine in das zusammengeraffte Tischtuch.

»Das ist für unsere Hochzeitsfotos, Roberto«, erklärte Marisol, »dafür zahlen in Teneriffa immer die Gäste.«

Sie gab den Musikern ein Zeichen.

Pedro sah sich im Ballsaal um. Irgendwo mußten die Deutschen doch zu finden sein. Seit ihrem bejubelten Posaunen-Duett hatte er Frank und Eva nicht mehr gesehen.

Die Paare drängten sich auf der Tanzfläche, die Rhythmen waren schneller geworden, die sieben Musiker spielten Salsa und kubanischen *son.* Mittendrin Marisol und Robert. Der Maler hatte inzwischen nicht nur das Jackett abgelegt, sondern auch das weiße Hemd gegen ein T-Shirt getauscht. »*Yo pinto* », stand mit roten Buchstaben auf seiner Brust, »*y tú?*« »Ich male.« Auf der Rückseite stand in schwarz: »Und du?«

Pedro fand die Ehrensteins auf der Terrasse, die über dem Meer lag. Sie standen nebeneinander, eng umschlungen schauten sie auf die kleine Bucht von San Marcos. Der Mond warf einen langen, glitzernden Lichtstreifen auf das Wasser. Die Promenade war leer, nur eins der wenigen Lokale hatte noch Betrieb.

»*Please, please, come with me!*« sagte er.

Eva war etwas ungehalten über die Störung. Sie war nicht in der Stimmung für den Hochzeitstrubel im Saal. Es hieß Abschied nehmen. In zwei Tagen würden sie die Insel verlassen.

Pedro bestand darauf, daß sie beide mitkommen.

»Eva, bitte«, sagte Frank. Er hätte gerne mit seinem Partner noch ein weiteres Duett improvisiert. Vielleicht sollten sie auch mit der Band spielen.

»Ich komme schon«, willigte Eva ein. Sie zog die seidene Stola fester um die Schultern. Noch einmal drehte sie sich um und sah die mondhellen Lichtreflexe auf den Wellen.

Durch eine schmale Gasse am Rande der Tanzfläche führte Pedro sie in einen Nebenraum, in dem Andreu saß. Als sie eintraten, erhob er sich.

Pedro stellte die Ehrensteins vor, schwärmte von seinem deutschen Freund Frank und dessen wunderbarer Gattin.

Andreu sprach ein vorzügliches Englisch.

»Es ist schön, daß ich Sie noch kennenlerne«, begann er, »ich hätte mich längst bei Ihnen melden sollen. Aber nach meiner Rückkehr gab es so viel zu erledigen ... und dann die Hochzeit von Marisol ... und die vielen Freunde und Feinde ...«

Andreu bat seinen Vater, er möge eine Flasche Champagner und vier Gläser holen.

Pedro verließ den Raum mit schnellen Schritten.

»Ich habe von Ihrem Mißgeschick gehört. Die ganze Familie macht sich deswegen Sorgen, das müssen Sie mir bitte glauben. Was bekommen Sie für einen Eindruck von unserer Insel. Es tut mir leid, daß Sie derart betrogen wurden. Aber ich denke, man wird diese Verbrecher finden. Davon sind wir alle überzeugt.«

Frank war sich da nicht so sicher.

»Leider haben sich bis jetzt noch keine Hinweise ergeben«, sagte er leise.

»Diese Schwindler sind längst über alle Berge. Da kann auch die Polizei nichts ausrichten«, fügte Eva an.

Im Ballsaal wurde die Stimmung immer wilder. Der Trompeter spielte ein Solo in den höchsten Lagen. Die Zuhörer klatschten den schnellen Takt mit.

Als Pedro mit dem Tablett eintrat, drang die ausgelassene Musik zu ihnen herein.

»Champagner für unsere Freunde«, sagte Pedro, der sich sofort daran machte, die Flasche zu öffnen.

So gerne Eva Champagner trank, so wenig war ihr im Moment danach zumute. Aber sie wollte Frank nicht die Stimmung verderben.

Sie erhoben ihre Gläser. Andreu wollte wissen, was *salud* auf deutsch heiße.

»*We say:* Prost!« antwortete Eva.

»Prost!« wiederholten Pedro und Andreu, kurz nacheinander wie synkopiert.

Eva nippte nur an ihrem Glas.

Andreu zog ein Zigarettenetui aus der Innentasche seines Fracks und hielt es den anderen hin. Eva und Frank lehnten ab, während Pedro sich bediente.

»Ich habe eine Idee«, sagte Andreu und schaute die Ehrensteins an, »Sie können in meinem Haus wohnen bleiben. Es gefällt Ihnen doch so sehr, hat man mir gesagt.«

Pedro schaute seinen Sohn überrascht an. Er schien nichts von diesem Vorschlag zu wissen.

Eva verstand nicht, worauf Andreu hinauswollte.

»Ich bin den ganzen Tag auf der Finca beschäftigt, werde kaum Gelegenheit haben, mein Haus zu nutzen. Auf keinen Fall brauche ich zur Zeit die vielen Zimmer. Wir rücken vorläufig zusammen. Ich nehme die obere Etage. Die reicht mir aus. Und Sie müßten sich mit den zwei Zimmern der mittleren Etage begnügen und wohnen bei mir zur Miete. Was meinen Sie?«

Beide waren zu überrascht, um sofort zu reagieren. Sie konnten nicht glauben, was sie gerade vernommen hatten.

Frank sah, wie sich Evas Miene aufhellte. Wie still war sie in den letzten Tagen gewesen, wie niedergeschlagen und unzugänglich.

»Könnten Sie sich das vorstellen, *señora?*«

»Aber es ist doch Ihr Haus ...«, warf Eva ein.

»Wenn mein Sohn etwas vorschlägt, dann wird es so gemacht«, sagte Pedro. »Frank, wir könnten oft zusammen Posaune spielen. Bitte, nehmt das Angebot an.«

Eva Ehrenstein hätte gerne Andreu umarmt, aber sie traute sich nicht. Wenn sie wirklich in ihrem Traumhaus wohnen könnte ...

»Sobald Sie das Geld zurückbekommen haben, sehen wir weiter«, sagte Andreu. »Ich werde das alles mit dem *abuelo* besprechen. Aber ich bin ganz sicher, daß der Familienrat in meinem Sinne entscheiden wird. Prost!«

Eva wäre vor Aufregung beinahe das Glas aus der Hand gefallen.

Sie stießen noch mal zu viert an.

Die Gläser klangen wie Töne eines Akkords. Er erklang genau in jenem kurzen Augenblick, als die Band im Saal zu spielen aufgehört hatte und bevor der stürmische Applaus der Tanzpaare einsetzte.

XX

Die Abreise

Gernot Haubrich hatte sich auf diesen Tag gut vorbereitet, ein Freitag im Oktober, niemand würde ihn am Wochenende vermissen. Er wollte die monatliche Sitzung mit dem Manager hinter sich bringen, wie gewöhnlich seinen Schreibtisch aufsuchen, um die letzten Anfragen zu erledigen, beim Mittagessen die anderen *closer* auf einen Drink einladen, das gehörte zu den Pflichten der Nr. 1, und anstatt zu seiner Wohnung zum Flughafen fahren und in die gebuchte Maschine einsteigen.

Nachts hatte Paco sich aus Barcelona gemeldet. Auch der letzte Transfer war abgeschlossen.

Um keinen Verdacht zu erregen, wollte Gernot Haubrich nur mit Handgepäck reisen. Ein Geschäftsmann auf dem Weg ins Wochenende.

Haubrich ging davon aus, daß ab Montag die Jagd auf ihn eröffnet werden würde. Es stand zuviel Geld und noch mehr Prestige auf dem Spiel, als daß man ihn so davonkommen lassen würde. Wenn er, ohne einen dringenden Grund anzugeben, nicht in der Anlage erschien, würden seine Abschlüsse überprüft werden. Sollte dabei entdeckt werden, daß Kundengelder auf einem Privatkonto gelandet waren, würde dies zu erheblichen Rückschlägen führen. Niemand konnte potentielle Käufer beim Timesharing gegen diesen Mißbrauch schützen. Haubrich rechnete nicht mit einem Anschlag auf seine Person, das erste Interesse des Unternehmens würde den umgeleiteten Geldern gelten.

Es kam wie bei jeder seiner Unternehmungen auf das präzise Timing an. Er hatte in den letzten Monaten sorgfältig die Inselzeitungen studiert. Die Berichte über den flüchtigen Gunter Hidalgo in Teneriffa und den auf Lanzarote nicht auffindbaren Makler Gabriel Houdino amüsierten ihn. Die *identity kids* in den Berichten über die Fahndung waren nicht besonders gut gelungen. Haubrich fand, die Ehrensteins hätten ihn durchaus besser beschreiben können. Auch das Apothekerehepaar Schütz aus Lübeck konnte sich nicht mehr gut an sein Aussehen erinnern, allerdings kam der aufgesteckte Goldzahn wie gewünscht in ihrer Täterbeschreibung vor. Bisher hatten die Nachforschungen der Polizei keinerlei Hinweise ergeben. Daß die Konten bei der *Banco Santander* in Barcelona bis auf kleine Restsummen geleert worden waren, hatten sogar die spanischen Zeitungen gemeldet. Die Fahndung war auf alle Kanarischen Inseln ausgedehnt worden, weil die *Guardia civil* davon ausging, daß der Wohnungsschwindler sein Unwesen auch auf den anderen Inseln trieb.

Das Faxgerät meldete sich.

Die Tagesordnung der monatlichen Sitzung mit dem US-Manager. Wie immer viel zu spät. Schon mehrfach hatten sich die *closer* darüber beschwert, daß sie in der verbleibenden Zeit das statistische Material für die Sitzung nicht herbeischaffen könnten.

Gernot Haubrich überflog die einzelnen Punkte.

Dann erschrak er.

Sein Name stand unter Punkt acht.

Nichts als sein Name.

Er hielt das Fax in Händen, unschlüssig, was er tun sollte. Wenn sie seinen eigenständigen Unternehmungen auf die Schliche gekommen waren, stand er bereits unter Beobachtung. Ein Fluchtversuch würde zwecklos sein. Er mußte damit rechnen, daß man ihn spätestens am Flughafen abfing.

Gernot Haubrich sah aus dem Fenster seiner Wohnung in Puerto de Mogán. Er konnte niemanden entdecken.

Daß Zahlungen der Käufer bisher nicht eingegangen waren, so wollte er argumentieren, mußte nichts bedeuten. Auch andere Kunden hatten die Summen verspätet beglichen. Insbesondere diejenigen, die noch versuchten, mit Hilfe von Rechtsanwälten aus den Fängen der unterschriebenen Verträge herauszukommen.

Noch mal schaute sich Gernot Haubrich das Fax an.

Oder hatten ihn die Kollegen angeschwärzt? Jeder neidete ihm, daß er seit Monaten die Spitze hielt und sie mit allen Mitteln verteidigte. Auge um Auge, Zahn um Zahn, so hatte er es auch den *greenhorns* im Training beigebracht.

Haubrich packte seine Reisetasche. Ließ seine Anzüge und die wenigen Habseligkeiten zurück. Nicht einmal die Putzfrau sollte Verdacht schöpfen. Er verstaute die schwarze Ledertasche im Kofferraum.

Als er den Firmenwagen startete, hatte er das Gefühl, verfolgt zu werden. Er durfte sich auf keinen Fall etwas anmerken lassen. Keine Regung zeigen, immer optimistisch bleiben. Wer zweifelt, hat schon verloren.

Die Sitzung mit dem Manager, der einmal im Monat

aus den USA kam, begann pünktlich um neun Uhr. Haubrich versuchte, am Mienenspiel dieses Yankees etwas abzulesen.

Sam Waterstone grüßte freundlich. Scheißfreundlich, dachte Gernot Haubrich, dazu kenne ich dich schon zu lange. Waterstone war für seine bitterbösen Überraschungen bekannt. Mancher Verkäufer, der die geforderte Quote nicht erreichte, wurde von ihm und seinen beiden Bodyguards genötigt, die Anlage innerhalb weniger Stunden zu verlassen.

»Meine Herren, schön Sie zu sehen«, begann Waterstone, nachdem er einen Schluck Wasser getrunken hatte, »die Bilanzen sind durchaus erfreulich, wenngleich die Konkurrenz härter wird. Es hat in den letzten zwei Jahren eine Zunahme von Luxuswohnanlagen gegeben, die uns dazu zwingt, noch mehr als bisher aufzurüsten.«

Gernot Haubrich kannte diese Ansprache schon. Immer wieder wurde der Druck auf die Verkäufer erhöht, indem auf die gestiegenen Standards im internationalen Vergleich verwiesen wurde. Das bedeutete nichts anderes, als daß die Apartments noch schneller an die Kunden gebracht werden mußten. Er sah in die Runde der Verkäufer, spürte die Blicke seiner Kollegen. Waren sie bereits eingeweiht? Wer würde auf seine Spitzenposition spekulieren?

Der Sitzungsraum der Anlage *Mar de Oro* war mit einem Holztisch ausgestattet, dessen längliche, ovale Form einem Baseball glich. Waterstone war ein fanatischer Anhänger der *Redsocks*, deren Vereinswimpel die Mitte des Tisches schmückte.

Gernot Haubrich begann, eine kleine Skizze auf der

Rückseite der Tagesordnung anzufertigen. Das hatte er in jeder Sitzung so gemacht. Nicht auffallen, dachte er, ich muß mich ganz normal verhalten. Ganz gleich, was mein Name unter Punkt acht zu bedeuten hat.

»Wie wir erfahren haben, sollen die Kanaren wieder eine Art Steuerparadies werden, besonders für die internationale Finanzwirtschaft. Ein zweites Panama. Las Palmas wird ein Off-Shore-Center, wo Geldtransaktionen steuerfrei zwischen den Kontinenten abgewickelt werden können. Sie sehen, meine Herren, es kommen genügend interessante Gründe hinzu, sich in eine unserer Anlagen einzukaufen.«

Alle *closer* notierten sich diesen Gedanken, auch Haubrich kritzelte ein paar Worte in seine Skizze. Er sah, daß Waterstone ihn fixierte. Also doch, dachte er, heute wird er mich auf den Prüfstand stellen. Fast jedes Mal nahm sich der US-Manager einen der Mitarbeiter vor und maßregelte ihn vor den anderen. Das gehörte zum psychologischen Programm. Jeder hoffte, daß er dieses Mal noch verschont bliebe, und würde sich in den nächsten vier Wochen verstärkt anstrengen. Extremer Druck und aufgeputschte Konkurrenz dienten zur Motivation der Mitarbeiter.

In Puerto de Mogán, wo Gernot Haubrich in den letzten Jahren gewohnt hatte, gab es einen der größten Konkurrenten des *Resort Club International*, für den er arbeitete. Ein italienischer Anwalt hatte dort im Jahr 1994 im Auftrag des Scheichs Aga Khan 119 Apartments von der *Banco Hispano Hipotecario* gekauft. Bis zur Jahrtausendwende sollten diese im Timesharing-Verfahren veräußert werden.

Sam Waterstone kam zum dritten Punkt der Tagesordnung: Vorbereitung der Jahreshauptversammlung.

»Wir werden aufgrund bestimmter Vorkommnisse die Jahreshauptversammlung ein paar Tage vorverlegen«, begann Waterstone und sah in die Runde, »wir müssen die Kontrolle über die Sprecher der Anlage zurückgewinnen. Nicht alle Eigentümer von *Mar de Oro* sind geeignet, die Interessen der anderen zu vertreten. Wer nicht einsieht, daß wir uns einem rigorosen Modernisierungsprogramm unterziehen müssen, wird künftig nicht mehr dem Sprechergremium der Eigentümer angehören können.«

Das »Gold-Krone-Niveau« hieß der Standard, mit dem die Anlage angepriesen wurde. Ob es um neue Pumpen und Filter für den Swimmingpool ging, Keramikkochfelder und elektrische Dosenöffner in der Küche, den kompletten Austausch von Bettbezügen und Blumenkästen, stets hatte die Jahreshauptversammlung eine lange Liste von Modernisierungsmaßnahmen abzusegnen. Pro Jahr stiegen so die Nebenkosten regelmäßig um mindestens 15 Prozent. Sie wurden, anteilig der gekauften Wochen, auf alle Wohnungsbesitzer umgelegt. Immer mehr Eigentümer beschwerten sich über die steigenden Nebenkosten.

Gernot Haubrich spürte, daß sein Puls schneller ging.

Er wagte es kaum, von seiner Zeichnung aufzublicken. Sie werden mich für unkonzentriert halten, dachte er, aber ich muß nur noch diese letzte Sitzung überstehen.

Tagesordnungspunkt sieben: Der Umgang mit der

neuen Gesetzesregelung der EU. Ab Beginn des kommenden Jahres würde es eine Verordnung geben, die den Rücktritt von einer Unterschrift unter einem Vertrag für die Dauer von zwei Wochen garantierte, statt bisher einer Woche.

»Sie wissen, meine Herren, das kann zu rückläufigen Verkaufsquoten führen«, sagte Waterstone und grinste, »aber wir haben uns entschieden, Ihre Margen deswegen nicht herunterzusetzen.«

»Das heißt konkret, es geht auf unsere Kosten«, wandte einer der Verkäufer ein.

»Das sollten Sie nicht negativ sehen«, widersprach Waterstone heftig, »ich empfinde das eher als einen zusätzlichen Anreiz.«

Gernot Haubrich meldete sich. Waterstone erteilte ihm sofort das Wort.

»Meine Kunden sind so zufrieden, daß sie gar nicht auf die Idee kommen, von ihrem Rücktrittsrecht Gebrauch zu machen, ganz gleich, ob sie eine oder zwei Wochen dazu Zeit haben.«

Haubrich registrierte das abschätzige Gemurmel der Kollegen mit Genugtuung. Wieder mal einen Punkt gemacht, dachte er, so schnell lasse ich mich nicht an den Pranger stellen.

Waterstone stimmte ihm zu. Dann sprach er über die zunehmenden Proteste von Eigentümern, die stets eine Zeitlang zu ignorieren seien. »Die meisten Bewohner sind nur eine oder zwei Wochen hier. Da wird es uns doch gelingen, sie ein kleines Weilchen hinzuhalten, bis sie wieder abgereist sind.«

Tagesordnungspunkt acht. Der Manager erhob sich.

»Herr Haubrich, kommen wir zu Ihnen.«

Waterstone machte eine kleine Pause, wartete, bis sich alle Blicke auf den Angesprochenen gerichtet hatten.

»Wir haben lange in der Konzernspitze überlegt, was wir mit Ihnen unternehmen sollen. Das war gar nicht einfach, denn schließlich wissen wir, was Sie für *Mar de Oro* in den letzten Jahren geleistet haben. Aber dennoch ...«

Sam Waterstone unterbrach sich, weil ein rotes Licht an seinem Telefon blinkte.

Sein persönlicher Referent übernahm das Gespräch, sprach leise in den Hörer, um die Versammlung nicht zu stören.

»Wir haben uns entschlossen, daß Sie zukünftig die Leitung unserer Anlage in Trinidad übernehmen werden. Sie sind ein fähiger Mitarbeiter, der das dortige Chaos zu ordnen weiß. Es sind einige Unregelmäßigkeiten vorgekommen, die Sache kann aus dem Ruder laufen, aber da Sie ...«

Georg Haubrich sank in seinen Sessel zurück und nickte dem Manager zu. Erleichtert.

»Ich sehe, daß unser Angebot auch Ihren Beifall findet. Sie haben sich diese Beförderung wahrlich verdient. Über Details werden wir nachher reden.«

Die Sitzung dauerte weitere vierzig Minuten. Gernot Haubrich rechnete nicht damit, seinen gebuchten Flug nach Madrid zu verpassen.

Als er dem US-Manager gegenübersaß, erfuhr Haubrich, daß der Posten in Trinidad zwar hochbezahlt, aber überaus schwierig werden würde. Man brauchte dort nichts weniger als einen Zirkusdirektor, weil die

Kunden völlig »durchgedreht« seien, wie Waterstone es formulierte. Seit Monaten zahlten sie keine Nebenkosten, hatten eine Vereinigung zur Schadensbegrenzung gegründet und boykottierten jede Maßnahme des Managements.

»Ich weiß, Herr Haubrich, daß Sie für jede Herausforderung dankbar sind. Dies ist eine der größten, die ich Ihnen bieten kann. Sie werden ab heute für zwei Wochen beurlaubt, dann erwarte ich Sie im *Golden Ocean Resort.* Einverstanden?«

Haubrich stimmte zu. Per Handschlag wurde die Vereinbarung besiegelt. Einen besseren Verlauf hätte die Sitzung nicht nehmen können, dachte er, niemand wird mein Verschwinden bemerken.

Der *top closer* lud die Kollegen zu einem Drink ein, ließ sich zu dem neuen Job beglückwünschen. An ihren Mienen konnte er ablesen, wie froh sie über diese Entwicklung waren, ein scharfer Konkurrent weniger.

Auf dem Flug nach Madrid sah er nochmals auf den Scheck, den Waterstone ihm zum Abschied in die Hand gedrückt hatte. Als kleinen Vorschuß auf den neuen Job. Die Summe war ansehnlich. Er würde Paco den Scheck übergeben. Als zusätzliches Dankeschön.

In Gedanken ging er die ganze Operation der nächsten Stunden durch. Es gehörte zu seinen Fähigkeiten, Entwicklungen vorauszudenken, Möglichkeiten durchzuspielen und Katastrophen vorauszuahnen. Es galt, für jegliche Gefährdung seines Plans einen Ausweg zu finden. Wichtig war, daß niemand eine Verbindung zu ihm herstellen konnte. Dies hatte oberste Priorität.

Die Landung in Madrid war ruppig. Ein heftiger

Wind drückte das Flugzeug in eine Schräglage. Es dauerte eine Weile, bis die Maschine gerade aufsetzen konnte.

Paco wartete an der Information, die sich zwischen den Terminals befand. Ein kleiner, untersetzter Mann näherte sich ihm, dickwandige Brillengläser ließen seine Augen wie Fische in einem Aquarium erscheinen.

Er winkte wie ein lange vermißtes Familienmitglied.

»Gehn wir einen Café trinken«, schlug Haubrich vor.

Paco übergab ihm sofort den silber-metallenen Koffer, auf dem zwei Hotelaufkleber prangten.

Sie hatten sich vor mehr als einem Jahr bei einem Verkaufsgespräch kennengelernt. Für den Katalanen aus Barcelona war der Besuch der Anlage *Mar de Oro* zunächst nur eine willkommene Gelegenheit gewesen, dem anstrengenden Familienurlaub für ein paar Stunden zu entfliehen. Haubrich hatte sofort das schauspielerische Talent dieses Mannes erkannt sowie dessen Lust am schnellen Verdienst. Die Überlegungen zu seinem Coup hatten schon lange in ihm gegärt, ihm fehlte nur der geeignete Kompagnon. Auch darüber hatte Haubrich genaue Vorstellungen gehabt. Es mußte ein risikobereiter, festangestellter Spanier mit juristischen Kenntnissen sein, am besten in der städtischen Verwaltung, zudem ein verantwortungsvoller Familienvater, der nicht allzu übermütig werden würde. Durch das Freunde-werden-Programm, der ersten Stufe des Verkaufsgespräches, hatte er mögliche Kandidaten herausgesiebt. Bei Paco war er endlich fündig geworden. Die beiden Männer hatten sich zweimal in Las Palmas getroffen, im *El novillo precoz*, hatten dort den Plan und die notwendigen Schritte besprochen. Paco war mit jedem Detail einverstanden, akzeptierte auch die Provision von zehn Prozent. Auf die Rolle als Notar in Teneriffa und Lanzarote hatte er sich besonders gefreut.

»Wann mußt du zurückfahren?« fragte Haubrich, als sie an der Flughafenbar standen und den Zucker im *café solo* umrührten.

»Ich nehme die 18-Uhr-Maschine nach Barcelona, wie vereinbart. Und du?«

»Erstmal werde ich Urlaub machen. Ich fliege nachher nach London, von da aus geht es morgen in die USA.«

Haubrich schlug auf den Koffer.

»Den brauche ich nicht zu öffnen, Paco. Vertrauen gegen Vertrauen.«

»Wie gewünscht: ein Drittel in Schweizer Franken, ein Drittel in Dollar und ein Drittel in D-Mark. Es gab natürlich ein paar Verluste wegen der Umtauscherei. Ich habe auf jedem der Konten rund 10000 Peseten gelassen, Gernot, ich denke ...«

»Du hast doch wohl nicht vor, noch einmal die *Banco Santander* zu betreten?«

»Nein, nein«, wehrte Paco ab, »aber so hatten wir es verabredet.«

»Die Konten sind längst überprüft, liest du keine Zeitung, Paco?«

Haubrich wußte, daß es ein Risiko blieb, Paco davonkommen zu lassen. Wenn er so unvorsichtig war, die restlichen Beträge von den Konten abzuheben, würde er geschnappt werden.

»Ich habe ein zusätzliches Präsent für dich.«

Er zog den Scheck von Waterstone aus der Jackentasche. »Kennst du jemand, der ihn in Bares umwandeln kann, ohne daß er auffällt? Das muß aber an diesem Wochenende passieren.«

Paco besah den Scheck der *Chase Manhattan*. »Kein Problem, Gernot.«

»Du kannst deiner kleinen Anabell dafür etwas Schönes zu Weihnachten kaufen.«

»Das reicht für die ganze Familie. Man soll sie nicht zu sehr verwöhnen.«

Schweigend saßen sie nebeneinander. Bestellten zwei *Gran Duque de Alba,* den besten spanischen Brandy.

»Ich gehe davon aus, daß du deinen Anteil bereits abgezogen hast, Paco.«

»Gut angelegt«, erwiderte der Katalane, »natürlich nicht in der *Banco Santander.«*

Sie prosteten sich zu.

»Wenn ich dich wieder brauche, melde ich mich, o.k.?«

»Es würde mich freuen«, erwiderte Paco, »war ein schönes Arbeiten mit dir.«

Haubrich wartete, bis der Flug nach Barcelona aufgerufen wurde. Die beiden Männer verabschiedeten sich. In bester Stimmung.

Eine halbe Stunde später flog Haubrich nach Lissabon. Business Class. Niemand kontrollierte den silbernen Metallkoffer, den er unter den Vordersitz schob. Fast neunhunderttausend Mark Reingewinn für einen ausgeklügelten Plan und ein Jahr hoch konzentrierter Arbeit.

Als die Maschine die Reiseflughöhe erreicht hatte,

betrachtete er die kleine Skizze, die er während der morgendlichen Sitzung angefertigt hatte. Ein Affengesicht, das dem des Yankees nicht unähnlich sah. Er hoffte, diesem Mann nie wieder im Leben zu begegnen, noch weniger seinen beiden Schlägern.

Haubrich wollte umgehend den spanischen Einzugsbereich verlassen, damit er ein wenig Zeit gewann, bevor Interpol in die Fahndung eingeschaltet wurde. Er rechnete damit, daß dies in Kürze geschehen würde. Offensichtlich waren die spanischen Behörden bisher davon ausgegangen, daß sich der Gesuchte immer noch auf den Kanaren befand. Sobald das Timesharing-Unternehmen das Fehlen der Zahlungen von mehreren großen Abschlüssen bemerkte, würde die Jagd auf ihn freigegeben sein.

Auf dem Flughafen in Lissabon erkannte Haubrich den Mann sofort, der am Schalter der Wechselbank lehnte.

Verabredetes Zeichen: umgedrehte Schirmmütze auf dem Kopf.

Der Austausch ging schnell vonstatten.

Haubrich bekam einen Briefumschlag in braunem Papier, dafür gab er einen Briefumschlag in grünem Papier, in dem achttausend Mark steckten. In gebrauchten, nicht numerierten Hundertmarkscheinen.

Als der Mann sich entfernt hatte, riß Haubrich den Briefumschlag auf.

Der deutsche Paß war eine ausgezeichnete Arbeit, ebenso Führerschein und Geburtsurkunde. Name: Hans Peter Kaufman. Er hatte darauf bestanden, daß sein Nachname nur ein N aufwies.

Am Schalter der Air Portugal buchte er unter diesem Namen einen Platz in der letzten Maschine nach Madeira.

Auf der Toilette des Flughafens unterschrieb er den neuen Paß, nachdem er ein paar Mal den Schriftzug auf dem Rand einer Zeitung ausprobiert hatte. Die Spur des Gernot Haubrich endete in Lissabon.

Der Flug nach Madeira dauerte eineinhalb Stunden. Kurz vor Mitternacht würde er die Insel erreichen.

Kaufman studierte die Immobilienanzeigen in der Zeitung aus Funchal. Der Escudo war etwas schwächer als die Pesete bewertet. Die Preise für Apartments waren durchaus vergleichbar mit denen auf den Kanarischen Inseln.

In Gedanken ging Kaufman die Ereignisse der vergangenen Stunden durch. Am Morgen die Angst, bereits entdeckt zu sein, die Anspannung im Kollegenkreis, danach die Erleichterung, dann die Übernahme des Transfergeldes und nun der neuerliche Wechsel der Identität. Auch das konnte man bei Timesharing lernen, dachte er, im richtigen Augenblick am richtigen Platz präsent zu sein und in jeder Situation angemessen und perfekt zu agieren.

»Meine Damen und Herren«, sagte der Flugkapitän über den Bordlautsprecher, »die Landebahn in Madeira ist ein wenig zu kurz geraten, deswegen ergibt sich die Notwendigkeit, nach dem Aufsetzen der Maschine stärker als üblich die Bremsvorrichtungen zu betätigen. Es besteht keinerlei Anlaß zur Besorgnis. Dies ist ein durchaus normaler flugtechnischer Vorgang.«

Im Flugzeug machte sich eine leichte Unruhe breit.

Kaufman blieb gelassen.

Durch das ovale Fenster sah er die vielfarbigen Lichter der Inselhauptstadt, die irgendwann hinter einem Bergrücken verschwanden.

Als Hans Peter Kaufman die Maschine auf dem Flughafen in Madeira verließ, spürte er die frische Nachtbrise.

Die Paßkontrolle verlief ohne jede Komplikation. Dem Beamten genügte schon der Blick auf die karmesinrote Pappe: Europäische Gemeinschaft, Bundesrepublik Deutschland …

Nachwort

Als wir Mitte der 80er Jahre auf Lanzarote, im Gran Hotel von Arrecife, Zimmer 1103, unseren dritten gemeinsamen Roman schrieben, stürmte es heftig. Roter Wüstensand fegte mehrere Tage über die Insel, auf der wir schon einige Male gearbeitet hatten. Als hätte es dieses Wetters bedurft, brach unsere ausgedachte Geschichte zusammen, und wir mußten aus den Einzelteilen eine neue Struktur herstellen. »Gestrandet auf Patros« hieß der Titel des Romans, der in Griechenland spielte. Seit jenen Jahren haben wir die Kanarischen Inseln häufig bereist. Bei unseren Rechercheреisen für dieses Buch haben wir auf Teneriffa die Familie von Carmen und Evelio Salazar Días in Genovés kennengelernt und uns mit ihr angefreundet.

Es ist einigen Dank zu sagen: Esther und Luís Fernandez in Playa San Marcos, María Victoria Hernández Bello und Hans-Dieter Vogel-Schmidt in Santa Cruz de Tenerife, Jutta und Klaus Mücke Anne Tarrach und Heinz Oßmer, Izabella Gawin, Dorothee Wellens-Mücher und Jürgen Mücher, Ina Monti und Jürgen Hohmann aus Bremen, Carlos Jiménez aus San José, unserer Lektorin Kerstin Gleba in Köln, nicht zuletzt Bernd Gruschwitz, dessen Informationen und ausgezeichneter Reiseführer über Teneriffa uns auf manche Fährte gesetzt haben, die wir ohne ihn nicht entdeckt hätten.

Die *coplas* im 13. Kapitel stammen aus dem Buch von Luis Carrasco Casanova *»365 coplas«*, das 1991 in Teneriffa erschien.

Die Legenden von den Kanarischen Inseln finden sich in: Gil/Martín, »Die Geschichte der Kanarischen Inseln«, La Laguna, 1994.

In manchen Kapiteln gibt es Hinweise auf Lokale und besondere kanarische Gerichte. Deswegen möchten wir im folgenden einige unserer Lieblingsgerichte als Rezepte vorstellen. (vgl. dazu auch: Das goldene Buch der Kanarischen Küche, La Laguna 1994)

Bremen/Barjenbruch, August 1998
Marita und Jürgen Alberts

Potaje de berros – Kressesuppe
(Zutaten für 4 Personen)

300 gr Brunnenkresse
100 gr weiße Bohnen
1 kleines Stück Kürbis
2 Maiskölbchen
200 gr Rippchen (vom Schwein)
3 Knoblauchzehen
2 Nelken
1 Zwiebel
1 Tomate
Kümmel, Pfeffer und Salz

Bohnen und Rippchen 24 Stunden wässern. Bohnen rund 20 Minuten köcheln. Brunnenkresse kleinhacken und mit Kürbis, Maiskölbchen und Rippchen zu den Bohnen geben und das Ganze mit Wasser bedeckt kochen lassen. Knoblauchzehen, Nelken, Kümmel, Pfeffer und Salz im Mörser zerstampfen und vermengen. Zwiebeln und Tomaten kleinschneiden, in der Pfanne dünsten und die Knoblauchmischung hinzugeben. Anschließend diese Zutaten in die Suppe geben.
Mit etwas Safran (der kanarische ist besonders gut) verfeinern.
Potaje de berros wird oft mit Gofio und frischem Ziegenkäse gereicht.

Puchero canario – Kanarischer Puchero

(Zutaten für 4 Personen)

500 gr Rindfleisch, Rippchen (vom Schwein), Huhn, Paprikawurst
200 gr Kichererbsen
200 gr Möhren
je 100 gr Zwiebeln, Schalotten, Maiskölbchen, Kürbis, Süßkartoffeln, Bohnen,
300 gr Weißkohl
3 Knoblauchzehen
2 Teelöffel Safran
frischer Koriander oder Petersilie (nach Geschmack)
1 Birne

Rippchen und Kichererbsen 24 Stunden wässern. Am nächsten Tag beides zusammen mit dem gewürfelten Fleisch mit viel Wasser zum Kochen bringen.
Aus Zwiebeln, Tomaten, Knoblauchzehen, Salz, Pfeffer und Safran in der Pfanne mit Olivenöl eine Fritüre herstellen, die dann zum Fleisch hinzugegeben wird.
Alles bei mittlerer Hitze 90 Minuten köcheln lassen.
In dieser Zeit wird das Gemüse gewaschen und je nach Garzeit in den Kochtopf gegeben, zuletzt der Kürbis, der am schnellsten weich wird.

Mit dem Gemüsesud und Gofio wird der sogenannte Escaldón hergestellt, ein Gofiobrei, der zu diesem Fleisch-Gemüseeintopf gegessen wird.

Conejo en Salmorejo – Kaninchen in Salmorejo

(Zutaten für 4 Personen)

1 kg Kaninchenfleisch
Olivenöl zum Fritieren
für die Marinade:
10 Knoblauchzehen
50 gr Meersalz
1 Chilischote, scharf
3 Löffel Paprika
Thymian, Oregano,
½ l Weißwein
¼ l Rotwein
1 Teelöffel Weinessig

Das Kaninchen zerteilen und in die Marinade einlegen, die aus Knoblauchzehen, Meersalz, Oregano, Paprika, Chilischote, Thymian (alles im Mörser mischen) besteht, zusammen mit dem Wein und dem Weinessig ergibt diese Mischung eine Paste, mit der die Fleischstücke 24 Stunden bedeckt werden.
Am nächsten Tag die Stücke in sehr heißem Olivenöl goldbraun anbraten und in der Sauce (mit Wein verlängern) garen.
In einigen Lokalen sind in der Marinade Rosinen oder andere getrocknete Früchte (sehr gut: Datteln) enthalten.

Cabrito en adobo – Mariniertes Ziegenfleisch

(Zutaten für 4 Personen)

1 kg Ziegenfleisch
10 Knoblauchzehen
10 Grapefruits
Koriander
2 Chilischoten, scharf
1 Lorbeerblatt
Salz und Pfeffer

Ziegenfleisch zerkleinern und in eine Marinade einlegen. In den meisten Rezepten besteht diese Marinade aus Paprika, Weißwein, Majoran und Thymian. Aber diese hier bietet eine schöne Alternative.
Die Mischung aus Knoblauchzehen, Grapefruit-Saft und getrocknetem (!) Koriander muß 24 Stunden in das Fleisch einziehen.
Die Fleischstücke am nächsten Tag in Olivenöl anbraten und in der Marinade garköcheln.
Da Ziegenfleisch eher selten in unseren Breiten zu finden ist, benutzen wir diese Marinade auch für Huhn, Kaninchen oder Schweinefleisch.
Zu diesem Fleischgericht serviert man am besten *papas arrugadas* (kanarische Runzelkartoffeln, die mit Schale in kräftigem Salzwasser so lange gekocht werden, bis das Salz auf der Haut kristalliert ist). Dazu gibt es *mojo.*
Unsere Lieblingsmojos finden sich auf der folgenden Seite.

Mojo de cilantro – Koriandermojo

(Zutaten für einen halben Liter Mojo)

ein Bund frischer Koriander
3 Knoblauchzehen
2 Eßlöffel Meersalz
$\frac{1}{4}$ l Olivenöl
$\frac{1}{4}$ l Weinessig

Knoblauchzehen auspressen, den Koriander sehr fein hacken und hinzugeben, danach Salz, Öl und Essig. Nach diesem Verfahren läßt sich der rote Mojo (mit Paprika, Kreuzkümmel, Safran), der süß-scharfe Mojo (mit Honig, Knoblauch, Chili), oder der Käse-Mojo (im Mixer harten Ziegenkäse oder Parmesan zerkleinern, mit Paprikaschote und Knoblauch vermischen) herstellen.
Mojos halten sich im Eisschrank sehr lange.

Cazuela de Pescado – Fischeintopf

(Zutaten für 4 Personen)

1½ kg Weißfisch, festkochende Sorten: auf Teneriffa Sama, Bocinegro, Mero, Peto, Cherne, Abade
für die Brühe:
500 gr Zwiebeln
300 gr Paprikaschoten (rot und grün)
2 Löffel Safran
500 gr Tomaten
4 Knoblauchzehen
¼ l Weißwein
frischer Koriander, Petersilie, Meersalz
500 gr geschälte und gekochte Kartoffeln

Zunächst wird die Brühe aus 4 Litern Wasser mit den Zwiebeln, Paprikaschoten, Safran, Tomaten, Knoblauchzehen sowie den frischen Kräutern und Salz hergestellt. (Ein guter Fischfond ist dabei sehr hilfreich.) Ein kräftiger Schuß Olivenöl gibt besseren Geschmack. Der Weißwein wird erst mit den Fischstücken in diese Brühe gegeben, zum Schluß kommen die Kartoffeln hinzu. Das Ganze in einer Kasserole servieren, die roten und grünen Paprikastreifen dekorieren das Gericht sehr wirkungsvoll.

Leche asada – Gebackene Milch

(Zutaten für 4 Personen)

½ l Milch
4 Eier
2 Eßlöffel Zucker
Zimt
Schale einer ungespritzten Zitrone
1 Prise Salz

Eiweiß steif schlagen, dann die Eigelbe unterziehen. Milch, Zucker, Zimt, Salz und Zitronenschale hinzufügen.
Förmchen mit Butter einfetten und die Creme einfüllen. Entweder im Wasserbad oder im Backofen bei 150 Grad erhitzen, bis die Creme fest wird.
Abkühlen lassen und kalt servieren.
Mit Kakaopulver bestäuben oder mit Honig übergießen.

Gofio

Zum Schluß wollen wir nochmal auf die Bedeutung von Gofio in der kanarischen Küche hinweisen.

Versuche in der eigenen Küche: Maiskörner in der Pfanne rösten und dann in der Mühle zermahlen (ein völliges Desaster) oder feines Maismehl (nicht Polentamaismehl, das geht gar nicht) im Ofen rösten (zweitbestes Ergebnis!) waren nicht von Erfolg gekrönt. Vielleicht bringen Sie sich selbst (oder nette Bekannte tun das für Sie) ein Paket Gofio aus dem Urlaub mit.

Zu vielen Gerichten wird Gofio gereicht. (Im Lokal immer gleich danach fragen. Meistens haben Restaurants sogar noch eine eigene Variante als Überraschung parat.)

Eins der einfachsten Rezepte: in das Gofio heißes Olivenöl mit geröstetem Knoblauch einrühren. Oder: Fischbrühe hinzufügen. Oder: mit Zucker und Rotwein verrühren, wie Don Jaime es jeden Morgen tut. Oder: Gofio mit Honig süßen und zu frischem Obst reichen. Oder: Gofio mit frischem Ziegenkäse verrühren, köstlich.

Die Frage, warum Gofio nur selten auf einer Speisekarte zu finden ist, konnte uns kein Kellner beantworten. (Vielleicht weil es so ein einfaches Gericht ist.)

Christoph Gottwald
Endstation Palma
Ein Mallorca-Roman

KiWi 512
Originalausgabe

„Endstation Palma" führt den Leser in die Welt der deutschen Residenten auf Mallorca, die auf der Trauminsel ein scheinbar perfektes Leben führen. Doch bei der Suche nach einer verschollenen jungen Frau muß der Journalist Manuel Blum feststellen, daß sich hinter der glitzernden Fassade der High-Society tiefe Abgründe auftun - das Paradies zeigt Risse.

KiWi Paperbacks bei Kiepenheuer & Witsch

Heinrich Breloer / Frank Schauhoff

Mallorca, ein Jahr

Ein Inselroman

Kiwi 443

Nicht nur ein Roman für das Urlaubsgepäck, sondern eine Reise ins Innere einer Insel, die jeder zu kennen glaubt und die der Leser nach diesem Buch ganz neu sehen wird.

KiWi Paperbacks bei Kiepenheuer & Witsch

Hannelore Hippe

Die Hexe an der Wand

Ein Irland-Roman

KiWi 482
Originalausgabe

Die „Hexen an der Wand", kleine erotische Frauenfiguren an verborgenen Stellen in Kirchen und Mauern, stürzen ein irisches Dorf in Verwirrung.
Wer mordet für die „Sheelaghs"?

KiWi
Paperbacks
bei Kiepenheuer
& Witsch